CLASSIQUES & CIE LYCÉE

Jean de la Fontaine

Fables

Livres VII, VIII, IX (1678)

Collection dirigée par
Marc Robert

Notes et dossier
Carine Bouillot
agrégée de lettres modernes

Hatier

FABLES

LIRE L'ŒUVRE

L'ŒUVRE DANS L'HISTOIRE

Conception graphique de la maquette : c-album, Jean-Baptiste Taisne, Rachel Pfleger
Principe de couverture : Double
Mise en pages : Chesteroc Ltd
Iconographie : Hatier Illustration
Suivi éditorial : Bertrand Louët

ISBN : 978-2-218-95886-1

FABLES

Livres VII, VIII, IX

Avertissement (1678)

Voici un second[1] recueil de Fables que je présente au public. J'ai jugé à propos de donner à la plupart de celles-ci un air et un tour un peu différent de celui que j'ai donné aux premières[2], tant à cause de la différence des sujets, que pour remplir de plus de variété mon ouvrage. Les traits familiers que j'ai semés avec assez d'abondance dans les deux autres Parties[3] convenaient bien mieux aux inventions d'Ésope qu'à ces dernières, où j'en use plus sobrement pour ne pas tomber en des répétitions; car le nombre de ces traits n'est pas infini. Il a donc fallu que j'aie cherché[4] d'autres enrichissements, et étendu davantage les circonstances de ces récits[5], qui d'ailleurs me semblaient le demander de la sorte: pour peu que le lecteur y prenne garde, il le reconnaîtra lui-même; ainsi je ne tiens pas qu'il soit nécessaire d'en étaler ici les raisons, non plus que de dire où j'ai puisé ces derniers sujets. Seulement je dirai, par reconnaissance, que j'en dois la plus grande partie à Pilpay, sage Indien[6]. Son livre a été traduit en toutes les langues. Les gens du pays le croient fort ancien, et original à l'égard d'Ésope, si ce n'est Ésope lui-même sous le nom du sage

1. Ce sont les livres VII à IX, achevés d'imprimer en 1678. \ **2.** Les fables des livres I à VI, parus en 1668 et réimprimés dans le recueil de 1678-1679. \ **3.** Ce qui correspond aux deux volumes des six premiers livres. \ **4.** *Il a donc fallu que j'aie cherché*: j'ai dû chercher. \ **5.** La Fontaine abandonne l'idée selon laquelle « la brièveté est l'âme du conte », idée qui préside à la composition du premier recueil, pour se laisser aller au plaisir de conter. \ **6.** *Pilpay*: sage légendaire à qui l'on attribue des récits composés en Inde entre le Iᵉʳ et le VIᵉ siècle, qui auraient été traduits du sanscrit en arabe par Ibn-Al-Muqaffa au VIIᵉ siècle, et dont des voyageurs avaient rapporté en France des manuscrits persans ou arabes. Le recueil de Pilpay, qui présente des fragments proches des fables occidentales, avait été publié en 1644 sous le titre de *Livre des Lumières ou la Conduite des rois, composé par le sage Pilpay, Indien*, dans une traduction de Gilbert Gaulmin (1644).

Locman[1]. Quelques autres m'ont fourni des sujets assez heureux. Enfin j'ai tâché de mettre en ces deux dernières Parties toute la diversité dont j'étais capable. Il s'est glissé quelques fautes dans l'impression ; j'en ai fait faire un *Errata*[2] ; mais ce sont de légers remèdes pour un défaut considérable. Si on veut avoir quelque plaisir de la lecture de cet ouvrage, il faut que chacun fasse corriger ces fautes à la main dans son exemplaire, ainsi qu'elles sont marquées par chaque *Errata*, aussi bien pour les deux premières Parties que pour les dernières.

1. *Locman* : sage de la tradition coranique dont les textes passent aux yeux de La Fontaine pour des traductions arabes d'Ésope. \ **2.** *Errata* : liste de fautes qui se sont glissées dans l'impression d'un ouvrage.

À Madame de Montespan [1]

L'apologue est un don qui vient des Immortels [2] ;
Ou si c'est un présent des hommes,
Quiconque nous l'a fait mérite des autels :
Nous devons, tous tant que nous sommes,
Ériger en divinité
Le Sage [3] par qui fut ce bel art inventé.
C'est proprement un charme [4] : il rend l'âme attentive,
Ou plutôt il la tient captive,
Nous attachant à des récits
Qui mènent à son gré les cœurs et les esprits.
Ô vous qui l'imitez, Olympe [5], si ma Muse
A quelquefois pris place à la table des Dieux [6],
Sur ses dons aujourd'hui daignez porter les yeux ;
Favorisez les jeux où mon esprit s'amuse.
Le temps, qui détruit tout, respectant votre appui,
Me laissera franchir les ans dans cet ouvrage :
Tout auteur qui voudra vivre encore après lui [7]
Doit s'acquérir votre suffrage [8].
C'est de vous que mes vers attendent tout leur prix :
Il n'est beauté dans nos écrits

1. Favorite de Louis XIV depuis dix ans. \ **2.** *Les Immortels* : les dieux. Dans *La Vie d'Ésope le Phrygien* qui ouvre le recueil général des *Fables*, La Fontaine raconte que Mercure avait fait le don de l'apologue à Ésope. \ **3.** *Le Sage* : périphrase désignant Ésope. \ **4.** *Charme* : enchantement. \ **5.** *Olympe* : surnom donné à Madame de Montespan, ce qui la rapproche des dieux. \ **6.** Dans la mythologie, les Muses étaient reçues au banquet des dieux. Le fabuliste se rapproche donc lui aussi des dieux grâce à sa plume. \ **7.** Tout auteur qui voudra vivre encore après lui : périphrase désignant la postérité. \ **8.** *Suffrage* : avis favorable, approbation.

Dont vous ne connaissiez jusques[1] aux moindres traces.
Eh ! qui connaît que vous[2] les beautés et les grâces ?
Paroles et regards, tout est charme dans vous.
Ma Muse, en un sujet si doux,
Voudrait s'étendre davantage ;
Mais il faut réserver à d'autres[3] cet emploi ;
Et d'un plus grand maître que moi
Votre louange est le partage.
Olympe, c'est assez qu'à mon dernier ouvrage
Votre nom serve un jour de rempart et d'abri ;
Protégez désormais le livre favori[4]
Par qui j'ose espérer une seconde vie ;
Sous vos seuls auspices[5], ces vers
Seront jugés, malgré l'envie,
Dignes des yeux de l'univers.
Je ne mérite pas une faveur si grande ;
La fable en son nom la demande :
Vous savez quel crédit[6] ce mensonge a sur nous.
S'il procure à mes vers le bonheur de vous plaire,
Je croirai lui devoir un temple pour salaire :
Mais je ne veux bâtir des temples que pour vous.

1. *Jusques* : graphie ancienne qui assure la régularité du mètre en évitant l'élision du e muet. \ **2.** *Qui connaît que vous* : le tour est vieilli ; il faut comprendre : Qui d'autre que vous connaît… \ **3.** *À d'autres* : allusion au roi, amant de la dame, ce que confirme le vers suivant. \ **4.** *Le livre favori* : le livre favorisé par vous. \ **5.** *Sous vos seuls auspices* : avec votre appui. \ **6.** *Crédit* : autorité.

Livre septième

I

Les Animaux malades de la peste [1]

Un mal qui répand la terreur,
Mal que le Ciel en sa fureur
Inventa pour punir les crimes de la terre,
La peste (puisqu'il faut l'appeler par son nom),
Capable d'enrichir en un jour l'Achéron [2],
Faisait aux animaux la guerre.
Ils ne mouraient pas tous, mais tous étaient frappés :
On n'en voyait point d'occupés
À chercher le soutien [3] d'une mourante vie ;
Nul mets n'excitait leur envie ;
Ni loups ni renards n'épiaient
La douce et l'innocente proie ;
Les tourterelles se fuyaient :
Plus d'amour, partant [4] plus de joie.

1. Le thème de cette fable, la triple confession du Lion, absous par le Renard, du Loup et de l'Âne, vient du Moyen Âge, où on le trouve dans les sermons des prédicateurs pour fustiger la partialité des confesseurs, indulgents envers les fautes des puissants et inexorables envers les petits. \ **2.** *Achéron* : fleuve des Enfers dans la mythologie grecque. Le mot est ici employé de façon métonymique pour désigner les Enfers en général. \ **3.** *À chercher le soutien* : à soutenir. \ **4.** *Partant* : par conséquent.

Le Lion tint conseil, et dit : « Mes chers amis
Je crois que le Ciel a permis
Pour nos péchés cette infortune ;
Que le plus coupable de nous
Se sacrifie aux traits[1] du céleste courroux ;
Peut-être il obtiendra la guérison commune.
L'histoire nous apprend qu'en de tels accidents
On fait de pareils dévouements[2].
Ne nous flattons donc point ; voyons sans indulgence
L'état de notre conscience.
Pour moi, satisfaisant mes appétits gloutons,
J'ai dévoré force[3] moutons.
Que m'avaient-ils fait ? Nulle offense ;
Même il m'est arrivé quelquefois de manger
Le berger.
Je me dévouerai[4] donc, s'il le faut : mais je pense
Qu'il est bon que chacun s'accuse ainsi que moi :
Car on doit souhaiter, selon toute justice,
Que le plus coupable périsse.
– Sire, dit le Renard, vous être trop bon roi ;
Vos scrupules font voir trop de délicatesse.
Eh bien ! manger moutons, canaille[5], sotte espèce,
Est-ce un péché ? Non, non. Vous leur fîtes, Seigneur,
En les croquant, beaucoup d'honneur ;
Et quant au berger, l'on peut dire
Qu'il était digne de tous maux,
Étant de ces gens-là qui sur les animaux
Se font un chimérique empire[6]. »

1. On peut lire ici une référence à l'*Iliade* où Apollon envoie la peste à coups de flèches sur le camp des Grecs. \ **2.** *Dévouement* : au sens étymologique : faire le sacrifice de sa propre vie et se vouer aux divinités infernales pour exorciser un mal. \ **3.** *Force* : beaucoup de. \ **4.** Voir ci-dessus, note 2. \ **5.** *Canaille* : le mot désigne collectivement toute créature de basse condition. \ **6.** *Un chimérique empire* : un pouvoir illusoire, imaginaire.

Ainsi dit le Renard ; et flatteurs d'applaudir[1].
On n'osa trop approfondir
Du Tigre, ni de l'Ours, ni des autres puissances,
Les moins pardonnables offenses.
Tous les gens querelleurs, jusqu'aux simples mâtins[2],
Au dire de chacun, étaient de petits saints.
L'Âne vint à son tour, et dit : « J'ai souvenance[3]
Qu'en un pré de moines passant[4],
La faim, l'occasion, l'herbe tendre, et, je pense,
Quelque diable aussi me poussant,
Je tondis de ce pré la largeur de ma langue.
Je n'en avais nul droit, puisqu'il faut parler net[5]. »
À ces mots on cria haro[6] sur le Baudet[7].
Un loup, quelque peu clerc[8], prouva par sa harangue[9]
Qu'il fallait dévouer[10] ce maudit animal,
Ce pelé, ce galeux, d'où venait tout leur mal.
Sa peccadille[11] fut jugée un cas pendable.
Manger l'herbe d'autrui ! quel crime abominable !
Rien que la mort n'était capable[12]
D'expier[13] son forfait : on le lui fit bien voir.

Selon que vous serez puissant ou misérable,
Les jugements de cour vous rendront blanc ou noir.

1. *D'applaudir* : infinitif de narration. \ **2.** *Mâtins* : gros chiens de garde. \ **3.** *J'ai souvenance* : je me souviens. \ **4.** *Passant* : le sujet de ce participe présent est bien entendu l'âne qui parle. \ **5.** *Net* : au XVIIe siècle on prononçait *né*, ce qui assurait la rime avec *baudet*. \ **6.** *Haro* : en Normandie, cette onomatopée, devenue un terme judiciaire, indiquait que quelqu'un voulait poursuivre un adversaire en justice. \ **7.** *Baudet* : terme familier désignant l'âne. \ **8.** *Clerc* : le mot est ici synonyme de savant, puisque les clercs étaient instruits, notamment dans le domaine du droit. \ **9.** *Harangue* : discours. \ **10.** *Dévouer* : immoler comme victime expiatoire. \ **11.** *Peccadille* : diminutif de *péché* (du latin *peccatum*), le mot désigne une faute sans gravité et fait antithèse avec la fin du vers qui évoque une faute passible de mort. \ **12.** *Rien que la mort n'était capable* : rien, sinon la mort, n'était capable. \ **13.** *Expier* : effacer.

II

Le mal marié

Que[1] le bon soit toujours camarade du beau,
Dès demain je[2] chercherai femme ;
Mais comme le divorce entre eux n'est pas nouveau,
Et que peu de beaux corps, hôtes d'une belle âme,
Assemblent l'un et l'autre point[3],
Ne trouvez pas mauvais que je ne cherche point.
J'ai vu beaucoup d'hymens[4] ; aucuns[5] d'eux ne me tentent :
Cependant des humains presque les quatre parts[6]
S'exposent hardiment au plus grand des hasards ;
Les quatre parts aussi des humains se repentent.
J'en vais alléguer[7] un qui, s'étant repenti,
Ne put trouver d'autre parti
Que de renvoyer son épouse,
Querelleuse, avare, et jalouse.
Rien ne la contentait, rien n'était comme il faut :
On se levait trop tard, on se couchait trop tôt ;
Puis du blanc, puis du noir[8], puis encore autre chose.
Les valets enrageaient ; l'époux était à bout :
« Monsieur ne songe à rien, Monsieur dépense tout,
Monsieur court, Monsieur se repose. »
Elle en dit tant, que Monsieur, à la fin,
Lassé d'entendre un tel lutin[9],
Vous la renvoie à la campagne

1. *Que* : pourvu que. \ **2.** La première personne fait partie de la fiction de la fable et n'a aucune valeur personnelle. La Fontaine s'était marié longtemps auparavant et vivait séparé de son épouse. \ **3.** *L'un et l'autre point* : l'un et l'autre avantage. \ **4.** *Hymens* : mariages. \ **5.** *Aucuns* : archaïsme : dans l'ancienne langue, *aucun* pouvait être pluriel. \ **6.** *Les quatre parts* : la quasi-totalité. \ **7.** *Alléguer* : citer comme preuve. \ **8.** *Puis du blanc, puis du noir* : elle disait blanc, elle disait noir. \ **9.** *Lutin* : créature surnaturelle et malfaisante.

Chez ses parents. La voilà donc compagne
De certaines Philis[1] qui gardent les dindons
Avec les gardeurs de cochons.
Au bout de quelque temps, qu'on[2] la crut adoucie,
Le mari la reprend. « Eh bien ! qu'avez-vous fait ?
Comment passiez-vous votre vie ?
L'innocence des champs est-elle votre fait[3] ?
– Assez, dit-elle ; mais ma peine
Était de voir les gens plus paresseux qu'ici :
Ils n'ont des troupeaux nul souci.
Je leur savais bien dire[4], et m'attirais la haine
De tous ces gens si peu soigneux.
– Eh ! Madame, reprit son époux tout à l'heure[5].
Si votre esprit est si hargneux,
Que le monde qui ne demeure
Qu'un moment avec vous et ne revient qu'au soir
Est déjà lassé de vous voir,
Que feront des valets qui toute la journée
Vous verront contre eux déchaînée ?
Et que pourra faire un époux
Que vous voulez qui soit jour et nuit avec vous ?
Retournez au village : adieu. Si, de ma vie,
Je vous rappelle et qu'il m'en prenne envie,
Puissé-je chez les morts avoir pour mes péchés
Deux femmes comme vous sans cesse à mes côtés ! »

1. *Philis* : ce prénom désigne traditionnellement les bergères dans la poésie pastorale et galante. \ **2.** *Qu'on* : lorsqu'on. \ **3.** *Est-elle votre fait* ? Vous convient-elle ? \ **4.** *Je leur savais bien dire* : tour ancien : je savais bien le leur dire. \ **5.** *Tout à l'heure* : sur le champ, immédiatement.

III

Le Rat qui s'est retiré du monde

Les Levantins[1] en leur légende
Disent qu'un certain Rat, las des soins[2] d'ici-bas[3],
Dans un fromage de Hollande
Se retira loin du tracas.
La solitude était profonde,
S'étendant partout à la ronde.
Notre ermite nouveau[4] subsistait là dedans.
Il fit tant, de pieds et de dents,
Qu'en peu de jours il eut au fond de l'ermitage
Le vivre et le couvert[5] : que faut-il davantage ?
Il devint gros et gras : Dieu prodigue[6] ses biens
À ceux qui font vœu d'être siens.
Un jour, au dévot personnage
Des députés du peuple rat
S'en vinrent demander quelque aumône légère :
Ils allaient en terre étrangère
Chercher quelque secours contre le peuple chat[7] ;
Ratopolis[8] était bloquée :
On les avait contraints de partir sans argent,
Attendu[9] l'état indigent[10]
De la république attaquée.
Ils demandaient fort peu, certains que le secours
Serait prêt dans quatre ou cinq jours.

---

1. *Levantins* : les habitants du Levant, c'est-à-dire les Orientaux. \ **2.** *Soins* : soucis. \ **3.** *D'ici-bas* : de la vie terrestre, par opposition aux préoccupations religieuses du rat. \ **4.** *Notre ermite nouveau* : comprendre : notre ermite d'un genre nouveau. \ **5.** *Le vivre et le couvert* : la nourriture et le logement. \ **6.** *Prodigue* : distribue généreusement. \ **7.** *S'en vinrent demander quelque aumône :/Ils allaient en terre étrangère* : style indirect libre : ils disaient qu'ils allaient. \ **8.** *Ratopolis* : nom plaisant inventé par La Fontaine pour désigner la ville des Rats (le mot grec *polis* signifie « ville »). \ **9.** *Attendu* : étant donné. \ **10.** *Indigent* : nécessiteux.

« Mes amis, dit le Solitaire,
Les choses d'ici-bas ne me regardent plus ;
En quoi peut un pauvre reclus[1]
Vous assister ? que peut-il faire
Que de prier le Ciel qu'il vous aide en ceci ?
J'espère qu'il aura de vous quelque souci[2]. »
Ayant parlé de cette sorte,
Le nouveau saint ferma sa porte.
Qui désignai-je[3], à votre avis,
Par ce Rat si peu secourable ?
Un moine ? Non, mais un dervis[4] :
Je suppose qu'un moine est toujours charitable.

IV

Le Héron[5]

Un jour, sur ses longs pieds, allait, je ne sais où,
Le Héron au long bec emmanché d'un long cou.
Il côtoyait une rivière.
L'onde était transparente ainsi qu'aux plus beaux jours ;
Ma commère la Carpe y faisait mille tours
Avec le Brochet son compère[6].
Le Héron en eût fait aisément son profit :
Tous approchaient du bord ; l'oiseau n'avait qu'à prendre.

1. *Reclus* : enfermé, d'où cloîtré. \ **2.** *Qu'il aura de vous quelque souci* : qu'il se souciera de vous. \ **3.** *Désignai-je* : ancienne forme de l'indicatif présent à la forme interrogative ; on écrit aujourd'hui *désigné-je.* \ **4.** *Dervis* : religieux turc. \ **5.** Fable inspirée d'Abstemius (humaniste italien du XVe siècle, éditeur de fables latines dont La Fontaine s'est partiellement inspiré), *L'Oiseleur et le Pinson*, mais le fabuliste a remplacé l'oiseleur par un héron. \ **6.** *Compère* : à l'origine, les mots *compère* et *commère* désignent le parrain et la marraine ; dans l'appellation villageoise et familière subsiste l'idée de bonne entente et de familiarité.

Mais il crut mieux faire d'attendre
Qu'il eût un peu plus d'appétit :
Il vivait de régime [1], et mangeait à ses heures.
Après quelques moments, l'appétit vint : l'Oiseau,
S'approchant du bord, vit sur l'eau
Des tanches [2] qui sortaient du fond de ces demeures.
Le mets ne lui plut pas ; il s'attendait à mieux,
Et montrait un goût dédaigneux,
Comme le Rat du bon Horace [3].
« Moi, des tanches ! dit-il, moi, Héron, que je fasse
Une si pauvre chère [4] ? Et pour qui me prend-on ? »
La tanche rebutée [5], il trouva du goujon [6].
« Du goujon ! c'est bien là le dîner d'un Héron !
J'ouvrirais pour si peu le bec ! aux Dieux ne plaise ! »
Il l'ouvrit pour bien moins : tout alla de façon
Qu'il ne vit plus aucun poisson.
La faim le prit : il fut tout heureux et tout aise
De rencontrer un limaçon [7].

Ne soyons pas si difficiles :
Les plus accommodants, ce sont les plus habiles ;
On hasarde [8] de perdre en voulant trop gagner.
Gardez-vous de rien [9] dédaigner,
Surtout quand vous avez à peu près votre compte.
Bien des gens y sont pris. Ce n'est pas aux hérons
Que je parle ; écoutez, humains, un autre conte :
Vous verrez que chez vous j'ai puisé ces leçons.

---

1. *De régime* : avec régime, autrement dit de façon réglée. \ **2.** *Tanches* : poissons d'eau douce à chair délicate et à peau sombre et gluante. \ **3.** *Horace* : poète latin du Ier siècle av. J.-C., qui a raconté la fable du Rat de ville et du Rat des champs : invité par le Rat des champs, le Rat de ville dédaigne les mets rustiques (*Satires*, II, 6). La Fontaine s'en est inspiré pour la fable 9 du livre I. \ **4.** *Chère* : repas. \ **5.** *Rebutée* : repoussée. \ **6.** *Goujon* : petit poisson d'eau douce très commun. \ **7.** *Limaçon* : escargot. \ **8.** *On hasarde* : on risque. \ **9.** *Rien* : le pronom indéfini a ici une valeur affirmative, il équivaut à « quelque chose ».

V

La Fille[1]

Certaine Fille, un peu trop fière,
Prétendait trouver un mari
Jeune, bien fait et beau, d'agréable manière,
Point froid et point jaloux : notez ces deux points-ci.
Cette Fille voulait aussi
Qu'il eût du bien[2], de la naissance,
De l'esprit, enfin tout. Mais qui peut tout avoir ?
Le Destin se montra soigneux de la pourvoir :
Il vint des partis d'importance.
La belle les trouva trop chétifs[3] de moitié :
« Quoi ? moi ! quoi ? ces gens-là ! l'on radote[4], je pense.
À moi les proposer ! hélas ! ils font pitié :
Voyez un peu la belle espèce ! »
L'un n'avait en l'esprit nulle délicatesse ;
L'autre avait le nez fait de cette façon-là :
C'était ceci, c'était cela ;
C'était tout, car les précieuses
Font dessus tout[5] les dédaigneuses.
Après les bons partis, les médiocres gens
Vinrent se mettre sur les rangs.
Elle de se moquer. « Ah ! vraiment je suis bonne
De leur ouvrir la porte ! Ils pensent que je suis
Fort en peine de ma personne :

1. Cette fable s'inspire probablement du poète latin Martial (Ier siècle apr. J.-C.), que La Fontaine a sans doute découvert en lisant Tallemant de Réaux (1609-1690). Ce dernier utilise le poète latin afin de se moquer des précieuses du XVIIe siècle qui, éprises de raffinement et recherchant la perfection, n'avaient de cesse de retarder leur mariage. \ **2.** *Du bien* : de la fortune. \ **3.** *Chétif* : ici, l'adjectif n'est pas à prendre au sens physique, il est synonyme de « malheureux, à plaindre » ; le sens est : ils n'ont pas la moitié des qualités exigées. \ **4.** *L'on radote* : on déraisonne. \ **5.** *Dessus tout* : par-dessus tout.

Grâce à Dieu, je passe les nuits
Sans chagrin, quoique en solitude. »
La belle se sut gré[1] de tous ces sentiments ;
L'âge la fit déchoir : adieu tous les amants[2].
Un an passe, et deux, avec inquiétude ;
Le chagrin vient ensuite ; elle sent chaque jour
Déloger[3] quelques Ris[4], quelques Jeux, puis l'Amour ;
Puis ses traits choquer et déplaire ;
Puis[5] cent sortes de fards. Ses soins ne purent faire
Qu'elle échappât au temps, cet insigne[6] larron[7].
Les ruines d'une maison
Se peuvent réparer : que n'est cet avantage[8]
Pour les ruines du visage ?
Sa préciosité changea lors[9] de langage.
Son miroir lui disait : « Prenez vite un mari. »
Je ne sais quel désir le lui disait aussi :
Le désir peut loger chez une précieuse.
Celle-ci fit un choix qu'on n'aurait jamais cru,
Se trouvant à la fin tout aise et tout heureuse
De rencontrer un malotru[10].

1. *Se sut gré* : se félicita. \ **2.** *Amants* : dans la langue classique, hommes qui font la cour à une femme. \ **3.** *Déloger* : partir, s'en aller. \ **4.** *Ris* : forme ancienne pour *rires*, le mot désigne de façon métonymique les joies de la jeunesse. \ **5.** Sous-entendu : elle utilise. \ **6.** *Insigne* : remarquable, fameux. \ **7.** *Larron* : voleur. \ **8.** *Que n'est cet avantage ?* pourquoi n'y a-t-il pas le même avantage ? \ **9.** *Lors* : forme ancienne pour *alors*. \ **10.** *Malotru* : homme sans éducation, aux manières grossières.

VI
Les Souhaits

Il est au Mogol[1] des follets[2]
Qui font office de valets,
Tiennent la maison propre, ont soin de l'équipage[3]
Et quelquefois du jardinage.
Si vous touchez à leur ouvrage,
Vous gâtez tout. Un d'eux près du Gange autrefois
Cultivait le jardin d'un assez bon[4] bourgeois.
Il travaillait sans bruit, avait beaucoup d'adresse,
Aimait le maître et la maîtresse,
Et le jardin surtout[5]. Dieu sait si les Zéphirs[6],
Peuple ami du Démon, l'assistaient dans sa tâche !
Le Follet, de sa part, travaillant sans relâche,
Comblait ses hôtes de plaisirs.
Pour plus de marques de son zèle[7],
Chez ces gens pour toujours il se fût arrêté,
Nonobstant[8] la légèreté
À ses pareils si naturelle ;
Mais ses confrères les Esprits
Firent tant que le chef de cette république,
Par caprice ou par politique,
Le changea bientôt de logis.
Ordre lui vient d'aller au fond de la Norvège
Prendre soin d'une maison

1. *Mogol* : pays oriental, sans doute la partie de l'Inde conquise au XVIe siècle par les Mongols, également appelés Mogols. \ **2.** *Follets* : sorte de lutins qui se divertissent sans causer de mal. \ **3.** *Équipage* : ménage en général. \ **4.** *Assez bon* : aisé. \ **5.** On note ici le thème épicurien du bonheur simple dans le jardin, fréquent chez La Fontaine. \ **6.** *Zéphirs* : brises légères. \ **7.** *Pour plus de marques de son zèle* : pour leur marquer mieux encore son zèle. \ **8.** *Nonobstant* : malgré.

En tout temps couverte de neige[1] ;
Et d'Indou qu'il était on vous le fait Lapon.
Avant que de partir, l'Esprit dit à ses hôtes :
« On m'oblige de vous quitter :
Je ne sais pas pour quelles fautes ;
Mais enfin il le faut. Je ne puis arrêter[2]
Qu'un temps fort court, un mois, peut-être une semaine :
Employez-la ; formez trois souhaits, car je puis
Rendre trois souhaits accomplis[3],
Trois sans plus. » Souhaiter, ce n'est pas une peine
Étrange[4] et nouvelle aux humains.
Ceux-ci, pour premier vœu, demandent l'abondance ;
Et l'Abondance, à pleines mains,
Verse en leurs coffres la finance[5],
En leurs greniers le blé, dans leurs caves les vins :
Tout en crève. Comment ranger cette chevance[6] ?
Quels registres, quels soins, quel temps il leur fallut !
Tous deux sont empêchés[7] si jamais on le fut.
Les voleurs contre eux complotèrent ;
Les grands seigneurs leur empruntèrent ;
Le Prince les taxa. Voilà les pauvres gens
Malheureux par trop de fortune.
« Ôtez-nous de ces biens l'affluence importune,
Dirent-ils l'un et l'autre : heureux les indigents[8] !
La pauvreté vaut mieux qu'une telle richesse.
Retirez-vous, trésors, fuyez ; et toi Déesse,
Mère du bon esprit, compagne du repos,

1. Un parallèle est ici établi entre le monde des lutins et le fonctionnement d'une communauté religieuse qui envoie un moine en mission. \ **2.** *Arrêter* : demeurer. \ **3.** *Rendre trois souhaits accomplis* : accomplir trois souhaits. \ **4.** *Étrange* : extraordinaire. \ **5.** *La finance* : l'argent. \ **6.** *Cette chevance* : ce capital (on retrouve le radical *chef* qui désigne la partie principale d'un bien). \ **7.** *Empêchés* : embarrassés. \ **8.** *Indigents* : pauvres.

Ô médiocrité[1], reviens vite. » À ces mots
La Médiocrité revient ; on lui fait place ;
Avec elle ils rentrent en grâce,
Au bout de deux souhaits étant aussi chanceux[2]
Qu'ils étaient, et que sont tous ceux
Qui souhaitent toujours et perdent en chimères[3]
Le temps qu'ils feraient mieux de mettre à leur affaires :
Le Follet en rit avec eux.
Pour profiter de sa largesse,
Quand il voulut partir et qu'il fut sur le point[4],
Ils demandèrent la sagesse,
C'est un trésor qui n'embarrasse point.

VII

La Cour du Lion[5]

Sa Majesté Lionne[6] un jour voulut connaître
De quelles nations le Ciel l'avait fait maître.
Il manda[7] donc par députés
Ses vassaux[8] de toute nature,
Envoyant de tous les côtés
Une circulaire[9] écriture
Avec son sceau. L'écrit portait

1. *Médiocrité* : au sens étymologique de « juste milieu », donc entre la richesse et la pauvreté. \ **2.** Ironie du fabuliste car ils n'ont pas plus de chance qu'ils n'en ont eu autrefois. \ **3.** *Chimères* : rêves, vaine imagination. \ **4.** Sous-entendu : de partir. \ **5.** On a pu voir comme source de cette fable le fragment d'un texte égaré du fabuliste latin Phèdre (Ier siècle), intitulé *Le Lion régnant*, récit utilisé par Marie de France (XIIe siècle) dans ses *Isopets*. \ **6.** Lionne : le mot est ici adjectif. \ **7.** *Manda* : fit venir. \ **8.** *Vassaux* : dans le système féodal, seigneurs placés sous la tutelle d'un seigneur plus puissant, appelé « suzerain ». \ **9.** *Circulaire* : ici employé comme adjectif ; comprendre « une circulaire écrite ».

Qu'un mois durant le Roi tiendrait
Cour plénière[1], dont l'ouverture
Devait être un fort grand festin,
Suivi des tours de Fagotin[2].
Par ce trait de magnificence
Le prince à ses sujets étalait sa puissance.
En son Louvre il les invita.
Quel Louvre ! un vrai charnier[3], dont l'odeur se porta
D'abord[4] au nez des gens. L'Ours boucha sa narine :
Il se fût bien passé[5] de faire cette mine ;
Sa grimace déplut : le Monarque irrité
L'envoya chez Pluton[6] faire le dégoûté.
Le Singe approuva fort cette sévérité,
Et flatteur excessif, il loua la colère[7]
Et la griffe du Prince, et l'antre, et cette odeur :
Il n'était ambre[8], il n'était fleur
Qui ne fût ail au prix[9]. Sa sotte flatterie
Eut un mauvais succès, et fut encore punie :
Ce Monseigneur du Lion-là
Fut parent de Caligula[10].
Le Renard étant proche : « Or çà, lui dit le Sire,
Que sens-tu ? dis-le-moi : parle sans déguiser. »
L'autre aussitôt de s'excuser,

1. *Cour plénière* : assemblée solennelle où le roi de France convoquait tous ses vassaux. \ **2.** *Fagotin* : nom d'un singe fameux dans les années 1660, qui paradait à la porte du théâtre de Brioché, célèbre bateleur et montreur de marionnettes. \ **3.** *Charnier* : lieu où l'on conservait la viande, puis lieu où l'on entassait les morts quand il n'y avait plus de place au cimetière. Le mot est sans doute employé à double sens en raison de la nature carnassière du monarque. \ **4.** *D'abord* : dès l'abord. \ **5.** *Il se fût bien passé* : il eût mieux fait de ne pas… \ **6.** *Pluton* : dieu des Enfers dans la mythologie romaine. \ **7.** La rime de ce vers manque. \ **8.** *Ambre* : il s'agit de l'ambre gris, substance aromatique tirée du cachalot. \ **9.** *Qui ne fût ail au prix* : qui, par comparaison, ne sente comme de l'ail ; ce sens s'explique par l'idée de valeur. \ **10.** *Caligula* : empereur romain du Ier siècle, célèbre par sa folie criminelle : il fit périr ceux qui pleuraient la mort de sa sœur Drusilla et ceux qui ne la pleuraient pas.

Alléguant[1] un grand rhume : il ne pouvait que dire[2]
Sans odorat. Bref, il s'en tire.

Ceci vous sert d'enseignement :
Ne soyez à la cour, si vous voulez y plaire,
Ni fade adulateur[3], ni parleur trop sincère,
Et tâchez quelquefois de répondre en Normand[4].

VIII

Les Vautours et les pigeons[5]

Mars[6] autrefois mit tout l'air en émute[7].
Certain sujet fit naître la dispute
Chez les oiseaux, non ceux que le Printemps
Mène à sa cour, et qui, sous la feuillée,
Par leur exemple et leurs sons éclatants,
Font que Vénus[8] est en nous réveillée ;
Ni ceux encor que la mère d'Amour
Met à son char[9] ; mais le peuple vautour,
Au bec retors[10], à la tranchante serre,
Pour un chien mort se fit, dit-on, la guerre.
Il plut du sang : je n'exagère point.
Si je voulais conter de point en point

---

1. *Alléguant* : prétextant. \ **2.** Style indirect libre. \ **3.** *Adulateur* : flatteur. \ **4.** On a fait aux Normands une réputation de prudence finaude à travers le proverbial « Peut-être bien que oui, peut-être bien que non », que l'on retrouve dans la fable 11 du livre III. \ **5.** Inspirée d'une fable d'Abstemius, *Les Vautours en guerre entre eux et pacifiés par les colombes*. \ **6.** *Mars* : dieu de la guerre dans la mythologie romaine. \ **7.** *Émute* : orthographe archaïque pour *émeute*. \ **8.** *Vénus* : déesse de l'amour, allégorie du sentiment amoureux. La Fontaine s'inscrit dans la tradition de la lyrique courtoise qui associe le printemps à l'amour. \ **9.** Le char de Vénus était tiré par des colombes. \ **10.** *Retors* : recourbé.

Tout le détail, je manquerais d'haleine.
Maint[1] chef périt, maint héros expira;
Et sur son roc Prométhée[2] espéra
De voir bientôt une fin à sa peine.
C'était plaisir d'observer leurs efforts;
C'était pitié de voir tomber les morts.
Valeur, adresse, et ruses, et surprises,
Tout s'employa. Les deux troupes, éprises
D'ardent courroux, n'épargnaient nuls moyens
De peupler l'air que respirent les Ombres[3];
Tout élément[4] remplit de citoyens
Le vaste enclos qu'ont les royaumes sombres.
Cette fureur mit la compassion
Dans les esprits d'une autre nation
Au col changeant[5], au cœur tendre et fidèle.
Elle employa sa méditation[6]
Pour accorder une telle querelle:
Ambassadeurs par le peuple pigeon
Furent choisis, et si bien travaillèrent,
Que les Vautours plus ne se chamaillèrent.
Ils firent trêve; et la paix s'ensuivit.
Hélas! ce fut aux dépens de la race
À qui la leur[7] aurait dû rendre grâce.
La gent[8] maudite aussitôt poursuivit
Tous les Pigeons, en fit ample carnage,

1. *Maint chef*: de nombreux chefs. \ **2.** *Prométhée*: Titan qui, dans la mythologie grecque, avait dérobé le feu sacré du ciel et l'avait donné aux hommes. Pour le punir, Zeus l'enchaîna sur le Caucase où un aigle lui rongeait le foie, qui repoussait sans cesse. À travers cette référence, le fabuliste veut signifier que les vautours risquent de tous périr dans cette guerre. \ **3.** *Les Ombres*: les morts dans la mythologie antique. \ **4.** *Élément*: chacun des quatre éléments (l'air, la terre, l'eau et le feu) participe à la guerre, le combat est donc universel. Ces vers sont proches du souffle épique d'Homère et de Virgile. \ **5.** *Une autre nation/au col changeant*: il s'agit des pigeons dont le plumage de la gorge est changeant. \ **6.** *Sa méditation*: son intervention, son arbitrage. \ **7.** Autrement dit celle des vautours. \ **8.** *Gent*: race, espèce.

En dépeupla les bourgades, les champs.
Peu de prudence eurent les pauvres gens[1]
D'accommoder[2] un peuple si sauvage.

Tenez toujours divisés les méchants :
La sûreté du reste de la terre
Dépend de là. Semez entre eux la guerre,
Ou vous n'aurez avec eux nulle paix.
Ceci soit dit en passant : je me tais.

IX

Le Coche[3] et la Mouche[4]

Dans un chemin montant, sablonneux, malaisé,
Et de tous les côtés au soleil exposé,
Six forts chevaux tiraient un coche.
Femmes, moine, vieillards, tout était descendu ;
L'attelage suait, soufflait, était rendu[5].
Une Mouche survient, et des chevaux s'approche,
Prétend[6] les animer par son bourdonnement,
Pique l'un, pique l'autre, et pense à tout moment
Qu'elle fait aller la machine[7],
S'assied sur le timon[8], sur le nez du cocher.

1. *Les pauvres gens* : l'expression désigne les pigeons. \ **2.** *Accommoder* : réconcilier. \ **3.** *Coche* : chariot couvert servant aux transports des personnes. \ **4.** La Fontaine tire sa moralité de Phèdre (III, 6 et II, 5) et semble s'inspirer d'un fait divers dont il avait été témoin en Limousin. \ **5.** *Était rendu* : était épuisé. \ **6.** *Prétend* : espère. \ **7.** *Machine* : dans la langue classique, le mot désigne tout assemblage utilitaire de bois ou de métal, avec une nuance d'énormité. \ **8.** *Timon* : longue pièce de bois disposée à l'avant du coche, au centre de l'attelage, donc juste devant le nez du cocher, de chaque côté de laquelle on attelle un cheval.

Aussitôt que le char chemine[1],
Et qu'elle voit les gens marcher,
Elle s'en attribue uniquement la gloire,
Va, vient, fait l'empressée : il semble que ce soit
Un sergent de bataille[2] allant en chaque endroit
Faire avancer ses gens et hâter la victoire.
La Mouche, en ce commun besoin[3],
Se plaint qu'elle agit seule, et qu'elle a tout le soin[4] ;
Qu'aucun n'aide aux chevaux à se tirer d'affaire.
Le moine disait son bréviaire[5] :
Il prenait[6] bien son temps[7] ! une femme chantait :
C'était bien de chansons qu'alors il s'agissait !
Dame Mouche[8] s'en va chanter à leurs oreilles,
Et fait cent sottises pareilles[9].
Après bien du travail, le Coche arrive au haut :
« Respirons maintenant ! dit la Mouche aussitôt :
J'ai tant fait que nos gens sont enfin dans la plaine[10].
Ça[11], Messieurs les Chevaux, payez-moi de ma peine. »

Ainsi certaines gens, faisant les empressés,
S'introduisent dans les affaires[12] :
Ils font partout les nécessaires,
Et, partout importuns[13], devraient être chassés.

1. *Chemine* : le verbe évoque une progression lente et régulière. \ **2.** *Sergent* dérive du verbe *servir* et désigne un officier principal, chargé de ranger les troupes en bataille sous les ordres des généraux. \ **3.** *Commun besoin* : nécessité commune à tous. \ **4.** *Tout le soin* : tout le souci, toute la peine. \ **5.** *Bréviaire* : livre des prières que doit lire un homme d'Église chaque jour et à toute heure. \ **6.** Style indirect libre pour évoquer les pensées de la mouche, comme au vers suivant. \ **7.** *Il prenait bien son temps* : il choisissait bien son moment. \ **8.** *Dame Mouche* : trait burlesque qui manifeste l'importance que se donne la mouche. \ **9.** *Pareilles* : du même genre. \ **10.** *Plaine* : littéralement, surface plane, plateau. \ **11.** *Ça* : exclamation. \ **12.** *Dans les affaires* : dans les difficultés d'autrui. \ **13.** *Importuns* : gênants, insupportables.

X

La Laitière et le Pot au lait

Perrette, sur sa tête ayant un pot au lait
Bien posé sur un coussinet,
Prétendait [1] arriver sans encombre à la ville.
Légère et court vêtue, elle allait à grands pas,
Ayant mis ce jour-là, pour être plus agile,
Cotillon [2] simple et souliers plats.
Notre laitière ainsi troussée [3]
Comptait déjà dans sa pensée
Tout le prix de son lait, en employait l'argent ;
Achetait un cent [4] d'œufs, faisait triple couvée [5] :
La chose allait à bien [6] par son soin diligent [7].
« Il m'est, disait-elle, facile
D'élever des poulets autour de ma maison ;
Le renard sera bien habile
S'il ne m'en laisse assez pour avoir un cochon.
Le porc à s'engraisser coûtera un peu de son ;
Il était, quand je l'eus, de grosseur raisonnable :
J'aurais, le revendant, de l'argent bel et bon.
Et qui m'empêchera de mettre en notre étable,
Vu le prix dont il est [8], une vache et son veau,
Que je verrai sauter au milieu du troupeau ? »
Perrette là-dessus saute aussi, transportée ;
Le lait tombe : adieu veau, vache, cochon, couvée.
La dame de ces biens [9], quittant d'un œil marri [10]

1. *Prétendait* : espérait bien. \ **2.** *Cotillon* : jupon léger, sans volants. \ **3.** *Troussée* : arrangée. \ **4.** *Un cent d'œufs* : une centaine. \ **5.** Sans doute les faisait-elle couver par trois poules ; détail surprenant car une poule ne peut guère couver plus de quinze œufs. \ **6** *Allait à bien* : réussissait ; le rêve de Perrette commence donc bien. \ **7.** *Diligent* : appliqué et empressé. \ **8.** *Dont il est* : qu'il vaut. \ **9.** *La dame de ces biens* : dans la langue classique, la propriétaire. \ **10.** *Marri* (archaïsme) : désolé.

Sa fortune ainsi répandue,
Va s'excuser à[1] son mari,
En grand danger d'être battue.
Le récit en farce[2] en fut fait ;
On l'appela *le Pot au lait*.

Quel esprit ne bat la campagne[3] ?
Qui ne fait châteaux en Espagne[4] ?
Picrochole[5], Pyrrhus[6], la Laitière, enfin tous,
Autant les sages que les fous.
Chacun songe en veillant[7] ; il n'est rien de plus doux :
Une flatteuse erreur[8] emporte alors nos âmes ;
Tout le bien du monde est à nous,
Tous les honneurs, toutes les femmes.
Quand je suis seul, je fais au plus brave un défi ;
Je m'écarte[9], je vais détrôner le Sophi[10] ;
On m'élit roi, mon peuple m'aime ;
Les diadèmes vont sur ma tête pleuvant :
Quelque accident fait-il que je rentre en moi-même,
Je suis gros Jean comme devant[11].

1. *À* : auprès de. \ **2.** Les farces médiévales mettent souvent aux prises maris et femmes. \ **3.** *Ne bat la campagne* : au sens propre, parcourir la campagne pour faire lever le gibier, d'où errer sans but, puis divaguer. \ **4.** *Châteaux en Espagne* : l'expression, qui remonte au XIIIe siècle, désigne le fait de nourrir des rêves sans fondement. \ **5.** *Picrochole* : personnage de Rabelais qui, dans *Gargantua*, se voyait en imagination maître de l'univers. \ **6.** *Pyrrhus* : roi d'Epire du IIe siècle av. J-C., dont Plutarque raconte l'ambition conquérante et les guerres qu'il mena contre les Romains. Une *victoire à la Pyrrhus* est une victoire sans lendemain. \ **7.** *Songe en veillant* : rêve en étant éveillé. \ **8.** *Flatteuse erreur* : égarement trompeur. \ **9.** *Je m'écarte* : je m'éloigne. \ **10.** *Sophi* : nom du chah de Perse à l'époque de Louis XIV. \ **11.** *Gros Jean comme devant* : expression familière pour désigner un homme naïf et lourdaud.

XI

Le Curé et le Mort[1]

Un mort s'en allait tristement
S'emparer de son dernier gîte[2] ;
Un Curé s'en allait gaiement
Enterrer ce mort au plus vite.
Notre défunt était en carrosse porté,
Bien et dûment[3] empaqueté[4],
Et vêtu d'une robe, hélas ! qu'on nomme bière,
Robe d'hiver, robe d'été,
Que les morts ne dépouillent guère.
Le Pasteur[5] était à côté,
Et récitait, à l'ordinaire[6],
Maintes dévotes oraisons[7],
Et des psaumes[8] et des leçons,
Et des versets et des répons[9] :
« Monsieur le Mort, laissez-nous faire,
On vous en donnera de toutes les façons ;
Il ne s'agit que du salaire[10]. »
Messire Jean Chouart[11] couvait des yeux son mort
Comme si l'on eût dû lui ravir ce trésor,

1. Un fait divers raconté par Mme de Sévigné a inspiré cette fable à La Fontaine : « Monsieur de Boufflers a tué un homme après sa mort », lettre à sa fille du 26 février 1672. \ **2.** *Gîte* : du verbe *gésir*, « être couché ». Le *gîte* est donc le lieu où l'on couche, terme qui convient parfaitement pour un mort. \ **3.** *Dûment* : comme il est dû. \ **4.** Irrévérence du fabuliste dans cette évocation du suaire. \ **5.** *Pasteur* : terme tiré des Évangiles, qui désigne le prêtre. \ **6.** *À l'ordinaire* : suivant l'ordinaire. \ **7.** *Oraisons* : prières. \ **8.** *Psaumes* : chants liturgiques ; il s'agit sans doute des Psaumes de la pénitence, récités lors des enterrements. \ **9.** Dans la liturgie des offices catholiques, les *leçons* sont lues par le prêtre, les *versets* et les *répons* chantés alternativement par le célébrant et l'assistance. \ **10.** *Il ne s'agit que du salaire* : le seul point important, c'est le salaire. À l'époque, en effet, les prêtres étaient rétribués pour célébrer les enterrements. \ **11.** *Messire Jean Chouart* : trait grotesque : La Fontaine associe un titre de noblesse au nom de l'organe masculin chez Rabelais (*Gargantua*, XXI et *Quart Livre*, LII).

Et des regards semblait lui dire :
« Monsieur le Mort, j'aurai de vous
Tant en argent, et tant en cire [1],
Et tant en autres menus coûts [2]. »
Il fondait là-dessus l'achat d'une feuillette [3]
Du meilleur vin des environs ;
Certaine nièce assez propette [4]
Et sa chambrière [5] Pâquette
Devaient avoir des cotillons [6].
Sur cette agréable pensée,
Un heurt survient : adieu le char.
Voilà Messire Jean Chouart
Qui du choc de son mort a la tête cassée :
Le paroissien en plomb [7] entraîne son pasteur ;
Notre Curé suit son seigneur ;
Tous deux s'en vont de compagnie.

Proprement [8] toute notre vie
Est le curé Chouart [9], qui sur son mort comptait,
Et [10] la fable du *Pot au lait*.

1. On payait alors les cierges et les détails de la cérémonie d'enterrement. \ **2.** *Coûts* : dépenses. \ **3.** *Feuillette* : barrique d'environ 135 litres. \ **4.** *Propette* : la forme *proprette* se répand surtout après le XVIIe siècle. Le mot signifiait alors « élégante ». \ **5.** *Chambrière* : femme de chambre. \ **6.** *Cotillons* : jupons (voir note 2, p. 29). \ **7.** *En plomb* : dans le plomb, car les cercueils étaient à l'époque fermés au plomb. \ **8.** *Proprement* : à proprement parler. \ **9.** *Est le curé* : sous-entendu, l'histoire (l'histoire du curé Chouart). \ **10.** *Et* : et aussi celle de la fable…

XII

L'Homme qui court après la Fortune, et l'Homme qui l'attend dans son lit

Qui ne court après la Fortune[1] ?
Je voudrais être en lieu d'où je pusse aisément
Contempler la foule importune
De ceux qui cherchent vainement
Cette fille du Sort de royaume en royaume,
Fidèles courtisans d'un volage fantôme.
Quand ils sont près du bon moment,
L'inconstante aussitôt à leurs désirs échappe :
Pauvres gens ! je les plains ; car on a pour les fous
Plus de pitié que de courroux.
« Cet homme, disent-ils, était planteur de choux,
Et le voilà devenu pape :
Ne le valons-nous pas ? – Vous valez cent fois mieux ;
Mais que vous sert votre mérite ?
La Fortune a-t-elle des yeux ?
Et puis la papauté vaut-elle ce qu'on quitte,
Le repos, le repos, trésor si précieux
Qu'on en faisait jadis le partage des Dieux ?
Rarement la Fortune à ses hôtes le laisse.
Ne cherchez point cette déesse,
Elle vous cherchera : son sexe[2] en use ainsi. »

Certain couple d'amis, en un bourg[3] établi,
Possédait quelque bien. L'un soupirait sans cesse
Pour[4] la Fortune ; il dit à l'autre un jour :

1. *Fortune* : déesse du destin et de la chance dans l'Antiquité. \ **2.** *Son sexe* : les personnes de son sexe, donc les femmes. \ **3.** *Bourg* : gros village. \ **4.** *Pour* : après.

« Si nous quittions notre séjour ?
Vous savez que nul n'est prophète
En son pays : cherchons notre aventure ailleurs.
– Cherchez, dit l'autre ami : pour moi je ne souhaite
Ni climats ni destins meilleurs ;
Contentez-vous [1] ; suivez votre humeur inquiète :
Vous reviendrez bientôt. Je fais vœu cependant
De dormir en vous attendant. »
L'ambitieux, ou, si l'on veut, l'avare,
S'en va par voie et par chemin.
Il arrivera le lendemain
En un lieu que devait la déesse bizarre
Fréquenter sur [2] tout autre ; et ce lieu, c'est la cour.
Là donc pour quelque temps il fixe son séjour,
Se trouvant au coucher, au lever, à ces heures [3]
Que l'on sait être les meilleures,
Bref, se trouvant à tout, et n'arrivant à rien.
« Qu'est-ce ceci ? ce [4] dit-il, cherchons ailleurs du bien.
La Fortune pourtant habite ces demeures ;
Je la vois tous les jours entrer chez celui-ci,
Chez celui-là : d'où vient qu'aussi
Je ne puis héberger cette capricieuse ?
On me l'avait bien dit, que des gens de ce lieu
L'on n'aime pas toujours l'humeur ambitieuse.
Adieu, Messieurs de cour ; Messieurs de cour, adieu :
Suivez jusques [5] au bout une ombre qui vous flatte.
La fortune a, dit-on, des temples à Surate [6] :
Allons là. » Ce fut un de dire et s'embarquer [7].

1. *Contentez-vous* : faites-vous plaisir. \ **2.** *Sur* : plus que. \ **3.** Il s'agir du coucher et du lever du roi, moments importants de la vie de la cour. \ **4.** *Ce* : sur ce. \ **5.** *Jusques* : graphie possible dans l'ancienne langue afin d'éviter l'élision du *e* muet et de permettre la régularité du mètre. \ **6.** *Surate* : grand port de l'Inde, siège de la Compagnie des Indes fondée par Colbert. \ **7.** *Ce fut un de dire et s'embarquer* : sitôt dit, sitôt embarqué.

Âmes de bronze[1], humains, celui-là fut sans doute
Armé de diamant, qui tenta cette route,
Et le premier osa l'abîme défier.
Celui-ci, pendant son voyage,
Tourna les yeux vers son village
Plus d'une fois, essuyant les dangers
Des pirates, des vents, du calme[2] et des rochers,
Ministres de la Mort : avec beaucoup de peines
On s'en va la chercher en des rives lointaines,
La trouvant assez tôt sans quitter la maison[3].
L'homme arrive au Mogol[4] : on lui dit qu'au Japon[5]
La Fortune pour lors distribuait ses grâces.
Il y court. Les mers étaient lasses
De le porter ; et tout le fruit
Qu'il tira de ses longs voyages,
Ce fut cette leçon que donnent les sauvages :
« Demeure en ton pays, par la nature instruit. »
Le Japon ne fut pas plus heureux[6] à cet homme
Que le Mogol l'avait été :
Ce qui lui fit conclure en somme
Qu'il avait à grand tort son village quitté.
Il renonce aux courses ingrates,
Revient en son pays, voit de loin ses pénates[7],
Pleure de joie, et dit : « Heureux qui vit chez soi,
De régler ses désirs[8] faisant tout son emploi !
Il ne sait que par ouï-dire
Ce que c'est que la cour, la mer, et ton empire,

1. *Âmes de bronze* : image empruntée au poète latin Horace, chez qui le bronze symbolise l'audace des premiers voyageurs (*Odes*, I, 3). \ **2.** *Calme* : l'absence de vent est dangereuse pour la navigation à voile. \ **3.** *La trouvant* : participiale à valeur d'opposition signifiant « alors qu'on la trouve ». \ **4.** *Mogol* : voir note 1, p. 21. \ **5.** *Japon* : pays avec lequel la France entretenait des relations commerciales et où s'étaient installés des religieux. \ **6.** *Heureux* : favorable. \ **7.** *Pénates* : dans l'Antiquité romaine, dieux de la maison, puis par extension le foyer. \ **8.** *Régler ses désirs* : modérer ses désirs, trait de morale épicurienne.

Fortune, qui nous fais passer devant les yeux
Des dignités, des biens, que jusqu'au bout du monde
On suit, sans que l'effet aux promesses réponde.
Désormais je ne bouge, et ferai cent fois mieux. »
En raisonnant de cette sorte,
Et contre la Fortune ayant pris ce conseil[1],
Il la trouve assise à la porte
De son ami, plongé dans un profond sommeil.

XIII

Les Deux Coqs[2]

Deux Coqs vivaient en paix: une Poule survint,
Et voilà la guerre allumée.
Amour, tu perdis Troie[3]; et c'est de toi que vint
Cette querelle envenimée
Où du sang des Dieux même on vit le Xanthe[4] teint!
Longtemps entre nos Coqs le combat se maintint.
Le bruit s'en répandit par tout le voisinage:
La gent[5] qui porte crête au spectacle accourut;
Plus d'une Hélène[6] au beau plumage
Fut le prix du vainqueur. Le vaincu disparut:
Il alla se cacher au fond de sa retraite,
Pleura sa gloire et ses amours,

---

1. *Conseil*: résolution, décision. \ **2.** Inspirée de la fable d'Ésope, *Les Deux Coqs et l'Aigle*. \ **3.** La guerre de Troie, chantée par Homère dans l'*Iliade*, avait été provoquée par l'amour de Pâris pour Hélène. \ **4.** *Xanthe*: fleuve près de Troie, également appelé Scamandre, au bord duquel Arès, dieu grec de la guerre et Aphrodite, déesse de l'amour, furent blessés par Diomède, prince d'Argos, un des héros de la guerre de Troie fameux pour son courage. \ **5.** *Gent*: espèce, périphrase pour désigner la volaille. \ **6.** *Hélène*: celle par qui la guerre de Troie est arrivée (voir ci-dessus, note 3).

Ses amours qu'un rival, tout fier de sa[1] défaite,
Possédait à ses yeux. Il voyait tous les jours
Cet objet[2] rallumer sa haine et son courage;
Il aiguisait son bec, battait l'air et ses flancs,
Et, s'exerçant contre les vents,
S'armait d'une jalouse rage.
Il n'en eut pas besoin. Son vainqueur sur les toits
S'alla percher, et chanter sa victoire.
Un Vautour entendit sa voix:
Adieu les amours et la gloire;
Tout cet orgueil périt sous l'ongle[3] du Vautour.
Enfin, par un fatal retour,
Son rival autour de la Poule
S'en revint faire le coquet[4]:
Je laisse à penser quel caquet[5],
Car il eut des femmes en foule.

La Fortune[6] se plaît à faire de ces coups:
Tout vainqueur insolent à sa perte travaille.
Défions-nous du Sort, et prenons garde à nous
Après le gain d'une bataille.

1. Celle de son ennemi. \ **2.** *Objet*: dans la langue galante, l'objet de sa flamme, donc celle qu'il aimait. \ **3.** *Sous l'ongle*: sous les serres. \ **4.** Jeu de mots du fabuliste puisque *coquet* vient du mot *coq*. \ **5.** *Caquet*: bavardage. \ **6.** *Fortune*: déesse du destin et du hasard dans l'Antiquité.

XIV

L'Ingratitude et l'Injustice des hommes envers la Fortune [1]

Un trafiquant [2] sur mer, par bonheur [3], s'enrichit.
Il triompha des vents pendant plus d'un voyage :
Gouffre, banc [4], ni rocher, n'exigea de péage
D'aucun de ses ballots [5] ; le Sort l'en affranchit [6].
Sur tous ses compagnons Atropos [7] et Neptune [8]
Recueillirent leur droit, tandis que la Fortune
Prenait soin d'amener son marchand à bon port.
Facteurs [9], associés, chacun lui fut fidèle.
Il vendit son tabac, son sucre, sa canèle,
Ce qu'il voulut, sa porcelaine encor [10] :
Le luxe et la folie [11] enflèrent son trésor ;
Bref, il plut dans son escarcelle [12].
On ne parlait chez lui que par doubles ducats [13] ;
Et mon homme d'avoir chiens, chevaux et carrosses [14] :
Ses jours de jeûne étaient des noces [15].
Un sien ami, voyant ces somptueux repas,

1. La source de cette fable est *De l'homme qui attribuait à lui-même son bonheur, à la fortune son malheur*, texte pour lequel Abstemius a repris *Le Laboureur et sa fortune* d'Ésope. \ **2.** *Trafiquant* : dans la langue classique, ce mot n'a aucune valeur péjorative et désigne simplement un commerçant. \ **3.** *Par bonheur* : par chance. \ **4.** Banc de sable sur lequel les navires peuvent s'échouer. \ **5.** *N'exigea de péage/D'aucun de ses ballots* : comprendre : il n'eut rien à sacrifier pour passer. Le péage était un droit de passage dont il fallait s'acquitter. \ **6.** *L'en affranchit* : le dispensa de ce droit de passage à payer. \ **7.** *Atropos* : celle des Trois Parques, divinités romaines du destin, qui tranchait le fil de la vie. \ **8.** *Neptune* : dieu romain de la mer. \ **9.** *Facteurs* : personnes chargées du négoce pour le compte d'un marchand. \ **10.** À l'époque, les épices (dont la cannelle du vers 9) et la porcelaine étaient importées par la Compagnie des Indes fondée par Colbert et évoquée dans la fable 12 de ce même livre VII. \ **11.** *Folie* : engouement pour ces produits de luxe. \ **12.** *Escarcelle* : grande bourse que l'on portait accrochée à la ceinture. \ **13.** *Ducats* : pièces d'or de l'époque. \ **14.** Infinitif de narration. \ **15.** *Des noces* : sous-entendu *repas* (repas de noces).

Lui dit : « Et d'où vient donc un si bon ordinaire[1] ?
– Et d'où me viendrait-il que de mon savoir-faire ?
Je n'en dois rien qu'à moi, qu'à mes soins, qu'au talent
De risquer à propos, et bien placer l'argent. »
Le profit lui semblant une fort douce chose,
Il risqua de nouveau le gain qu'il avait fait ;
Mais rien, pour cette fois, ne lui vint à souhait.
Son imprudence en fut la cause :
Un vaisseau mal frété[2] périt au premier vent ;
Un autre, mal pourvu des armes nécessaires,
Fut enlevé par les corsaires ;
Un troisième au port arrivant,
Rien n'eut cours ni débit[3] : le luxe et la folie
N'étaient plus tels qu'auparavant.
Enfin ses facteurs le trompant,
Et lui-même ayant fait grand fracas[4], chère lie[5],
Mis beaucoup en plaisirs, en bâtiments beaucoup,
Il devint pauvre tout d'un coup.
Son ami, le voyant en mauvais équipage,
Lui dit : « D'où vient cela ? – De la Fortune, hélas !
– Consolez-vous, dit l'autre ; et s'il ne lui plaît pas
Que vous soyez heureux, tout au moins soyez sage. »

Je ne sais s'il crut ce conseil ;
Mais je sais que chacun impute[6], en cas pareil,
Son bonheur à son industrie[7] ;
Et si de quelque échec notre faute est suivie,
Nous disons injures au Sort.

1. *Ordinaire* : dans la langue classique, le mot désigne les plats que l'on sert ordinairement, au quotidien. \ **2.** *Frété* : loué pour le transport des marchandises. \ **3.** *Cours ni débit* : ni valeur ni vente. \ **4.** *Fracas* : dépenses tapageuses. \ **5.** *Lie* appartient à la famille de *liesse* et désigne ici de joyeux repas. \ **6.** *Impute* : attribue. \ **7.** *Industrie* : dans la langue classique, habileté, savoir-faire.

Chose n'est ici plus commune[1] :
Le bien, nous le faisons ; le mal, c'est la Fortune ;
On a toujours raison, le Destin toujours tort.

XV

Les Devineresses

C'est souvent du hasard que naît l'opinion,
Et c'est l'opinion qui fait toujours la vogue.
Je pourrais fonder ce prologue
Sur[2] gens de tous états : tout est prévention[3],
Cabale[4], entêtement ; point ou peu de justice.
C'est un torrent : qu'y faire ? Il faut qu'il ait son cours.
Cela fut et sera toujours.
Une femme, à Paris, faisait la pythonisse[5] ;
On l'allait consulter sur chaque événement :
Perdait-on un chiffon, avait-on un amant,
Un mari vivant trop, au gré de son épouse,
Une mère fâcheuse, une femme jalouse,
Chez la Devineuse on courait
Pour se faire annoncer ce que l'on désirait.
Son fait consistait en adresse :
Quelques termes de l'art[6], beaucoup de hardiesse,
Du hasard quelquefois, tout cela concourait[7],
Tout cela bien souvent faisait crier miracle.

1. *Chose n'est ici plus commune* : rien n'est plus courant. \ **2.** *Sur* : sur l'exemple de. \ **3.** *Prévention* : préjugé. \ **4.** *Cabale* : complot. \ **5.** *Pythonisse* : dans l'Antiquité grecque, prêtresse du temple d'Apollon qui rendait les oracles. Le mot désigne donc une devineresse. \ **6.** Sous-entendu : de la divination. \ **7.** *Concourait* : se mêlait.

Enfin, quoique ignorante à vingt et trois carats[1],
Elle passait pour un oracle.
L'oracle était logé dedans un galetas[2];
Là cette femme emplit sa bourse,
Et, sans avoir d'autre ressource,
Gagne de quoi donner un rang à son mari[3];
Elle achète un office, une maison aussi.
Voilà le galetas rempli
D'une nouvelle hôtesse, à qui toute la ville,
Femmes, filles, valets, gros Messieurs, tout enfin,
Allait, comme autrefois[4], demander son destin:
Le galetas devint l'antre de la Sibylle[5].
L'autre femelle avait achalandé[6] ce lieu.
Cette dernière femme eut beau faire, eut beau dire,
« Moi devine[7] ! on se moque : eh ! Messieurs, sais-je lire ?
Je n'ai jamais appris que ma croix de par Dieu[8]; »
Point de raison : fallut[9] deviner et prédire,
Mettre à part force[10] bons ducats,
Et gagner malgré soi plus que deux avocats.
Le meuble et l'équipage[11] aidaient fort à la chose :
Quatre sièges boiteux, un manche de balais,
Tout sentait son sabbat[12] et sa métamorphose.

1. *Carats* : les carats servent à évaluer la qualité et le poids de l'or. De façon imagée et plaisante, le fabuliste insiste sur le fort taux de bêtise de la devineresse. \ **2.** *Galetas* : grenier, taudis. \ **3.** On comprend grâce au vers suivant que la dame achète une charge (« un office ») à son mari, ce qui lui donne un statut social. \ **4.** *Autrefois* : c'est-à-dire du temps de la précédente devineresse. \ **5.** *Sibylle* : autre allusion à une prêtresse célèbre de l'Antiquité romaine qui rendait des oracles à Cumes (ancienne ville italienne située au sud de Naples). \ **6.** *Achalandé* : attirer les clients (le mot *chaland* signifie « client »). \ **7.** *Devine* : féminin de devin, largement usité au XVIIème siècle. \ **8.** *Croix de par Dieu* : alphabet où l'on apprenait à lire, sur la couverture duquel figurait une « croix de par Dieu », c'est-à-dire faite au nom de Dieu. \ **9.** *Fallut* : dans la langue classique, on pouvait supprimer le sujet des tours impersonnels dans la mesure où le pronom ne renvoie à rien. \ **10.** *Force* : beaucoup de. \ **11.** *Équipage* : mobilier et équipement du lieu. \ **12.** *Sabbat* : par une interprétation malveillante des chrétiens, ce terme, qui évoque le repos sacré des juifs, s'est appliqué à une réunion de sorcières.

[1] cette femme aurait dit vrai
ne chambre tapissée[2],
moqué : la vogue[3] était passée
etas ; il avait le crédit[4].
femme se morfondit.

L'enseigne fait la chalandise[5].
J'ai vu dans le Palais une robe[6] mal mise
Gagner gros : les gens l'avaient prise
Pour maître tel[7], qui traînait après soi
Force écoutants[8]. Demandez-moi pourquoi.

XVI

Le Chat, la Belette et le petit Lapin[9]

Du palais d'un jeune Lapin
Dame Belette[10], un beau matin,
S'empara : c'est une rusée.
Le maître étant absent, ce lui fut chose aisée.
Elle porta chez lui ses pénates[11], un jour
Qu'il était allé faire à l'Aurore sa cour
Parmi le thym et la rosée.
Après qu'il eut brouté, trotté, fait tous ses tours,

1. *Quand* : avec le sens de *si*. \ **2.** *Tapissée* : garnie de tapisserie, donc somptueuse. \ **3.** *Vogue* : mode. \ **4.** *Il avait le crédit* : il inspirait confiance. \ **5.** *Chalandise* : clientèle. \ **6.** *Robe* : métonymie en usage dans la langue de l'époque pour désigner un avocat. \ **7.** *Tel* : on dirait aujourd'hui *un tel*. \ **8.** *Écoutants* : avocats sans clients qui n'avaient d'autre choix que d'écouter les autres plaider. \ **9.** Fable inspirée par Pilpaï, *Du Chat et d'une Perdrix*, dont le thème appartient aussi à la tradition médiévale. \ **10.** Trait burlesque comme dans la fable 9 de ce livre (vers 23). \ **11.** Dans l'antiquité romaine, dieux protégeant la maison, d'où le foyer.

Janot Lapin retourne aux souterrains séjours[1].
La Belette avait mis le nez à la fenêtre.
« Ô Dieux hospitaliers[2] ! que vois-je ici paraître ?
Dit l'animal chassé du paternel logis.
Ô là, Madame la Belette,
Que l'on déloge sans trompette[3],
Ou je vais avertir tous les Rats[4] du pays. »
La dame au nez pointu répondit que la terre
Était au premier occupant.
« C'était un beau sujet de guerre[5],
Qu'un logis où lui-même il n'entrait qu'en rampant.
Et quand ce serait un royaume,
Je voudrais bien savoir, dit-elle, quelle loi
En a pour toujours fait l'octroi[6]
À Jean, fils ou neveu de Pierre ou de Guillaume[7],
Plutôt qu'à Paul, plutôt qu'à moi. »
Jean Lapin allégua la coutume et l'usage[8] :
« Ce sont, dit-il, leurs lois qui m'ont de ce logis
Rendu maître et seigneur, et qui, de père en fils,
L'ont de Pierre à Simon, puis à moi Jean, transmis.
« Le premier occupant », est-ce une loi plus sage[9] ?
– Or bien, sans crier davantage,
Rapportons-nous[10], dit-elle, à Raminagrobis[11]. »

1. La place de l'adjectif « souterrains » donne un tour solennel et plaisant au vers. On retrouve la même emphase humoristique qu'au vers 1, où le terrier devient un palais. \ **2.** *Dieux hospitaliers* : littéralement « dieux dont je suis l'hôte » ; il s'agit des dieux protecteurs de la maison. \ **3.** *Sans trompette* : vite et sans bruit, comme une troupe qui veut échapper à l'ennemi. \ **4.** *Rats* : ennemis des belettes (voir la fable 6 du livre IV). \ **5.** Malgré les guillemets, style indirect libre. \ **6.** *Octroi* : attribution, concession gracieuse, non due. \ **7.** Ce vers évoque la longue tradition qui, jusque vers le milieu du Moyen Âge, a ignoré les noms de famille. \ **8.** *La coutume et l'usage* : expression fréquente pour désigner l'usage. \ **9.** On retrouve ici le débat sur les fondements du droit de propriété. \ **10.** *Rapportons-nous* : remettons-nous en. \ **11.** *Raminagrobis* : prince des chats chez Rabelais (*Tiers Livre*, XXI). Selon Littré, le mot serait forgé à partir du verbe *rominer* (ronronner) et de *gros-bis* (homme important).

C'était un Chat vivant comme un dévot ermite,
Un Chat faisant la chattemite[1],
Un saint homme de Chat, bien fourré, gros et gras,
Arbitre expert sur tous les cas.
Jean Lapin pour juge l'agrée[2].
Les voilà tous deux arrivés
Devant sa majesté fourrée.
Grippeminaud[3] leur dit : « Mes enfants, approchez,
Approchez, je suis sourd, les ans en sont la cause. »
L'un et l'autre approcha, ne craignant nulle chose.
Aussitôt qu'à portée il vit les contestants[4],
Grippeminaud, le bon apôtre[5],
Jetant des deux côtés la griffe en même temps,
Mit les plaideurs d'accord en croquant l'un et l'autre.

Ceci ressemble fort aux débats qu'ont parfois
Les petits souverains se rapportants[6] aux rois.

XVII

La Tête et la Queue du Serpent[7]

Le serpent a deux parties
Du genre humain ennemies,

1. *Chattemite* : mot archaïque et burlesque, qui signifie « hypocrite et doucereux ». \ **2.** *L'agrée* : l'accepte. \ **3.** *Grippeminaud* : encore un souvenir plaisant de Rabelais qui, dans le *Cinquième Livre*, appelle « Chats fourrés » les juges couverts d'hermine et fait de Grippeminaud (littéralement : celui qui saisit tout en minaudant) leur archiduc. \ **4.** *Contestants* : les parties adverses, les plaideurs. \ **5.** *Bon apôtre* : formule courante pour désigner un hypocrite. \ **6.** *Se rapportants* : accord du participe présent comme dans l'ancienne langue. \ **7.** Fable inspirée d'un récit d'Ésope, *La Vie d'Agis et de Cléomène*.

Tête et Queue[1] ; et toutes deux
Ont acquis un nom fameux
Auprès des Parques[2] cruelles :
Si bien qu'autrefois entre elles
Il survint de grands débats
Pour le pas[3].
La Tête avait toujours marché devant la Queue.
La Queue au Ciel se plaignit,
Et lui dit :
« Je fais mainte et mainte[4] lieue[5]
Comme il plaît à celle-ci :
Croit-elle que toujours j'en veuille user[6] ainsi ?
Je suis son humble servante.
On m'a faite, Dieu merci,
Sa sœur et non sa suivante.
Toutes deux de même sang,
Traitez-nous de même sorte :
Aussi bien qu'elle je porte
Un poison prompt et puissant.
Enfin voilà ma requête :
C'est à vous de commander,
Qu'on me laisse précéder
À mon tour ma sœur la Tête.
Je la conduirai si bien
Qu'on ne se plaindra de rien. »
Le Ciel eut pour ces vœux une bonté cruelle.
Souvent sa complaisance a de méchants[7] effets.

1. Au XVIIe siècle, on croyait encore que le venin du serpent se formait dans sa queue. \ **2.** *Parques* : divinités mythologiques chargées de la destinée humaine. L'une file, l'autre tisse, la troisième coupe le fil : elles figurent donc la naissance, la vie et la mort. \ **3.** *Pour le pas* : pour savoir qui passerait le premier. \ **4.** *Mainte et mainte* : de nombreuses. \ **5.** *Lieue* : ancienne mesure de distance (quatre kilomètres). \ **6.** *User* : agir habituellement. \ **7.** *Méchants* : mauvais.

Il devrait être sourd aux aveugles souhaits.
Il ne le fut pas lors [1] ; et la guide [2] nouvelle,
Qui ne voyait, au grand jour,
Pas plus clair que dans un four,
Donnait [3] tantôt contre un marbre,
Contre un passant, contre un arbre :
Droit aux ondes du Styx [4] elle mena sa sœur.

Malheureux les États tombés dans son erreur [5] !

XVIII

Un Animal dans la Lune [6]

Pendant qu'un philosophe assure
Que toujours par leurs sens les hommes sont dupés [7],
Un autre philosophe [8] jure
Qu'ils ne nous ont jamais trompés.
Tous les deux ont raison ; et la philosophie
Dit vrai quand elle dit que les sens tromperont
Tant que sur leur rapport les hommes jugeront ;
Mais aussi, si l'on rectifie
L'image de l'objet sur [9] son éloignement,

1. *Lors* : alors. \ **2.** *La guide nouvelle* : le mot était féminin dans la langue classique. \ **3.** *Donnait* : se cognait. \ **4.** *Styx* : l'un des fleuves des Enfers dans la mythologie grecque. \ **5.** Autrement dit les gouvernements qui donneraient la conduite des affaires à ceux qui sont faits pour suivre. \ **6.** La Fontaine développe cette fable à partir d'une anecdote plaisante selon laquelle la Société royale de Londres avait cru apercevoir un animal dans la lune, auquel le poète Samuel Butler avait consacré un poème burlesque intitulé *L'Éléphant dans la Lune*. \ **7.** *Dupés* : trompés. \ **8.** Cette fable s'inscrit dans un débat philosophique qui remonte à l'Antiquité : faut-il faire confiance aux sens pour parvenir à la vérité ? La question opposa les philosophes grecs Épicure et Démocrite, puis Gassendi (1592-1655) et Descartes (1596-1650). \ **9.** *Sur* : d'après.

        Sur le milieu qui l'environne,
        Sur l'organe[1] et sur l'instrument[2],
        Les sens ne tromperont personne.
La Nature ordonna[3] ces choses sagement :
J'en dirai quelque jour les raisons amplement.
J'aperçois le soleil : quelle en est la figure[4] ?
Ici-bas ce grand corps n'a que trois pieds[5] de tour ;
Mais si je le voyais là-haut[6] dans son séjour,
Que serait-ce à mes yeux que l'œil de la Nature[7] ?
Sa distance me fait juger de sa grandeur ;
Sur l'angle et les côtés ma main la[8] détermine.
L'ignorant le croit plat : j'épaissis sa rondeur ;
Je le rends immobile, et la terre chemine[9].
Bref, je démens mes yeux en toute sa machine[10] :
Ce sens ne me nuit point par son illusion[11].
        Mon âme[12], en toute occasion,
Développe le vrai[13] caché sous l'apparence ;
        Je ne suis point d'intelligence[14]
Avecque[15] mes regards, peut-être un peu trop prompts,
Ni mon oreille, lente à m'apporter les sons.
Quand l'eau courbe un bâton, ma raison le redresse[16] :
        La raison décide en maîtresse.
        Mes yeux, moyennant ce secours,

---

1. L'organe des sens. \ **2.** Sans doute une lunette astronomique. \ **3.** *Ordonna* : disposa. \ **4.** *Figure* : forme. \ **5.** *Pied* : ancienne unité de mesure (32,4 cm). \ **6.** *Là-haut* : de là-haut. \ **7.** Comment « l'œil de la Nature » m'apparaîtrait-il ? \ **8.** *La* : la grandeur. La trigonométrie permet de calculer le diamètre d'un objet, si l'on connaît les côtés du triangle dont il est la base, et l'angle formé par eux. Gassendi avait recommandé ce calcul pour le calcul du diamètre du soleil dont l'on débattait largement à l'époque. \ **9.** *Chemine* : est en mouvement. \ **10.** *Machine* : disposition, organisation. \ **11.** Puisqu'en raisonnant je la réfute. \ **12.** *Âme* : à l'époque, on pensait que l'homme se compose de deux éléments, le corps et la matière, l'âme et l'esprit. Le mot désigne donc ici les facultés intellectuelles. \ **13.** *Développe le vrai* : dégage la vérité. \ **14.** *Être d'intelligence* : être complice. \ **15.** *Avecque* : cette graphie apporte une syllabe de plus au vers. \ **16.** Les scientifiques de l'époque, parmi lesquels Descartes, s'intéressent aux effets de l'illusion optique, comme ici la réfraction.

Ne me trompent jamais, en me mentant toujours.
Si je crois leur rapport, erreur assez commune,
Une tête de femme est au[1] corps de la lune.
Y peut-elle être ? Non. D'où vient donc cet objet[2] ?
Quelques lieux inégaux[3] font de loin cet effet.
La lune nulle part n'a sa surface unie :
Montueuse[4] en des lieux, en d'autres aplanie,
L'ombre avec la lumière y peut tracer souvent
Un homme, un bœuf, un éléphant.
Naguère l'Angleterre y vit chose pareille.
La lunette placée, un animal nouveau[5]
Parut dans cet astre si beau ;
Et chacun de crier merveille.
Il était arrivé là-haut un changement
Qui présageait sans doute un grand événement[6].
Savait-on si la guerre entre tant de puissances[7]
N'en était point l'effet ? Le Monarque[8] accourut :
Il favorise en roi ces hautes connaissances[9].
Le monstre dans la lune à son tour lui parut
C'était une souris cachée entre les verres :
Dans la lunette était la source de ces guerres.
On en rit. Peuple heureux ! quand pourront les François
Se donner, comme vous, entiers[10] à ces emplois ?
Mars nous fait recueillir d'amples moissons de gloire[11] :
C'est à nos ennemis de craindre les combats,
À nous de les chercher, certains que la Victoire,

1. *Au* : dans le. \ **2.** *Cet objet* : cette image. \ **3.** *Quelques lieux inégaux* : quelques inégalités du sol. \ **4.** *Montueuse* : montagneuse (terme aujourd'hui disparu). \ **5.** *Un animal nouveau* : d'une espèce nouvelle, extraordinaire. \ **6.** On a longtemps interprété les phénomènes astronomiques comme des présages. \ **7.** Il s'agit de la guerre de Hollande (1672-1679) opposant Louis XIV aux Provinces-Unies (Hollande), et qui s'étendit aux autres grands pays européens, coalisés contre la France. \ **8.** *Le Monarque* : Charles II, roi d'Angleterre, fondateur de la Société royale de Londres. \ **9.** *Connaissances* : études scientifiques. \ **10.** *Entiers* : entièrement. \ **11.** Les Français, eux, préfèrent se consacrer à la guerre.

Amante de Louis, suivra partout ses pas.
Ses lauriers nous rendront célèbres dans l'histoire.
Même les Filles de Mémoire [1]
Ne nous ont point quittés ; nous goûtons des plaisirs :
La paix fait nos souhaits et non point nos soupirs.
Charles en sait jouir : il saurait dans la guerre
Signaler sa valeur, et mener l'Angleterre
À ces jeux qu'en repos elle voit aujourd'hui [2].
Cependant, s'il pouvait apaiser la querelle,
Que d'encens [3] ! est-il rien de plus digne de lui ?
La carrière d'Auguste [4] a-t-elle été moins belle
Que les fameux exploits du premier des Césars ?
Ô peuple trop heureux ! quand la paix viendra-t-elle
Nous rendre, comme vous, tout entiers aux beaux-arts ?

1. *Les Filles de Mémoire* : les neuf Muses, maîtresses des sciences et des arts, étaient les filles de Mnémosyne, personnification de la mémoire. \ **2.** L'Angleterre est en paix puisqu'elle s'est retirée de la guerre de Hollande. \ **3.** *Que d'encens* : signe de louange. \ **4.** *Auguste* : empereur romain dont la gloire fut de restaurer les arts, tandis que son oncle Jules César s'était illustré par ses conquêtes.

Livre huitième

I

La Mort et le Mourant[1]

La Mort ne surprend[2] point le sage ;
Il est toujours prêt à partir,
S'étant su lui-même avertir[3]
Du temps où l'on se doit résoudre[4] à ce passage.
Ce temps, hélas ! embrasse[5] tous les temps :
Qu'on le partage en jours, en heures, en moments,
Il n'en[6] est point qu'il ne comprenne
Dans le fatal tribut[7] ; tous sont de son domaine[8] ;
Et le premier instant où les enfants des rois
Ouvrent les yeux à la lumière
Est celui qui vient quelquefois
Fermer pour toujours leur paupière.
Défendez-vous par la grandeur,
Alléguez[9] la beauté, la vertu, la jeunesse :
La Mort ravit tout sans pudeur[10] ;

---

1. Pour ce texte, La Fontaine s'est inspiré d'un récit d'Abstémius, *Du Vieillard qui voulait remettre sa mort à plus tard.* \ **2.** *Ne surprend point* : ne le prend pas au dépourvu. \ **3.** Ayant su s'avertir lui-même. \ **4.** *Où l'on se doit résoudre* : où l'on doit se résigner. \ **5.** *Embrasse* : comprend, englobe. \ **6.** *En* reprend « ces moments » : le temps comprend, englobe tous les moments. \ **7.** *Fatal tribut* : la mort est ici présentée comme une nécessité, une sorte d'impôt que l'on doit payer au destin. \ **8.** La métaphore juridique, héritée des philosophes antiques Épicure et Lucrèce, se prolonge : le *domaine* représente la juridiction de la mort. \ **9.** *Alléguez* : avancez comme excuse. \ **10.** *Pudeur* : sens général de honte.

Un jour[1] le monde entier accroîtra sa richesse.
Il n'est rien de moins ignoré,
Et puisqu'il faut que je le die[2],
Rien où[3] l'on soit moins préparé.

Un Mourant, qui comptait plus de cent ans de vie,
Se plaignait à la Mort que précipitamment
Elle le contraignait de partir tout à l'heure[4],
Sans qu'il eût fait son testament,
Sans l'avertir au moins. « Est-il juste qu'on meure
Au pied levé[5], dit-il ; attendez quelque peu :
Ma femme ne veut pas que je parte sans elle ;
Il me reste à pourvoir[6] un arrière-neveu[7] ;
Souffrez[8] qu'à mon logis j'ajoute encore une aile.
Que vous êtes pressante, ô Déesse cruelle !
– Vieillard, lui dit la Mort, je ne t'ai point surpris[9] ;
Tu te plains sans raison de mon impatience :
Eh ! n'as-tu pas cent ans ? Trouve-moi dans Paris
Deux mortels aussi vieux ; trouve-m'en dix en France.
Je devais[10], ce dis-tu[11], te donner quelque avis[12]
Qui te disposât à la chose :
J'aurais trouvé ton testament tout fait,
Ton petit-fils pourvu, ton bâtiment parfait[13].
Ne te donna-t-on[14] pas des avis, quand la cause

1. *Un jour* : dans la pensée chrétienne, il s'agit du jour du Jugement dernier, celui où les hommes comparaîtront devant Dieu. \ **2.** *Die* : forme ancienne du subjonctif présent de *dire*. Comprendre : s'il faut parler franchement. \ **3.** *Où* : à quoi. \ **4.** *Tout à l'heure* : sur-le-champ. \ **5.** *Au pied levé* : à l'improviste. \ **6.** *Pourvoir* : installer dans la vie par le mariage ou l'achat d'une charge. \ **7.** *Un arrière-neveu* : dans la langue classique, un descendant, ce que confirme, plus bas, le vers 37. \ **8.** *Souffrez* : permettez. \ **9.** *Surpris* : voir, note 2, p. 51. \ **10.** *Je devais* : irréel du passé, car dans la langue classique, les verbes exprimant le pouvoir et le devoir ne se mettent pas au conditionnel : j'aurais dû. \ **11.** *Ce dis-tu* : d'après ce que tu dis. \ **12.** *Avis* : avertissement. \ **13.** *Parfait* : achevé complètement. \ **14.** L'indéfini « on » équivaut à la première personne dans le discours de la Mort.

Du marcher et du mouvement[1],
Quand les esprits[2], le sentiment[3],
Quand tout faillit[4] en toi. Plus de goût, plus d'ouïe ;
Toute chose pour toi semble être évanouie ;
Pour toi l'astre du jour prend des soins superflus[5] ;
Tu regrettes des biens qui ne te touchent plus[6].
Je t'ai fait voir tes camarades
Ou morts, ou mourants, ou malades :
Qu'est-ce que tout cela, qu'un[7] avertissement ?
Allons, vieillard, et sans réplique.
Il n'importe à la République[8]
Que tu fasses ton testament. »

La Mort avait raison. Je voudrais qu'à cet âge
On sortît de la vie ainsi que d'un banquet[9],
Remerciant son hôte, et qu'on fît son paquet[10] ;
Car de combien peut-on retarder le voyage ?
Tu murmures, vieillard ! Vois ces jeunes mourir,
Vois-les marcher, vois-les courir
À des morts, il est vrai, glorieuses et belles,
Mais sûres cependant, et quelquefois cruelles.
J'ai beau te le crier ; mon zèle est indiscret[11] :
Le plus semblable aux morts meurt le plus à regret.

1. Donc les muscles des jambes. \ **2.** *Les esprits* : l'intelligence. \ **3.** *Le sentiment* : terme classique pour désigner les cinq sens. \ **4.** *Faillit* : manqua. \ **5.** *Superflus* : inutiles. \ **6.** *Qui ne te touchent plus* : qui ne te donnent plus de plaisir. \ **7.** *Qu'un* : sinon un. \ **8.** *République* : dans la langue classique, l'État. \ **9.** L'image du banquet est empruntée au philosophe latin Lucrèce : « Pourquoi ne te retires-tu pas comme un convive rassasié de la vie » (*De la nature des choses*, III). \ **10.** *Son paquet* : son bagage. \ **11.** *Indiscret* : déplacé.

II

Le Savetier et le Financier[1]

Un Savetier[2] chantait du matin jusqu'au soir;
C'était merveilles[3] de le voir,
Merveilles de l'ouïr; il faisait des passages[4],
Plus content[5] qu'aucun des sept sages[6].
Son voisin, au contraire, étant tout cousu d'or[7],
Chantait peu, dormait moins encor;
C'était un homme de finance.
Si, sur le point du jour, parfois il sommeillait,
Le Savetier alors en chantant l'éveillait;
Et le Financier se plaignait
Que les soins de la Providence
N'eussent pas au marché fait vendre le dormir,
Comme le manger et le boire.
En son hôtel[8] il fait venir
Le chanteur, et lui dit: « Or çà[9], sire[10] Grégoire,
Que gagnez-vous par an? – Par an? Ma foi, Monsieur,
Dit, avec un ton de rieur[11],
Le gaillard[12] Savetier, ce n'est point ma manière
De compter de la sorte; et je n'entasse guère
Un jour sur l'autre[13]: il suffit qu'à la fin

1. Le poète latin Horace raconte la même mésaventure: un crieur public, auquel on promet beaucoup d'argent, en perd tout le repos (*Épîtres*, I, 7, vers 46-95). \ **2.** *Savetier*: ouvrier qui raccommode les vieux souliers. \ **3.** *Merveilles*: pluriel archaïque. \ **4.** *Passages*: vocalises pour passer d'une note à l'autre. \ **5.** *Content*: satisfait. \ **6.** *Sept Sages*: sept philosophes de la Grèce antique, à la fois sages et heureux. Selon Platon, il s'agirait de Thalès, Pittacos, Bias, Cléobule, Myson, Chilon et Solon. \ **7.** *Tout cousu d'or*: hyperbole pour évoquer l'immense fortune du financier. \ **8.** *Hôtel*: hôtel particulier, demeure somptueuse d'un personnage important. \ **9.** *Or çà*: formule pleine de bonhomie, équivalent de « Eh bien! ». \ **10.** *Sire*: selon Furetière, on pouvait, par familiarité, ajouter ce titre au prénom d'un roturier. \ **11.** *De rieur*: qui aime plaisanter. \ **12.** *Gaillard*: enjoué, bon vivant. \ **13.** *Un jour sur l'autre*: le gain d'une journée sur celui de la suivante.

J'attrape le bout de l'année[1] ;
Chaque jour amène son pain.
– Eh bien, que gagnez-vous, dites-moi par journée ?
– Tantôt plus, tantôt moins : le mal est que toujours
(Et sans cela nos gains seraient assez honnêtes[2]),
Le mal est que dans l'an s'entremêlent des jours
Qu'il faut chômer ; on nous ruine en fêtes[3] ;
L'une fait tort à l'autre ; et Monsieur le curé
De quelque nouveau saint charge toujours son prône[4]. »
Le Financier, riant de sa naïveté,
Lui dit : « Je vous veux mettre aujourd'hui sur le trône[5].
Prenez ces cent écus[6] ; gardez-les avec soin,
Pour vous en servir au besoin[7]. »
Le Savetier crut voir tout l'argent que la terre
Avait, depuis plus de cent ans,
Produit pour l'usage des gens.
Il retourne chez lui ; dans sa cave il enserre[8]
L'argent, et sa joie à la fois.
Plus de chant : il perdit la voix,
Du moment qu'il gagna[9] ce qui cause nos peines.
Le sommeil quitta son logis ;
Il eut pour hôtes les soucis,
Les soupçons, les alarmes vaines ;
Tout le jour, il avait l'œil au guet[10] ; et la nuit,
Si quelque chat faisait du bruit,
Le chat prenait l'argent[11]. À la fin le pauvre homme

1. *Attraper le bout de l'année* : équivalent de *joindre les deux bouts*, expression familière toujours en usage. \ **2.** *Honnêtes* : suffisants. \ **3.** Il s'agit des fêtes religieuses durant lesquelles l'Église interdisait de travailler ; on en comptait cinquante-trois en 1666. \ **4.** *Prône* : sermon du prêtre à la messe du dimanche, dans lequel il annonce les fêtes de la semaine à venir. \ **5.** *Vous mettre sur le trône* : vous rendre plus riche qu'un roi. \ **6.** Ce qui représente une somme importante pour un savetier. \ **7.** *Au besoin* : en cas de besoin. \ **8.** *Enserre* : enferme ; on retrouve dans le mot la racine de *serrure*. \ **9.** *Du moment* : dès le moment où. \ **10.** *Avoir l'œil au guet* : guetter. \ **11.** Style indirect libre.

S'en courut chez celui qu'il ne réveillait plus :
« Rendez-moi, lui dit-il, mes chansons et mon somme,
Et reprenez vos cent écus. »

III

Le Lion, le Loup et le Renard

Un Lion, décrépit[1], goutteux[2], n'en pouvant plus,
Voulait que l'on trouvât remède à la vieillesse.
Alléguer[3] l'impossible aux rois, c'est un abus[4].
Celui-ci parmi chaque espèce
Manda[5] des médecins ; il en est de tous arts[6].
Médecins au Lion viennent de toutes parts ;
De tous côtés lui vient[7] des donneurs de recettes.
Dans les visites qui sont faites,
Le Renard se dispense[8] et se tient clos et coi[9].
Le Loup en[10] fait sa cour, daube[11], au coucher du Roi[12],
Son camarade absent. Le Prince tout à l'heure[13]
Veut qu'on aille enfumer[14] Renard dans sa demeure,
Qu'on le fasse venir. Il vient, est présenté[15] ;
Et, sachant que le Loup lui faisait cette affaire :
« Je crains, Sire, dit-il, qu'un rapport peu sincère

1. *Décrépit* : arrivé au dernier terme de la vieillesse. \ **2.** *Goutteux* : atteint de la goutte, inflammation douloureuse des articulations. \ **3.** *Alléguer l'impossible* : avancer que c'est impossible. \ **4.** *Un abus* : une erreur. \ **5.** *Manda* : fit venir. \ **6.** *De tous arts* : de toute méthode, de tout traitement. \ **7.** *Lui vient* : omission classique du pronom personnel pour une forme impersonnelle : nous écririons « *il* lui vient ». \ **8.** *Se dispense* : s'autorise à ne pas venir. \ **9.** *Clos et coi* : enfermé et silencieux (*coi* est la forme ancienne de *quiet*, tranquille). \ **10.** *En* : à ce sujet. \ **11.** *Daube* : critique. \ **12.** Le coucher du roi donnait lieu à une véritable cérémonie à laquelle seuls assistaient les seigneurs de haut rang. \ **13.** *Tout à l'heure* : immédiatement, sur-le-champ. \ **14.** *Enfumer* : technique de chasse pour faire sortir un animal de son terrier. \ **15.** *Présenté* : est introduit devant le roi, selon les règles de l'étiquette.

Ne m'ait à mépris imputé[1]
D'avoir différé cet hommage;
Mais j'étais en pèlerinage,
Et m'acquittais d'un vœu fait pour votre santé.
Même j'ai vu dans mon voyage
Gens experts et savants, leur ai dit la langueur[2]
Dont Votre Majesté craint, à bon droit, la suite.
Vous ne manquez que de chaleur;
Le long âge en vous l'a détruite.
D'un loup écorché vif appliquez-vous la peau
Toute chaude et toute fumante;
Le secret sans doute en est beau
Pour la nature défaillante[3].
Messire Loup vous servira,
S'il vous plaît, de robe de chambre. »
Le Roi goûte cet avis-là:
On écorche, on taille, on démembre
Messire Loup[4]. Le Monarque en soupa,
Et de sa peau s'enveloppa.

Messires les courtisans, cessez de vous détruire;
Faites, si vous pouvez, votre cour sans vous nuire.
Le mal se rend chez vous au quadruple du bien.
Les daubeurs ont leur tour d'une ou d'autre manière:
Vous êtes dans une carrière[5]
Où l'on ne se pardonne rien.

1. *Ne m'ait à mépris imputé*: littéralement: n'ait mis au compte du mépris de vos ordres. \ **2.** *Langueur*: dépérissement. \ **3.** *Le secret sans doute en est beau/Pour la nature défaillante*: c'est un bon remède pour un corps malade. \ **4.** *Messire Loup*: trait burlesque. \ **5.** *Carrière*: le mot doit être pris au sens propre de « piste pour la course des chars », ce qui évoque clairement la compétition entre les courtisans.

IV

Le Pouvoir des fables

À M. de Barrillon [1]

La qualité d'ambassadeur
Peut-elle s'abaisser à des contes vulgaires ?
Vous puis-je [2] offrir mes vers et leurs grâces légères ?
S'ils osent quelquefois prendre un air de grandeur,
Seront-ils point traités par vous de téméraires ?
Vous avez bien d'autres affaires
À démêler que les débats
Du Lapin et de la Belette [3].
Lisez-les, ne les lisez pas ;
Mais empêchez qu'on ne nous mette
Toute l'Europe sur les bras [4].
Que de mille endroits de la terre
Il nous vienne des ennemis,
J'y consens ; mais que l'Angleterre
Veuille que nos deux rois se lassent d'être amis,
J'ai peine à digérer la chose.
N'est-il point encor temps que Louis se repose ?
Quel autre Hercule enfin ne se trouverait las
De combattre cette hydre [5] ? et faut-il qu'elle oppose
Une nouvelle tête aux efforts de son bras ?
Si votre esprit plein de souplesse,

1. Paul Barillon d'Annoncourt, un ami de La Fontaine, allait prendre ses fonctions d'ambassadeur de Louis XIV à la cour d'Angleterre. La guerre de Hollande traînant en longueur, il avait pour mission de convaincre Charles II d'Angleterre de rester neutre pour éviter au roi de France d'avoir « Toute l'Europe sur les bras » (vers 11). \ **2.** *Vous puis-je offrir* : puis-je vous offrir ? (ordre des mots ancien). \ **3.** Voir la fable 16 du livre VII. \ **4.** *Toute l'Europe sur les bras* : évocation de la guerre de Hollande (voir ci-dessus, note 1). \ **5.** *Hydre* : il s'agit de l'Hydre de Lerne, monstre à neuf têtes tué par Hercule dans l'un de ses douze travaux.

Par éloquence et par adresse,
Peut adoucir les cœurs et détourner ce coup,
Je vous sacrifierai cent moutons : c'est beaucoup
Pour un habitant du Parnasse[1] ;
Cependant faites-moi la grâce
De prendre en don ce peu d'encens[2] ;
Prenez en gré[3] mes vœux ardents,
Et le récit en vers qu'ici je vous dédie.
Son sujet vous convient, je n'en dirai pas plus :
Sur les éloges que l'envie
Doit avouer qui[4] vous sont dus,
Vous ne voulez pas qu'on appuie[5].

Dans Athène[6] autrefois, peuple[7] vain et léger,
Un Orateur[8], voyant sa patrie en danger,
Courut à la tribune ; et d'un art tyrannique,
Voulant forcer les cœurs dans une république,
Il parla fortement sur le commun salut.
On ne l'écoutait pas. L'Orateur recourut
À ces figures[9] violentes
Qui savent exciter les âmes les plus lentes[10] :
Il fit parler les morts[11], tonna, dit ce qu'il put.
Le vent emporta tout, personne ne s'émut ;
L'animal aux têtes frivoles[12],
Étant fait à ces traits[13], ne daignait l'écouter ;

1. *Parnasse* : montagne grecque habitée par les Muses, inspiratrices des poètes. \ **2.** *Encens* : symbole de louange. \ **3.** *Prenez en gré* : acceptez. \ **4.** *Qui* : qu'ils. \ **5.** *Appuie* : insiste. \ **6.** *Athène* : suppression du *s* pour permettre l'élision du *e* muet. \ **7.** *Peuple* : collectif pour désigner les Athéniens. \ **8.** *Un Orateur* : il s'agit de Démade. Démosthène (384 av. J-C-322 av. J-C) eut recours au même procédé quand il mit en garde ses concitoyens contre Philippe de Macédoine dans les *Philippiques*. \ **9.** *Figures* : figures de rhétorique. \ **10.** *Les plus lentes* : les plus difficiles à émouvoir. \ **11.** *Il fit parler les morts* : autrement dit, il eut recours à la *prosopopée*, figure de style qui prête la parole à des êtres inanimés, morts ou absents. \ **12.** *L'animal aux têtes frivoles* : périphrase pour désigner le peuple. \ **13.** *Étant fait à ces traits* : étant habitué à ces tournures.

Tous regardaient ailleurs ; il en vit s'arrêter
À des combats d'enfants, et point à ses paroles.
Que fit le harangueur ? Il prit un autre tour[1].
« Cérès[2], commença-t-il, faisait voyage un jour
Avec l'Anguille et l'Hirondelle ;
Un fleuve les arrête ; et l'Anguille en nageant,
Comme l'Hirondelle en volant,
Le traversa bientôt. » L'assemblée à l'instant
Cria tout d'une voix : « Et Cérès, que fit-elle ?
– Ce qu'elle fit ? Un prompt courroux
L'anima d'abord[3] contre vous.
Quoi ? de contes d'enfants son peuple s'embarrasse !
Et du péril qui le menace
Lui seul entre les Grecs il néglige l'effet !
Que ne demandez-vous ce que Philippe[4] fait ? »
À reproche l'assemblée,
Par l'apologue[5] réveillée,
Se donne entière à l'Orateur :
Un trait de fable en eut l'honneur.

Nous sommes tous d'Athène en ce point ; et moi-même,
Au moment que je fais cette moralité,
Si *Peau d'âne*[6] m'était conté,
J'y prendrais un plaisir extrême.
Le monde est vieux, dit-on : je le crois ; cependant
Il le faut amuser encor comme un enfant.

1. *Il prit un autre tour* : il donna une autre allure à son discours. \ **2.** *Cérès* : déesse romaine des moissons et de la fertilité. \ **3.** *D'abord* : tout de suite. \ **4.** *Philippe* : Philippe de Macédoine (382 av. J-C-336 av. J-C) avait entrepris de dominer la Grèce. L'orateur essaie de mobiliser ses concitoyens contre lui, ce qui autorise à assimiler l'orateur de la fable à Démosthène plutôt qu'à Démade (voir note 8, p. 59). \ **5.** *Apologue* : nom ancien de la fable. \ **6.** *Peau d'âne* : conte très populaire à l'époque où une princesse, pour échapper à son père qui s'est mis en tête de l'épouser, se cache sous une peau d'âne. Perrault ne le publiera qu'en 1694.

V

L'Homme et la Puce [1]

Par des vœux importuns nous fatiguons les Dieux,
Souvent pour des sujets même indignes des hommes :
Il semble que le Ciel sur tous tant que nous sommes
Soit obligé d'avoir incessamment les yeux,
Et que le plus petit de la race mortelle,
À chaque pas qu'il fait, à chaque bagatelle [2],
Doive intriguer [3] l'Olympe [4] et tous ses citoyens,
Comme s'il s'agissait des Grecs et des Troyens.

Un Sot par une Puce eut l'épaule mordue ;
Dans les plis de ses draps elle alla se loger.
« Hercule [5], ce dit-il, tu devais bien purger
La terre de cette hydre [6] au printemps revenue.
Que fais-tu, Jupiter, que du haut de la nue
Tu n'en perdes la race afin de me venger [7] ? »
Pour tuer une puce, il voulait obliger
Ces Dieux à lui prêter leur foudre et leur massue [8].

1. La Fontaine reprend ici un récit d'Ésope, dans lequel un athlète est importuné par une puce. \ **2.** *Bagatelle* : chose sans importance. \ **3.** *Intriguer* : dans la langue classique, le verbe a un sens très fort : inquiéter, causer des ennuis. \ **4.** *Olympe* : séjour des dieux dans la mythologie grecque. \ **5.** *Hercule* : demi-dieu dans la mythologie grecque : fils de Jupiter et d'une mortelle, sa force extraordinaire lui permit de réaliser douze travaux exceptionnels. \ **6.** *Hydre* : animal fabuleux. \ **7.** *Tu n'en perdes la race* : si tu n'en détruis pas la race. \ **8.** La *foudre* est l'attribut emblématique de Jupiter, la *massue* celui d'Hercule.

VI

Les Femmes et le Secret [1]

Rien ne pèse tant qu'un secret :
Le porter loin est difficile aux dames ;
Et je sais [2] même sur ce fait
Bon nombre d'hommes qui sont femmes.

Pour éprouver [3] la sienne un Mari s'écria,
La nuit, étant près d'elle : « Ô Dieux ! qu'est-ce cela ?
Je n'en puis plus ! on me déchire !
Quoi ? j'accouche d'un œuf ! – D'un œuf ? – Oui, le voilà,
Frais et nouveau pondu. Gardez [4] bien de le dire :
On m'appellerait poule ; enfin n'en parlez pas. »
La Femme, neuve [5] sur ce cas,
Ainsi que sur mainte [6] autre affaire,
Crut la chose, et promit ses grands dieux [7] de se taire ;
Mais ce serment s'évanouit
Avec les ombres de la nuit.
L'Épouse, indiscrète et peu fine,
Sort du lit quand le jour fut à peine levé ;
Et de courir chez sa voisine [8].
« Ma commère [9], dit-elle, un cas [10] est arrivé ;
N'en dites rien surtout, car vous me feriez battre :
Mon mari vient de pondre un œuf gros comme quatre.

1. Fable inspirée d'Abstemius *(Le Mari qui avait dit à sa femme qu'il avait pondu un œuf)*. \ **2.** *Sais* : connais. \ **3.** *Éprouver* : mettre à l'épreuve. \ **4.** *Gardez* : dans la langue classique, le verbe n'était pas pronominal. Nous écririons : « Gardez-*vous* ». \ **5.** *Neuve* : inexpérimentée. \ **6.** *Mainte* : de nombreuses autres. \ **7.** *Promit ses grands dieux* : jura ses grands dieux. L'expression est héritée de l'Antiquité où l'on reconnaissait douze grands dieux dont Jupiter, Mars et Neptune. \ **8.** Infinitif de narration. \ **9.** À l'origine le mot *commère* désigne la marraine, d'où il découle l'idée de bonne entente, de familiarité. La Fontaine a sans doute voulu y ajouter la nuance de penchant aux bavardages qui était depuis longtemps attachée au terme. \ **10.** *Cas* : événement remarquable.

Au nom de Dieu, gardez-vous bien
D'aller publier[1] ce mystère.
– Vous moquez-vous ? dit l'autre : ah ! vous ne savez guère
Quelle je suis[2]. Allez, ne craignez rien. »
La Femme du pondeur[3] s'en retourne chez elle.
L'autre grille déjà de conter la nouvelle ;
Elle va la répandre en plus de dix endroits ;
Au lieu d'un œuf, elle en dit trois.
Ce n'est pas encor tout ; car une autre commère
En dit quatre, et raconte à l'oreille le fait :
Précaution peu nécessaire,
Car ce n'était plus un secret.
Comme le nombre d'œufs, grâce à la renommée,
De bouche en bouche allait croissant,
Avant la fin de la journée
Ils se montaient à plus d'un cent[4].

VII

Le Chien qui porte à son cou le dîné de son maître[5]

Nous n'avons pas les yeux à l'épreuve des belles[6],
Ni les mains à celle de l'or :
Peu de gens gardent un trésor
Avec des soins assez fidèles.

1. *Publier* : au sens littéral de « rendre public ». \ 2. *Quelle je suis* : de quelle nature je suis. \ 3. *Pondeur* : terme inventé par le fabuliste. \ 4. *Un cent* : une centaine. \ 5. La Fontaine s'est sans doute inspiré du récit de Samuel Sorbière (*Discours sceptiques*, 1656), qui avait raconté l'histoire du chien d'un marchand habitant à Londres en l'appliquant aux mœurs publiques. \ 6. Comprendre : nous devrions préserver nos regards de la beauté des belles dames.

Certain Chien, qui portait la pitance[1] au logis,
S'était fait un collier du dîné[2] de son maître.
Il était tempérant[3], plus qu'il n'eût voulu l'être
Quand il voyait un mets exquis[4] ;
Mais enfin il l'était ; et tous tant que nous sommes
Nous nous laissons tenter à[5] l'approche des biens.
Chose étrange : on apprend la tempérance aux chiens,
Et l'on ne peut l'apprendre aux hommes !
Ce Chien-ci donc étant de la sorte atourné[6],
Un Mâtin[7] passe, et veut lui prendre le dîné.
Il[8] n'en eut pas toute la joie
Qu'il espérait d'abord ; le Chien mit bas[9] la proie
Pour la défendre mieux n'en étant plus chargé ;
Grand combat ; d'autres chiens arrivent ;
Ils étaient de ceux-là qui vivent
Sur le public[10], et craignent peu les coups.
Notre Chien se voyant trop faible contre eux tous,
Et que la chair[11] courait un danger manifeste,
Voulut avoir sa part ; et, lui sage[12], il leur dit :
« Point de courroux, Messieurs, mon lopin[13] me suffit ;
Faites votre profit du reste. »
À ces mots, le premier, il vous happe un morceau ;
Et chacun de tirer, le Mâtin, la canaille[14],
À qui mieux mieux[15]. Ils firent tous ripaille,
Chacun d'eux eut part au gâteau[16].

1. *Pitance* : à l'origine, nourriture donnée à chaque membre d'une communauté religieuse, puis nourriture quotidienne. \ **2.** Jusqu'au XVIIIe siècle, on écrivait indistinctement *dîné* et *dîner*. \ **3.** *Tempérant* : qui a la vertu de la modération, surtout au sens concret. \ **4.** *Exquis* : sens plus fort qu'aujourd'hui : recherché, hors de l'ordinaire. \ **5.** *À* : par. \ **6.** *Atourné* : orné, équipé. \ **7.** *Mâtin* : gros chien de garde. \ **8.** Le Mâtin. \ **9.** *Mit bas* : posa. \ **10.** *Sur le public* : sur le bien public, autrement dit de vol ou de mendicité. \ **11.** *La chair* : la viande. \ **12.** *Lui sage* : en chien avisé. \ **13.** *Lopin* : petit morceau. \ **14.** *Canaille* : terme à prendre au sens étymologique de « bande de chiens ». \ **15.** *À qui mieux mieux* : à l'envi, à qui fera plus que l'autre. \ **16.** Proverbe : partager le profit.

Je crois voir en ceci l'image d'une ville
Où l'on met les deniers[1] à la merci des gens.
Échevins[2], prévôt des marchands,
Tout fait sa main[3] ; le plus habile
Donne aux autres l'exemple, et c'est un passe-temps
De leur voir nettoyer[4] un monceau de pistoles[5].
Si quelque scrupuleux, par des raisons frivoles,
Veut défendre l'argent, et dit le moindre mot,
On lui fait voir qu'il est un sot.
Il n'a pas de peine à se rendre[6] :
C'est bientôt le premier à prendre.

VIII

Le Rieur et les Poissons

On cherche les rieurs[7], et moi je les évite.
Cet art[8] veut, sur tout autre[9], un suprême mérite :
Dieu ne créa que pour les sots
Les méchants[10] diseurs de bons mots.
J'en vais peut-être en une fable
Introduire un ; peut-être aussi
Que quelqu'un trouvera que j'aurai réussi.

1. *Denier* : monnaie de cuivre désignant l'argent en général. \ **2.** *Échevins* : magistrats municipaux, le premier d'entre eux étant, à Paris, le prévôt des marchands. \ **3.** *Faire sa main* : faire un profit injuste et malhonnête. \ **4.** *Nettoyer* : expression déjà signalée comme vulgaire par le *Dictionnaire de l'Académie*. Elle désigne le fait de tout prendre et emporter, de sorte qu'il ne reste rien. \ **5.** *Pistoles* : pièces de l'époque, souvent en or. \ **6.** Sous-entendu : à ces raisons. \ **7.** *Rieurs* : ceux qui aiment raconter des histoires amusantes, comme le confirme la suite du texte. \ **8.** *Cet art* : celui d'amuser. \ **9.** *Sur tout autre* : plus que tout autre. \ **10.** *Méchants* : mauvais.

Un Rieur était à la table
D'un Financier, et n'avait en son coin
Que de petits Poissons : tous les gros étaient loin.
Il prend donc les menus [1], puis leur parle à l'oreille,
Et puis il feint, à la pareille [2],
D'écouter leur réponse. On demeura surpris ;
Cela suspendit les esprits [3].
Le Rieur alors, d'un ton sage,
Dit qu'il craignait qu'un sien ami,
Pour les grandes Indes [4] parti,
N'eût depuis un an fait naufrage ;
Il s'en informait donc à [5] ce menu fretin [6] ;
Mais tous lui répondaient qu'ils n'étaient pas d'un âge
À savoir au vrai son destin ;
Les gros en sauraient davantage.
« N'en puis-je donc, Messieurs, un gros interroger ? »
De dire si la compagnie
Prit goût à sa plaisanterie,
J'en doute, mais enfin il les sut engager [7]
À lui servir d'un monstre assez vieux pour lui dire
Tous les noms des chercheurs de mondes inconnus
Qui n'en étaient pas revenus,
Et que, depuis cent ans, sous l'abîme avaient vus
Les anciens [8] du vaste empire.

1. *Menus* : petits. \ **2.** *À la pareille* : de la même façon. \ **3.** *Suspendit les esprits* : laissa les esprits interdits, stupéfaits. \ **4.** *Les grandes Indes* : l'Amérique. \ **5.** *À* : auprès de. \ **6.** *Fretin* : nom collectif désignant les petits poissons que les pêcheurs rejettent généralement à la mer. \ **7.** *Il les sut engager* : il sut les convaincre. \ **8.** *Les anciens* : les vieux poissons du vaste empire des mers.

IX

Le Rat et l'Huître

Un Rat, hôte[1] d'un champ, rat de peu de cervelle,
Des lares[2] paternels un jour se trouva sou[3].
Il laisse là le champ, le grain, et la javelle[4],
Va courir le pays, abandonne son trou.
Sitôt qu'il fut hors de la case[5] :
« Que le monde, dit-il, est grand et spacieux !
Voilà les Apennins[6], et voici le Caucase[7]. »
La moindre taupinée[8] était mont à ses yeux.
Au bout de quelques jours, le voyageur arrive
En un certain canton[9] où Téthys[10] sur la rive
Avait laissé mainte[11] huître ; et notre Rat d'abord[12]
Crut voir, en les voyant, des vaisseaux de haut bord[13].
« Certes, dit-il, mon père était pauvre sire[14] :
Il n'osait voyager, craintif au dernier point.
Pour moi, j'ai déjà vu le maritime empire ;
J'ai passé[15] les déserts, mais nous n'y bûmes point[16]. »
D'un certain magister[17] le Rat tenait ces choses,

1. *Hôte* : habitant. \ **2.** *Lares* : chez les Romains, âmes des ancêtres divinisées. On leur rendait un culte sur l'autel domestique et ils finirent par se confondre avec les Pénates, dieux de la maison, évoqués dans la fable 16 du livre VII (vers 5). Ici, le mot désigne la maison elle-même. \ **3.** *Sou* : rassasié ; graphie archaïque de *saoul*, utilisée pour la rime. \ **4.** *Javelle* : mot d'origine gauloise désignant les monceaux d'épis qu'on laissait sécher sur le sol avant de les relier en gerbe. Le rat abandonne donc les champs et leurs travaux. \ **5.** *Case* : pauvre maison. \ **6.** *Apennins* : chaîne de montagnes formant l'axe de l'Italie. \ **7.** *Caucase* : chaîne de montagnes russes qui symbolise, dès l'Antiquité, une très haute altitude. \ **8.** *Taupinée* : taupinière, petit tas de terre rejetée par la taupe quand elle creuse une galerie. \ **9.** *Canton* : le mot garde ici son sens étymologique de « petit coin » et désigne une petite localité. \ **10.** *Thétys* : déesse grecque de la mer. \ **11.** *Mainte* : un grand nombre de. \ **12.** *D'abord* : tout de suite (littéralement : dès le premier abord). \ **13.** *Vaisseaux de haut bord* : grands vaisseaux à plusieurs ponts superposés. \ **14.** *Pauvre sire* : souvenir de la langue médiévale où le mot *seigneur* se déclinait. La forme *sire* correspond au cas sujet pour les fonctions sujet et attribut du sujet. \ **15.** *Passé* : traversé. \ **16.** Citation du rabelaisien Picrochole qui, lors de ses conquêtes imaginaires, se figure avoir traversé le désert. \ **17.** *Magister* : mot latin signifiant « maître d'école ».

Et les disait à travers champs,
N'étant pas de ces rats qui, les livres rongeants[1],
Se font savants jusques[2] aux dents[3].
Parmi tant d'huîtres toutes closes
Une s'était ouverte ; et, bâillant au soleil,
Par un doux zéphir[4] réjouie,
Humait l'air, respirait, était épanouie,
Blanche, grasse, et d'un goût, à la voir, nompareil[5].
D'aussi loin que le Rat voit cette Huître qui bâille :
« Qu'aperçois-je ? dit-il, c'est quelque victuaille[6] ;
Et, si je ne me trompe à la couleur du mets,
Je dois faire aujourd'hui bonne chère, ou jamais. »
Là-dessus, maître Rat[7], plein de belle espérance,
Approche de l'écaille, allonge un peu le cou,
Se sent pris comme aux lacs[8] ; car l'Huître tout d'un coup
Se referme : et voilà ce que fait l'ignorance.

Cette fable contient plus d'un enseignement :
Nous y voyons premièrement
Que ceux qui n'ont du monde aucune expérience
Sont, aux moindres objets[9], frappés d'étonnement ;
Et puis nous y pouvons apprendre
Que tel est pris qui croyait prendre.

1. *Rongeants* : à l'époque, le participe présent s'accorde encore. \ **2.** *Jusques* : forme archaïque qui évite l'élision du *e* muet, pour les besoins de la métrique. \ **3.** *Se font savants jusques aux dents* : vieille expression qui convient parfaitement au protagoniste. \ **4.** *Zéphir* : dans l'Antiquité, nom d'un vent léger. \ **5.** *Nompareil* : sans pareil. On écrit aujourd'hui *non pareil*. \ **6.** *Victuaille* : dans la langue classique, le mot reste au singulier. \ **7.** Trait burlesque. \ **8.** *Pris comme aux lacs* : pris comme dans un piège. \ **9.** *Aux moindres objets* : face à tout ce qu'ils voient.

X

L'Ours et l'Amateur des jardins [1]

Certain Ours montagnard, Ours à demi léché [2],
Confiné par le Sort dans un bois solitaire,
Nouveau Bellérophon [3] vivait seul et caché.
Il fût devenu fou : la raison d'ordinaire
N'habite pas longtemps chez les gens séquestrés [4].
Il est bon de parler, et meilleur de se taire ;
Mais tous deux sont mauvais alors qu'ils [5] sont outrés [6].
Nul animal n'avait affaire
Dans les lieux que l'Ours habitait :
Si bien que, tout ours qu'il était,
Il vint à s'ennuyer de cette triste vie.
Pendant qu'il se livrait à la mélancolie,
Non loin de là certain Vieillard
S'ennuyait aussi de sa part [7].
Il aimait les jardins, était prêtre de Flore [8],
Il était de Pomone encore [9].
Ces deux emplois sont beaux ; mais je voudrais parmi [10]
Quelque doux et discret ami :
Les jardins parlent peu, si ce n'est dans mon livre :
De façon que, lassé de vivre
Avec des gens muets, notre homme, un beau matin,
Va chercher compagnie, et se met en campagne [11].

1. Récit emprunté à Pilpay. \ **2.** *Ours à demi léché* : allusion plaisante à une croyance populaire selon laquelle l'ourse lèche ses petits pour achever de les façonner. La Fontaine va également jouer sur le sens figuré de cette expression. \ **3.** *Bellérophon* : héros de l'*Iliade* souffrant d'une forte mélancolie qui le condamnait à la solitude (chant VI). \ **4.** *Séquestrés* : ici au sens d'« isolés ». \ **5.** *Qu'ils* : lorsqu'ils. \ **6.** *Outrés* : excessifs. \ **7.** *De sa part* : de son côté. \ **8.** *Flore* : déesse romaine des fleurs et des jardins, *Pomone* était celle des fruits. \ **9.** *Encore* : aussi. \ **10.** *Parmi* : employé comme adverbe, le mot signifie ici « en même temps ». \ **11.** *Se met en campagne* : se met en route (expression militaire).

L'Ours, porté de même dessein,
Venait de quitter sa montagne.
Tous deux, par un cas[1] surprenant,
Se rencontrent en un tournant.
L'Homme eut peur; mais comment esquiver[2]? et que faire?
Se tirer en Gascon[3] d'une semblable affaire
Est le mieux: il sut donc dissimuler sa peur.
L'Ours, très mauvais complimenteur[4],
Lui dit: « Viens-t'en me voir. » L'autre reprit: « Seigneur,
Vous voyez mon logis; si vous me vouliez faire
Tant d'honneur que d[5]'y prendre un champêtre repas,
J'ai des fruits, j'ai du lait: ce n'est peut-être pas
De Nosseigneurs[6] les Ours le manger ordinaire;
Mais j'offre ce que j'ai. » L'Ours l'accepte; et d'aller.
Les voilà bons amis avant que d'arriver;
Arrivés, les voilà se trouvant bien ensemble;
Et, bien qu'on soit, à ce qu'il semble,
Beaucoup mieux seul qu'avec des sots,
Comme l'Ours en un jour ne disait pas deux mots,
L'Homme pouvait sans bruit[7] vaquer à[8] son ouvrage.
L'Ours allait à la chasse, apportait du gibier,
Faisait son principal métier
D'être bon émoucheur[9], écartait du visage
De son ami dormant ce parasite ailé
Que nous avons mouche appelé.
Un jour que le Vieillard dormait d'un profond somme,
Sur le bout de son nez une allant se placer,

1. *Cas*: hasard. \ **2.** *Esquiver*: éviter une attaque (terme d'escrime). \ **3.** Les Gascons sont traditionnellement présentés comme des fanfarons. \ **4.** *Complimenteur*: dérivé du verbe *complimenter*, « adresser des paroles courtoises », notamment pour saluer. \ **5.** *Tant d'honneur que d'*: assez d'honneur pour. \ **6.** *Nosseigneurs*: pluriel plaisant de *monseigneur*. \ **7.** *Sans bruit*: il s'agit du bruit qu'aurait fait l'ours en parlant. \ **8.** *Vaquer à*: s'occuper de. \ **9.** *Émoucheur*: mot forgé par La Fontaine à partir du verbe *émoucher*, « chasser les mouches ».

Mit l'Ours au désespoir ; il eut beau la chasser.
« Je t'attraperai bien, dit-il ; et voici comme[1]. »
Aussitôt fait que dit : le fidèle émoucheur
Vous empoigne un pavé, le lance avec roideur[2],
Casse la tête à l'Homme en écrasant la mouche,
Et non moins bon archer[3] que mauvais raisonneur,
Raide mort étendu sur la place il le couche.

Rien n'est si dangereux qu'un ignorant ami ;
Mieux vaudrait un sage ennemi.

XI

Les Deux Amis[4]

Deux vrais Amis vivaient au Monomotapa[5] :
L'un ne possédait rien qui n'appartînt à l'autre.
Les amis de ce pays-là
Valent bien, dit-on, ceux du nôtre.
Une nuit que chacun s'occupait au sommeil,
Et mettait à profit l'absence du soleil,
Un de nos deux Amis sort du lit en alarme ;
Il court chez son intime, éveille les valets :
Morphée[6] avait touché le seuil de ce palais.
L'Ami couché s'étonne ; il prend sa bourse, il s'arme,
Vient trouver l'autre, et dit : « Il vous arrive peu

1. *Comme* : comment. \ **2.** *Roideur* : avec rudesse (forme archaïque pour *raideur*). \ **3.** *Archer* : le mot, ici, n'est pas à prendre au sens propre, il désigne celui qui atteint son but. \ **4.** Fable sur l'amitié également inspirée de Pilpay. \ **5.** *Monomotapa* : région de l'Afrique australe, qui passait à l'époque pour une contrée imaginaire. Ce fut, jusqu'au XVIIIe siècle, un puissant empire noir à la civilisation avancée. \ **6.** *Morphée* : dans la mythologie grecque, fils du Sommeil et dieu des songes. Il désigne ici le sommeil lui-même.

De courir quand on dort ; vous me paraissiez homme
À mieux user du temps destiné pour le somme :
N'auriez-vous point perdu tout votre argent au jeu ?
En voici. S'il vous est venu quelque querelle,
J'ai mon épée, allons. Vous ennuyez-vous point
De coucher toujours seul ? Une esclave assez belle
Était à mes côtés : voulez-vous qu'on l'appelle ?
– Non, dit l'Ami, ce n'est ni l'un ni l'autre point :
Je vous rends grâce de ce zèle.
Vous m'êtes, en dormant [1], un peu triste apparu ;
J'ai craint qu'il [2] ne fût vrai ; je suis vite accouru.
Ce maudit songe en est la cause. »

Qui d'eux aimait le mieux ? Que t'en semble, lecteur ?
Cette difficulté vaut bien qu'on la propose [3].
Qu'un ami véritable est une douce chose !
Il cherche vos besoins au fond de votre cœur ;
Il vous épargne la pudeur [4]
De les lui découvrir vous-même ;
Un songe, un rien, tout lui fait peur
Quand il s'agit de ce [5] qu'il aime.

1. *En dormant* : dans la langue classique, le gérondif pouvait se rapporter au complément. Comprendre : pendant que je dormais. \ **2.** *Qu'il* : que cela. \ **3.** *Qu'on la propose* : sous-entendu, comme sujet de débat. \ **4.** *Pudeur* : honte, embarras. \ **5.** *Ce* : celui.

XII

Le Cochon, la Chèvre et le Mouton [1]

Une Chèvre, un Mouton, avec un Cochon gras,
Montés sur même [2] char, s'en allaient à la foire.
Leur divertissement ne les y portait pas [3] ;
On s'en allait les vendre, à ce que dit l'histoire :
Le Charton [4] n'avait pas dessein
De les mener voir Tabarin [5].
Dom [6] Pourceau criait en chemin
Comme s'il avait eu cent bouchers à ses trousses [7] :
C'était une clameur à rendre les gens sourds.
Les autres animaux, créatures plus douces,
Bonnes gens, s'étonnaient qu'il criât au secours :
Ils ne voyaient nul mal à craindre.
Le Charton dit au Porc : « Qu'as-tu tant à te plaindre ?
Tu nous étourdis tous : que ne te tiens-tu coi [8] ?
Ces deux personnes-ci, plus honnêtes [9] que toi,
Devraient t'apprendre à vivre, ou du moins à te taire :
Regarde ce Mouton ; a-t-il dit un seul mot ?
Il est sage. – Il est un sot,
Repartit le Cochon : s'il savait son affaire,
Il crierait comme moi, du haut de son gosier [10] ;
Et cette autre personne honnête

1. La Fontaine reprend deux fables d'Ésope, *Le Cochon et le Renard* et *Le Cochon et les Moutons*. \ **2.** *Sur même* : sur un même. \ **3.** Ils n'y allaient pas pour se divertir. \ **4.** *Charton* : ancien terme pour désigner le conducteur d'un char ou d'une charrette. \ **5.** *Tabarin* : comédien célèbre qui se produisait place Dauphine, à Paris, donnant la réplique au charlatan Mondor dans des parades bouffonnes. \ **6.** *Dom* : l'emploi de ce titre, toujours en usage chez les moines bénédictins, est burlesque. \ **7.** *Trousses* : haut-de-chausse court et relevé porté jadis par les pages, d'où l'expression *courir aux trousses de quelqu'un*, le poursuivre. \ **8.** *Coi* : tranquille, silencieux ; le mot faisait doublon avec *quiet*, aujourd'hui disparu. \ **9.** *Honnêtes* : mieux élevées, plus courtoises ; on songe à l'idéal de l'honnête homme. \ **10.** *Du haut de son gosier* : d'une voix aussi aiguë que possible.

Crierait tout du haut de sa tête[1].
Ils pensent qu'on les veut seulement décharger,
La Chèvre de son lait, le Mouton de sa laine :
Je ne sais pas s'ils ont raison ;
Mais quant à moi, qui ne suis bon
Qu'à manger, ma mort est certaine.
Adieu mon toit et ma maison. »

Dom Pourceau raisonnait en subtil personnage :
Mais que lui servait-il[2] ? Quand le mal est certain,
La plainte ni la peur ne changent le destin ;
Et le moins prévoyant est toujours le plus sage.

XIII

Tircis et Amarante[3]

Pour Mademoiselle de Sillery[4]

J'avais Ésope quitté
Pour être tout à Boccace[5] ;
Mais une divinité[6]
Veut revoir sur le Parnasse[7]
Des fables de ma façon.
Or d'aller lui dire : « Non »,

1. Même sens qu'au vers 20. \ **2.** *Mais que lui servait-il ?* À quoi cela lui servait-il ? \ **3.** Noms couramment employés dans la poésie pastorale et galante pour désigner un berger et une bergère. Dans la fable 1 du livre II, La Fontaine s'inspire déjà de cette littérature très en vogue à l'époque. \ **4.** Nièce de La Rochefoucauld, qui était alors sur le point de se marier. \ **5.** *Boccace* : écrivain italien (1313-1375), auteur du *Décaméron*, recueil de contes dont s'est inspiré La Fontaine pour ses contes libertins, ainsi que d'idylles mythologiques. \ **6.** *Divinité* : image galante désignant celle à qui est dédiée la fable. \ **7.** *Parnasse* : montagne grecque, résidence des Muses, qui symbolise le monde des lettres.

Sans quelque valable excuse,
Ce n'est pas comme on en use [1]
Avec des divinités,
Surtout quand ce sont de celles
Que la qualité de belles
Fait reines des volontés.
Car, afin que l'on le sache,
C'est Sillery qui s'attache
À vouloir que, de nouveau,
Sire Loup, sire Corbeau,
Chez moi se parlent en rime.
Qui dit Sillery dit tout :
Peu de gens en leur estime
Lui refusent le haut bout [2] ;
Comment le pourrait-on faire ?
Pour venir à notre affaire,
Mes contes, à son avis,
Sont obscurs [3] : les beaux esprits
N'entendent [4] pas toute chose.
Faisons donc quelques récits
Qu'elle déchiffre sans glose [5] :
Amenons des bergers ; et puis nous rimerons
Ce que disent entre eux les Loups et les Moutons [6].

Tircis disait un jour à la jeune Amarante :
« Ah ! si vous connaissiez, comme moi, certain mal
Qui nous plaît et qui nous enchante !

1. *Comme on en use* : comme on se comporte. \ **2.** *Le haut bout* : la place la plus honorable, le premier rang ou, à table le bout de la table. \ **3.** *Obscurs* pour une demoiselle de la haute société qui refuse sans doute de comprendre des contes libertins. La Fontaine publie les tomes IV et V entre la publication du premier et du second livres des fables. \ **4.** *Entendent* : comprennent. \ **5.** *Glose* : commentaire, interprétation. \ **6.** On passe ici de la pastorale et de ses bergers à la fable et à ses animaux.

Il n'est bien sous le ciel qui vous parût égal.
Souffrez[1] qu'on vous le communique ;
Croyez-moi, n'ayez point de peur :
Voudrais-je vous tromper, vous pour qui je me pique
Des plus doux sentiments que puisse avoir un cœur ? »
Amarante aussitôt réplique :
« Comment l'appelez-vous, ce mal ? quel est son nom ?
– L'amour. – Ce mot est beau ; dites-moi quelques marques
À quoi je le pourrai connaître : que sent-on ?
– Des peines près de qui[2] le plaisir des monarques
Est ennuyeux et fade : on s'oublie, on se plaît
Toute seule en une forêt.
Se mire-t-on près un rivage,
Ce n'est pas soi qu'on voit ; on ne voit qu'une image
Qui sans cesse revient, et qui suit en tous lieux :
Pour tout le reste on est sans yeux.
Il est un berger du village
Dont l'abord, dont la voix, dont le nom fait rougir :
On soupire à son souvenir ;
On ne sait pas pourquoi, cependant on soupire ;
On a peur de le voir, encor qu'on le désire. »
Amarante dit à l'instant :
« Oh ! oh ! c'est là ce mal que vous me prêchez tant ?
Il ne m'est pas nouveau : Je pense le connaître. »
Tircis à son but croyait être,
Quand la belle ajouta : « Voilà tout justement
Ce que je sens pour Clidamant[3]. »
L'autre pensa mourir de dépit[4] et de honte.

1. *Souffrez* : permettez. \ **2.** *Près de qui* : à côté desquelles, en comparaison desquelles. \ **3.** *Clidamant* : prénom traditionnel de berger dans la pastorale. \ **4.** *Dépit* : amertume, ressentiment.

Il est force gens[1] comme lui,
Qui prétendent n'agir que pour leur propre compte,
Et qui font le marché[2] d'autrui.

XIV

Les Obsèques de la Lionne[3]

La femme du Lion mourut;
Aussitôt chacun accourut
Pour s'acquitter envers le Prince
De certains compliments de consolation,
Qui sont surcroît d'affliction[4].
Il fit avertir sa province[5]
Que les obsèques se feraient
Un tel jour, en tel lieu; ses prévôts[6] y seraient[7]
Pour régler la cérémonie,
Et pour placer la compagnie[8].
Jugez si chacun s'y trouva.
Le Prince aux cris s'abandonna,
Et tout son antre en résonna:
Les Lions n'ont point d'autre temple[9].
On entendit, à son exemple,
Rugir en leurs patois[10] Messieurs les courtisans.
Je définis la cour un pays où les gens,
Tristes, gais, prêts à tout, à tout indifférents,

1. *Il est force gens*: il y a beaucoup de gens. \ **2.** *Le marché*: les affaires. \ **3.** Fable inspirée d'Abstemius, \ **4.** Comprendre: qui augmentent l'affliction. \ **5.** *Sa province*: son royaume. \ **6.** *Prévôts*: officiers au service du roi. \ **7.** Style indirect libre. \ **8.** *La compagnie*: l'assistance. \ **9.** *Temple*: terme neutre désignant un lieu dévoué à une religion. \ **10.** *Patois*: évocation de la diversité des cris d'animaux, mais aussi, de façon ironique, des différentes façons de parler que l'on pouvait entendre à la cour.

Sont ce qu'il plaît au Prince, ou, s'ils ne peuvent l'être,
Tâchent au moins de le parêtre[1] :
Peuple caméléon, peuple singe du maître ;
On dirait qu'un[2] esprit anime mille corps :
C'est bien là que les gens sont de simples ressorts[3].
Pour revenir à notre affaire,
Le Cerf ne pleura point. Comment eût-il pu faire ?
Cette mort le vengeait : la Reine avait jadis
Étranglé sa femme et son fils.
Bref, il ne pleura point. Un flatteur l'alla dire[4],
Et soutint qu'il l'avait vu rire.
La colère du Roi, comme dit Salomon[5],
Est terrible, et surtout celle du roi Lion ;
Mais ce Cerf n'avait pas accoutumé[6] de lire.
Le monarque lui dit : « Chétif[7] hôte des bois,
Tu ris, tu ne suis pas[8] ces gémissantes voix.
Nous[9] n'appliquerons point sur tes membres profanes[10]
Nos sacrés ongles : venez, Loups,
Vengez la Reine ; immolez tous
Ce traître à ses augustes mânes[11]. »
Le Cerf reprit alors : « Sire, le temps de pleurs[12]
Est passé ; la douleur est ici superflue.
Votre digne moitié, couchée entre des fleurs,

1. *Parêtre* : orthographe ancienne pour *paraître*, maintenue afin d'avoir une rime pour l'œil. \ **2.** Comprendre : un seul esprit, par opposition à « mille ». \ **3.** *De simples ressorts* : allusion à la théorie de Descartes selon laquelle les animaux sont des machines, théorie que La Fontaine présente plus amplement dans le *Discours à Madame de La Sablière* (livre IX, vers 25-48). \ **4.** *L'alla dire* : alla le dire. \ **5.** *Salomon* : roi d'Israël, célèbre pour sa sagesse, auteur des Proverbes, l'un des livre de la Bible (« La terreur qu'inspire le roi est comme le rugissement d'un lion : celui qui l'irrite pèche contre lui-même » (Proverbes, XX, verset 2). \ **6.** *Accoutumé* : au sens intransitif de *s'accoutumer*, le verbe a longtemps gardé l'auxiliaire *avoir*. Dans la langue classique, il ne s'employait comme intransitif qu'aux temps composés. \ **7.** *Chétif* : ici, au sens figuré de « méprisable ». \ **8.** *Tu ne suis pas* : tu n'imites pas. \ **9.** *Nous* : pluriel emphatique. \ **10.** *Profanes* : au sens propre de « contraire à ce qui est sacré ». À l'époque, on pense que le roi tient son pouvoir de Dieu. \ **11.** *Mânes* : âmes divinisées des morts dans l'Antiquité. \ **12.** *De pleurs* : de pleurer.

Tout près d'ici m'est apparue ;
Et je l'ai d'abord[1] reconnue.
« Ami, m'a-t-elle dit, garde[2] que ce convoi,
« Quand je vais chez les Dieux, ne t'oblige à des larmes.
« Aux Champs Élysiens[3] j'ai goûté mille charmes,
« Conversant avec ceux qui sont saints comme moi.
« Laisse agir quelque temps le désespoir du Roi :
« J'y prends plaisir. » À peine on eut ouï la chose,
Qu'on se mit à crier : « Miracle ! Apothéose[4] ! »
Le Cerf eut un présent, bien loin d'être puni.

Amusez les rois par des songes,
Flattez-les, payez-les d'agréables mensonges :
Quelque indignation dont leur cœur soit rempli,
Ils goberont l'appât[5] ; vous serez leur ami.

XV
Le Rat et l'Éléphant

Se croire un personnage[6] est fort commun en France :
On y fait l'homme d'importance,
Et l'on n'est souvent qu'un bourgeois[7].
C'est proprement le mal françois[8] :
La sotte vanité[9] nous est particulière.

1. *D'abord* : tout de suite. \ **2.** *Garde* : évite. \ **3.** *Champs élysiens* : Champs Élysées, séjour des justes, des sages et des héros dans l'Antiquité. \ **4.** *Apothéose* : fait d'être mis au rang des dieux après sa mort. \ **5.** *Ils goberont l'appât* : ils seront pris au piège. \ **6.** *Un personnage* : un grand homme, un personnage important. \ **7.** *Bourgeois* : à l'époque, le mot est souvent employé en mauvaise part, par opposition à un homme de cour, pour désigner quelqu'un de peu spirituel, de peu galant et de manières grossières. \ **8.** *François* : archaïsme de la finale en *ois* maintenu pour la rime. \ **9.** *Vanité* : prétention, suffisance.

Les Espagnols sont vains[1], mais d'une autre manière :
Leur orgueil me semble, en un mot,
Beaucoup plus fou, mais pas si sot[2].
Donnons quelque image du nôtre,
Qui sans doute en vaut bien un autre.

Un Rat des plus petits voyait un Éléphant
Des plus gros, et raillait le marcher un peu lent
De la bête de haut parage[3],
Qui marchait à gros équipage[4].
Sur l'animal à triple étage[5]
Une sultane de renom,
Son chien, son chat et sa guenon,
Son perroquet, sa vieille[6], et toute sa maison[7],
S'en allait en pèlerinage.
Le Rat s'étonnait que les gens
Fussent touchés[8] de voir cette pesante masse :
« Comme si d'occuper ou plus ou moins de place
Nous rendait, disait-il, plus ou moins importants !
Mais qu'admirez-vous tant en lui, vous autres hommes ?
Serait-ce ce grand corps qui fait peur aux enfants ?
Nous ne nous prisons[9] pas, tout petits que nous sommes,
D'un grain[10] moins que les Éléphants. »
Il en aurait dit davantage :

1. *Vains* : vaniteux. \ **2.** La Fontaine oppose la vanité espagnole qui tient davantage de la fierté morale à celle des Français, fondée sur le désir d'égaler la condition des puissants. \ **3.** *De haut parage* : de haute naissance. \ **4.** L'*équipage* englobait la parure et les gens ; on le rendrait aujourd'hui par *avec grand train*. \ **5.** *À triple étage* : évocation du baldaquin surmontant le dos de l'éléphant, et qui, au-dessus des pattes et du dos de l'animal, vient créer un troisième étage. Cette image suggère l'idée d'énormité, comme dans l'expression en usage à l'époque : *sot à triple étage* (sot au dernier point). \ **6.** *Vieille* : dame de compagnie âgée, gouvernante. \ **7.** *Toute sa maison* : les gens de sa maison, ensemble regroupant les parents, les domestiques et les familiers. \ **8.** *Touchés* : frappés d'admiration. \ **9.** *Nous ne prisons* : nous n'estimons pas. \ **10.** *Grain* : la plus petite des unités de poids, équivalent à 5 cg.

Mais le Chat, sortant de sa cage,
Lui fit voir, en moins d'un instant,
Qu'un Rat n'est pas un Éléphant.

XVI

L'Horoscope [1]

On rencontre sa destinée
Souvent par des chemins qu'on prend pour l'éviter.

Un Père eut pour toute lignée
Un Fils qu'il aima trop, jusques [2] à consulter
Sur le sort de sa géniture [3]
Les diseurs de bonne aventure.
Un de ces gens lui dit que des lions surtout
Il éloignât l'Enfant jusques à certain [4] âge ;
Jusqu'à vingt ans, point davantage.
Le Père, pour venir à bout [5]
D'une précaution sur qui roulait la vie
De celui qu'il aimait, défendit que jamais
On lui laissât passer le seuil de son palais.
Il pouvait, sans sortir, contenter son envie,
Avec ses compagnons tout le jour badiner [6],
Sauter, courir, se promener.
Quand il fut en l'âge où la chasse
Plaît le plus aux jeunes esprits,

1. Fable assez librement inspirée d'Ésope, *L'Enfant et son père*. \ **2.** *Jusques* : au point de ; forme ancienne pour éviter l'élision du *e* muet (voir aussi au vers 71). \ **3.** *Géniture* : progéniture. \ **4.** *À certain âge* : à un âge précis, ce que confirme le vers suivant. \ **5.** *Venir à bout* : mener à bien. \ **6.** *Badiner* : s'amuser.

Cet exercice avec mépris
Lui fut dépeint ; mais, quoi qu'on fasse,
Propos, conseil, enseignement,
Rien ne change un tempérament.
Le jeune homme, inquiet[1], ardent, plein de courage,
À peine se sentit des bouillons d'un tel âge[2],
Qu'il soupira pour ce plaisir.
Plus l'obstacle était grand, plus fort fut le désir.
Il savait le sujet[3] des fatales[4] défenses ;
Et comme ce logis, plein de magnificences,
Abondait partout en tableaux,
Et que la laine et les pinceaux[5]
Traçaient de tous côtés chasses et paysages,
En cet endroit des animaux,
En cet autre des personnages,
Le jeune homme s'émut, voyant peint un Lion :
« Ah ! monstre, cria-t-il, c'est toi qui me fais vivre
Dans l'ombre et dans les fers ! » À ces mots, il se livre
Aux transports violents de l'indignation,
Porte le poing sur l'innocente bête.
Sous la tapisserie un clou se rencontra[6] :
Ce clou le blesse ; il pénétra
Jusqu'aux ressorts de l'âme[7] ; et cette chère tête,
Pour qui l'art d'Esculape[8] en vain fit ce qu'il put,
Dut sa perte à ces soins qu'on prit pour son salut.
Même précaution nuisit au poète[9] Eschyle[10].
Quelque devin le menaça, dit-on,

1. *Inquiet* : dans la langue classique, contraire de *quiet*, « tranquille » ; le mot désigne donc un caractère remuant, agité. \ **2.** *À peine se sentit des bouillons d'un tel âge* : à peine éprouva-t-il les bouillonnements propres à cet âge. \ **3.** *Le sujet* : la raison, la cause. \ **4.** *Fatales* : liées au destin. \ **5.** *La laine et les pinceaux* : métonymies pour les tapisseries et les tableaux. \ **6.** *Se rencontra* : se trouva là (avec l'idée de hasard). \ **7.** Dont on pensait qu'elle maintenait la vie. \ **8.** *Esculape* : dieu romain de la médecine. \ **9.** Par synérèse, *poète* ne compte ici que pour une syllabe. \ **10.** *Eschyle* : poète tragique grec (525-456 av. J-C).

De la chute d'une maison.
Aussitôt il quitta la ville,
Mit son lit en plein champ, loin des toits, sous les cieux.
Un aigle, qui portait en l'air une tortue,
Passa par là, vit l'homme, et sur sa tête nue,
Qui parut un morceau de rocher à ses yeux,
Étant de cheveux dépourvue,
Lassa tomber sa proie, afin de la casser :
Le pauvre Eschyle ainsi sut ses jours [1] avancer.

De ces exemples il résulte
Que cet art [2], s'il est vrai, fait tomber dans les maux
Que craint celui qui le consulte ;
Mais je l'en justifie [3], et maintiens qu'il est faux.
Je ne crois point que la Nature
Se soit lié les mains, et nous les lie encor
Jusqu'au point de marquer dans les cieux notre sort :
Il dépend d'une conjoncture [4]
De lieux, de personnes, de temps,
Non des conjonctions [5] de tous ces charlatans.
Ce berger et ce roi sont sous même planète [6] ;
L'un d'eux porte le sceptre, et l'autre la houlette [7] :
Jupiter [8] le voulait ainsi.
Qu'est-ce que Jupiter ? un corps sans connaissance.
D'où vient donc que son influence
Agit différemment sur ces deux hommes-ci ?
Puis comment pénétrer jusques à notre monde ?
Comment percer [9] des airs la campagne [10] profonde ?

1. *Ses jours* : comprendre : la fin de ses jours. \ **2.** Celui de l'astrologie. \ **3.** *Justifie* : disculpe. \ **4.** *D'une conjoncture* : de la rencontre « de lieux, de personnes, de temps ». \ **5.** *Conjonction* : terme d'astrologie désignant la rencontre d'astres. \ **6.** *Sont* : sont nés. \ **7.** *Houlette* : bâton du berger. \ **8.** *Jupiter* : ici, la planète. \ **9.** *Percer* : traverser. \ **10.** *La campagne* : le champ, l'espace (inversion de l'ordre des mots).

Percer Mars, le Soleil, et des vides sans fin ?
Un atome[1] la peut détourner en chemin :
Où l'[2] iront retrouver les faiseurs d'horoscope ?
L'état où nous voyons l'Europe[3]
Mérite que du moins quelqu'un d'eux l'ait prévu :
Que ne l'a-t-il donc dit ? Mais nul d'eux ne l'a su.
L'immense éloignement, le point, et sa vitesse,
Celle aussi de nos passions,
Permettent-ils à leur faiblesse
De suivre pas à pas toutes nos actions ?
Notre sort en dépend : sa course entre-suivie[4]
Ne va, non plus que nous, jamais d'un même pas ;
Et ces gens veulent au compas
Tracer le cours de notre vie !
Il ne se faut point arrêter
Aux deux faits ambigus que je viens de conter.
Ce Fils par trop chéri, ni le bonhomme Eschyle,
N'y font rien : tout aveugle et menteur qu'est cet art,
Il peut frapper au but une fois entre mille ;
Ce sont des effets du hasard.

1. La Fontaine se range ici à la théorie atomiste d'Épicure, selon laquelle l'univers est composé d'atomes tombant dans le vide. \ **2.** *L'*: renvoie à l'influence de Jupiter. \ **3.** Ravagée par la guerre de Hollande \ **4.** *Entre-suivie* : entrecoupée, irrégulière. Comprendre que notre planète et Jupiter n'ont pas une course régulière, ce qui remet en cause les dires des astrologues qui prétendent que nos actes sont influencés par le mouvement des planètes (vers 82).

XVII
L'Âne et le Chien [1]

Il se faut entr'aider ; c'est la loi de nature.
L'Âne un jour pourtant s'en [2] moqua :
Et ne sais comme [3] il y manqua ;
Car il est bonne créature.
Il allait par pays [4], accompagné du Chien,
Gravement, sans songer à rien,
Tous deux suivis d'un commun maître.
Ce maître s'endormit : l'Âne se mit à paître :
Il était alors dans un pré
Dont l'herbe était fort à son gré.
Point de chardons pourtant ; il s'en passa pour l'heure :
Il ne faut pas toujours être si délicat [5] ;
Et faute de servir ce plat,
Rarement un festin demeure [6].
Notre Baudet s'en sut [7] enfin [8]
Passer pour cette fois. Le Chien, mourant de faim,
Lui dit : « Cher compagnon, baisse-toi, je te prie :
Je prendrai mon dîné dans le panier au pain. »
Point de réponse, mot [9] : le Roussin d'Arcadie [10]
Craignit qu'en perdant un moment
Il ne perdît un coup de dent.
Il fit longtemps la sourde oreille ;

1. Reprise de la fable d'Abstemius, *Le Chien qui n'a pas secouru l'âne contre le loup, parce qu'il ne lui avait pas donné de pain.* \ **2.** De cette loi. \ **3.** *Comme* : comment. \ **4.** *Par pays* : à travers le pays. \ **5.** *Délicat* : difficile. \ **6.** Comprendre : il est rare qu'un festin reste sur la table parce que l'on ne l'y sert pas. \ **7.** *S'en sut [...] passer* : sut s'en passer. Dans la langue classique, le pronom personnel complément d'un deuxième verbe se plaçait avant le premier. \ **8.** *Enfin* : en résumé. \ **9.** *Mot* : pas un mot. \ **10.** *Roussin* : cheval vigoureux. L'*Arcadie*, province grecque du Péloponnèse, était réputée pour ses ânes. L'alliance des deux mots est plaisante.

Enfin il répondit : « Ami, je te conseille
D'attendre que ton maître ait fini son sommeil ;
Car il te donnera, sans faute, à son réveil,
Ta portion accoutumée :
Il ne saurait tarder beaucoup. »
Sur ces entrefaites, un Loup
Sort du bois, et s'en vient : autre bête affamée.
L'Âne appelle aussitôt le Chien à son secours.
Le Chien ne bouge, et dit : « Ami, je te conseille
De fuir, en attendant que ton maître s'éveille ;
Il ne saurait tarder : détale vite, et cours.
Que si[1] ce Loup t'atteint, casse-lui la mâchoire :
On t'a ferré de neuf ; et, si tu me veux[2] croire,
Tu l'étendras tout plat. » Pendant ce beau discours,
Seigneur Loup étrangla le Baudet sans remède.

Je conclus qu'il faut qu'on s'entr'aide.

XVIII

Le Bassa et le Marchand

Un Marchand grec en certaine contrée
Faisait trafic[3]. Un Bassa[4] l'appuyait ;
De quoi le Grec en Bassa le payait,
Non en Marchand : tant c'est chère denrée
Qu'un protecteur. Celui-ci coûtait tant,

1. *Que si* : tour élégant pour introduire une proposition hypothétique. \ **2.** *Si tu me veux* : si tu veux me (syntaxe classique). \ **3.** *Trafic* : du commerce avec les pays lointains. \ **4.** *Bassa* : pacha, gouverneur de province chez les Turcs.

Que notre Grec s'allait partout plaignant [1].
Trois autres Turcs, d'un rang moindre en puissance,
Lui vont offrir leur support [2] en commun.
Eux trois voulaient moins de reconnaissance [3]
Qu'à ce Marchand il n'en coûtait pour un.
Le Grec écoute ; avec eux il s'engage ;
Et le Bassa du tout est averti :
Même on lui dit qu'il jouera, s'il est sage,
À ces gens-là quelque méchant parti [4],
Les prévenant [5], les chargeant d'un message
Pour Mahomet, droit en son paradis,
Et sans tarder ; sinon ces gens unis
Le préviendront, bien certains qu'à la ronde
Il a des gens tout prêts pour le venger [6] :
Quelque poison l'envoira [7] protéger
Les trafiquants qui sont en l'autre monde.
Sur cet avis le Turc se comporta
Comme Alexandre [8] ; et, plein de confiance,
Chez le Marchand tout droit il s'en alla,
Se mit à table. On vit tant d'assurance
En ses discours et dans tout son maintien,
Qu'on ne crut point qu'il se doutât de rien.
« Ami, dit-il, je sais que tu me quittes ;
Même [9] l'on veut que j'en craigne les suites ;
Mais je te crois un trop homme de bien [10] ;

1. *S'allait partout plaignant* : allait partout en se plaignant (voir note 00, p. 00). \ **2.** *Support* : service. \ **3.** Trait ironique : ils voulaient être payés. \ **4.** *Parti* : tour. \ **5.** *Les prévenant* : agissant avant eux. \ **6.** Comprendre : s'il ne les punit pas, eux, certains qu'il va le faire, l'expédieront chez Mahomet, donc à la mort. \ **7.** *Envoira* : ancienne forme pour le futur *enverra*. \ **8.** L'historien latin Plutarque raconte qu'Alexandre but sans hésiter une potion que lui présentait son médecin en lui tendant une lettre dans laquelle il l'accusait de vouloir l'empoisonner (*Vie d'Alexandre*, XIX). \ **9.** *Même* : même si. \ **10.** *Je te crois un trop homme de bien* : je te crois trop homme de bien.

Tu n'as point l'air d'un donneur de breuvage[1].
Je n'en dis pas là-dessus davantage.
Quant à ces gens qui pensent t'appuyer,
Écoute-moi : sans tant de dialogue
Et de raisons qui pourraient t'ennuyer,
Je ne te veux conter qu'un apologue[2].

Il était un Berger, son Chien et son troupeau.
Quelqu'un lui demanda ce qu'il prétendait faire
D'un Dogue[3] de qui l'ordinaire[4]
Était un pain entier. Il fallait bien et beau[5]
Donner cet animal au seigneur du village.
Lui, Berger, pour plus de ménage[6],
Aurait deux ou trois mâtineaux[7],
Qui, lui dépensant moins, veilleraient aux troupeaux
Bien mieux que cette bête seule.
Il mangeait plus que trois ; mais on ne disait pas
Qu'il avait aussi triple gueule
Quand les loups livraient des combats.
Le Berger s'en défait ; il prend trois chiens de taille
À lui dépenser moins, mais à fuir la bataille.
Le troupeau s'en sentit[8] ; et tu te sentiras
Du choix de semblable canaille[9].
Si tu fais bien, tu reviendras à moi. »
Le Grec le crut. Ceci montre aux provinces[10]
Que, tout compté, mieux vaut, en bonne foi,
S'abandonner à quelque puissant roi,
Que s'appuyer de plusieurs petits princes.

1. *Breuvage* : poison. \ **2.** *Un apologue* : une fable. \ **3.** *Dogue* : erreur de La Fontaine, car il s'agit d'un chien de garde et non d'un chien de berger. \ **4.** *L'ordinaire* : le repas habituel. \ **5.** *Bien et beau* : bel et bien. \ **6.** *Ménage* : économie, épargne. Ce sens est aujourd'hui sorti de l'usage. \ **7.** *Mâtineaux* : diminutif de « mâtins ». \ **8.** *S'en sentit* : s'en ressentit. \ **9.** *Canaille* : au sens étymologique de « bande de chiens ». \ **10.** *Provinces* : pays, au sens d'États.

XIX

L'Avantage de la science [1]

Entre deux Bourgeois d'une ville
S'émut [2] jadis un différend [3] :
L'un était pauvre, mais habile [4] ;
L'autre riche, mais ignorant.
Celui-ci sur son concurrent
Voulait emporter l'avantage,
Prétendait que tout homme sage
Était tenu de l'honorer.
C'était un homme sot ; car pourquoi révérer [5]
Des biens dépourvus de mérite ?
La raison m'en semble petite.
« Mon ami, disait-il souvent
Au savant,
Vous vous croyez considérable [6] ;
Mais, dites-moi, tenez-vous table [7] ?
Que sert à vos pareils de lire incessamment [8] ?
Ils sont toujours logés à la troisième chambre [9],
Vêtus au mois de juin comme au mois de décembre,
Ayant pour tout laquais leur ombre seulement.
La République [10] a bien affaire [11]
De gens qui ne dépensent rien !
Je ne sais [12] d'homme nécessaire
Que celui dont le luxe épand [13] beaucoup de bien.

1. Fable inspirée d'Abstemius, *Le Riche ignare et le Pauvre savant.* \ **2.** *S'émut* : s'éleva. \ **3.** *Différend* : querelle, désaccord. \ **4.** *Habile* : qui a de l'esprit, de la connaissance. \ **5.** *Révérer* : vénérer. \ **6.** *Considérable* : digne de considération. \ **7.** *Tenez-vous table ?* Recevez-vous des gens à votre table ? \ **8.** *Incessamment* : constamment, sans cesse. \ **9.** *À la troisième chambre* : au troisième étage, celui des mansardes. \ **10.** *La République* : l'État. \ **11.** *A bien affaire* : a besoin. \ **12.** *Je ne sais* : je ne connais. \ **13.** *Épand* : répand.

Nous en usons, Dieu sait ! notre plaisir occupe
L'artisan, le vendeur, celui qui fait la jupe,
Et celle qui la porte, et vous, qui dédiez
À Messieurs les gens de finance
De méchants[1] livres bien payés. »
Ces mots remplis d'impertinence
Eurent le sort qu'ils méritaient.
L'homme lettré se tut, il avait trop à dire.
La guerre le vengea bien mieux qu'une satire[2].
Mars[3] détruisit le lieu que nos gens habitaient :
L'un et l'autre quitta[4] sa ville.
L'ignorant resta sans asile :
Il reçut partout des mépris ;
L'autre reçu partout quelque faveur nouvelle
Cela décida[5] leur querelle.

Laissez dire les sots : le savoir a son prix.

XX

Jupiter et les Tonnerres[6]

Jupiter[7], voyant nos fautes,
Dit un jour, du haut des airs :
« Remplissons de nouveaux hôtes[8]
Les cantons[9] de l'univers

1. *Méchants* : de mauvaise qualité. \ **2.** *Satire* : texte critique et moqueur. \ **3.** *Mars* : dieu romain de la guerre. \ **4.** *L'un et l'autre quitta sa ville* : dans la langue classique, le verbe s'accordait avec le sujet le plus proche. \ **5.** *Décida* : régla, résolut. \ **6.** L'auteur latin Sénèque (Ier siècle apr. J-C) distinguait trois formes de tonnerre pour Jupiter. La Fontaine n'en évoque que deux. \ **7.** *Jupiter* : roi des dieux dans l'Antiquité romaine, il était le maître de la foudre. \ **8.** *Hôtes* : habitants. \ **9.** *Les cantons* : les coins.

Habités par cette race
Qui m'importune et me lasse.
Va-t'en, Mercure[1], aux Enfers ;
Amène-moi la Furie
La plus cruelle des trois[2].
Race que j'ai trop chérie,
Tu périras cette fois. »
Jupiter ne tarda guère
À modérer son transport[3].
Ô vous, Rois, qu'il voulut[4] faire
Arbitres de notre sort,
Laissez, entre la colère
Et l'orage qui la suit,
L'intervalle d'une nuit.
Le Dieu dont l'aile est légère[5],
Et la langue a des douceurs,
Alla voir les noires Sœurs.
À Tisiphone et Mégère
Il préféra, ce dit-on,
L'impitoyable Alecton.
Ce choix la rendit si fière[6],
Qu'elle jura par Pluton[7]
Que toute l'engeance[8] humaine
Serait bientôt du domaine[9]
Des déités[10] de là-bas[11].
Jupiter n'approuva pas

1. *Mercure* : dieu du commerce et des voyageurs, les Romains le considéraient comme le messager des dieux. \ **2.** Dans la mythologie romaine, les Furies, Alecto (en grec Alecton), Tisiphone et Mégère, étaient chargées de tourmenter les humains afin d'exécuter les sentences des dieux. \ **3.** *Transport* : emportement coléreux. \ **4.** *Qu'il voulut* : qu'il décida de. \ **5.** Il s'agit de Mercure, représenté avec des ailes aux pieds. \ **6.** *Fière* : au sens classique de « féroce ». \ **7.** *Pluton* : dieu romain des Enfers. \ **8.** *Engeance* : espèce méprisable. \ **9.** *Du domaine* : au pouvoir de. \ **10.** *Déités* : divinités. \ **11.** *Là-bas* : désigne les Enfers, situés sous la terre.

Le serment de l'Euménide[1].
Il la renvoie ; et pourtant
Il lance un foudre[2] à l'instant
Sur certain[3] peuple perfide.
Le Tonnerre, ayant pour guide
Le père même de ceux
Qu'il menaçait de ses feux[4],
Se contenta de leur crainte[5] ;
Il n'embrasa que l'enceinte[6]
D'un désert inhabité :
Tout père frappe à côté.
Qu'arriva-t-il ? Notre engeance
Prit pied[7] sur cette indulgence.
Tout l'Olympe[8] s'en plaignit ;
Et l'assembleur de nuages[9]
Jura le Styx[10], et promit
De former d'autres orages :
Ils seraient sûrs[11]. On sourit ;
On lui dit qu'il était père,
Et qu'il laissât, pour le mieux,
À quelqu'un des autres dieux
D'autres tonnerres à faire.
Vulcain[12] entreprit l'affaire.
Ce dieu remplit ses fourneaux
De deux sortes de carreaux[13] :

1. Dans la mythologie grecque, les *Euménides* correspondent aux Furies romaines. \ **2.** *Foudre* : le mot est masculin dans la langue classique. \ **3.** *Certain* : un certain. \ **4.** Jupiter était aussi considéré comme le père des hommes. \ **5.** *Comprendre* : il leur fit plus peur que mal. \ **6.** *L'enceinte* : l'espace, l'étendue. \ **7.** *Prit pied* : se fonda. \ **8.** *Olympe* : montagne où séjournaient les dieux, d'où les dieux eux-mêmes. \ **9.** Épithète homérique fréquente pour caractériser Zeus. \ **10.** *Styx* : fleuve qui baignait les Enfers ; *jurer par le Styx* constituait un serment inviolable (seuls les dieux juraient « par le Styx »). \ **11.** Style indirect libre. \ **12.** *Vulcain* : frère de Jupiter, dieu romain du feu. \ **13.** *Carreaux* : flèches d'arbalète à pointe carrée.

L'un jamais ne se fourvoie[1] ;
Et c'est celui que toujours
L'Olympe en[2] corps nous envoie ;
L'autre s'écarte en son cours :
Ce n'est qu'aux monts qu'il en coûte ;
Bien souvent même il se perd ;
Et ce dernier en sa route
Nous vient du seul Jupiter.

XXI

Le Faucon et le Chapon[3]

Une traîtresse voix bien souvent vous appelle ;
Ne vous pressez donc nullement :
Ce n'était pas un sot, non, non, et croyez-m'en,
Que le chien de Jean de Nivelle[4].
Un citoyen du Mans, chapon[5] de son métier,
Était sommé de comparaître
Par-devant les lares[6] du maître,
Au pied d'un tribunal que nous nommons foyer.
Tous les gens lui criaient, pour déguiser la chose,
« Petit, petit, petit[7] ! » mais, loin de s'y fier,
Le Normand et demi[8] laissait les gens crier.

1. *Se fourvoie* : se perd. \ **2.** *En* : dans le. \ **3.** Fable inspirée de Pilpay. \ **4.** *Le chien de Jean de Nivelle* : allusion au proverbe « c'est le chien de Jean de Nivelle qui s'enfuit quand on l'appelle ». Jean de Nivelle (1422-1471), qui avait pris le parti du duc de Bourgogne contre Louis XI, fut sommé par son père de venir servir le roi (ou, selon d'autres, de comparaître devant le Parlement), mais il prit la fuite. Son père le traita de *chien* et le déshérita. \ **5.** *Chapon* : poulet castré que l'on engraisse ; ceux du Mans étaient à l'époque fort réputés. \ **6.** *Lares* : dieux romains du foyer. \ **7.** Façon paysanne d'appeler la volaille. \ **8.** *Le Normand et demi* : les Normands avaient la réputation d'être méfiants ; le chapon est donc de moitié encore plus méfiant qu'un Normand.

« Serviteur[1], disait-il ; votre appât est grossier :
On ne m'y tient[2] pas, et pour cause[3]. »
Cependant un Faucon sur sa perche[4] voyait
Notre Manceau[5] qui s'enfuyait.
Les chapons ont en nous fort peu de confiance,
Soit instinct, soit expérience.
Celui-ci, qui ne fut qu'avec peine attrapé,
Devait, le lendemain, être d'un grand soupé[6],
Fort à l'aise en un plat, honneur dont la volaille
Se serait passée aisément.
L'Oiseau chasseur lui dit : « Ton peu d'entendement
Me rend tout étonné. Vous n'êtes que racaille,
Gens grossiers, sans esprit, à qui l'on n'apprend rien.
Pour moi, je sais chasser, et revenir au maître.
Le[7] vois-tu pas à la fenêtre ?
Il t'attend : es-tu sourd ? – Je n'entends que trop bien,
Repartit le Chapon ; mais que me veut-il dire ?
Et ce beau cuisinier armé d'un grand couteau ?
Reviendrais-tu pour cet appeau[8] ?
Laisse-moi fuir ; cesse de rire
De l'indocilité qui me fait envoler[9]
Lorsque d'un ton si doux on s'en vient m'appeler.
Si tu voyais mettre à la broche
Tous les jours autant de faucons
Que j'y vois mettre de chapons,
Tu ne me ferais pas un semblable reproche. »

1. *Serviteur* : dans la langue classique, formule d'excuse pour se retirer ou s'excuser. \ **2.** *On ne m'y tient pas* : on ne m'y prend pas. \ **3.** Et pour cause : comprendre : j'ai pour cela une bonne raison. \ **4.** *Sa perche* : le perchoir où est placé l'oiseau avant ou après la chasse, comme le confirme le vers 25. \ **5.** *Manceau* : habitant du Mans. \ **6.** *Soupé* : graphie pour les besoins de la rime. \ **7.** *Le* : ne le. \ **8.** *Appeau* : terme archaïque pour *appel*, utilisé pour les besoins de la rime. S'y ajoute l'idée de piège, un appeau étant un instrument qui imite le cri des oiseaux et avec lequel on les attire à la chasse. \ **9.** *Qui me fait envoler* : qui me fait m'envoler.

XXII

Le Chat et le Rat [1]

Quatre animaux divers, le Chat Grippe-fromage [2],
Triste-oiseau le Hibou, Ronge-maille le Rat,
Dame Belette au long corsage [3],
Toutes gens d'esprit scélérat [4],
Hantaient [5] le tronc pourri d'un pin vieux et sauvage.
Tant y furent [6], qu'un soir à l'entour de ce pin
L'Homme tendit ses rets [7]. Le Chat, de grand matin,
Sort pour aller chercher sa proie.
Les derniers traits [8] de l'ombre empêchent qu'il ne voie
Le filet : il y tombe, en danger de mourir ;
Et mon Chat de crier ; et le Rat d'accourir,
L'un plein de désespoir, et l'autre plein de joie ;
Il voyait dans les lacs [9] son mortel ennemi.
Le pauvre Chat dit : « Cher ami,
Les marques de ta bienveillance
Sont communes [10] en mon endroit [11] ;
Viens m'aider à sortir du piège où l'ignorance
M'a fait tomber. C'est à bon droit
Que, seul entre les tiens, par amour singulière [12],
Je t'ai toujours choyé, t'aimant comme mes yeux.
Je n'en ai point regret, et j'en rends grâce aux Dieux.

1. La Fontaine utilise ici *Le Modèle de la sagesse des anciens Indiens* (1666), recueil de récits orientaux dû à un jésuite, le Révérend Père Poussines. \ **2.** *Grippe-fromage* : appellation populaire du chat. La Fontaine forge plaisamment le nom des autres animaux sur ce modèle. \ **3.** *Au long corsage* : à la longue taille (signification ancienne). \ **4.** *Scélérat* : méchant, enclin aux mauvaises actions. \ **5.** *Hantaient* : habitaient. \ **6.** *Tant y furent* : ils étaient si nombreux. \ **7.** *Rets* : filets. On retrouve le mot *rets* dans *résille* et *réseau* au vers 24. \ **8.** *Traits* : traînées. \ **9.** *Lacs* : lacets, pièges, faits de nœuds coulants. \ **10.** *Communes* : courantes. \ **11.** *En mon endroit* : à mon égard. \ **12.** Amour pouvait être féminin (il l'est resté au pluriel) ; *singulière* : unique.

J'allais leur faire ma prière,
Comme tout dévot Chat en use[1] les matins.
Ce réseau[2] me retient : ma vie est en tes mains ;
Viens dissoudre[3] ces nœuds. – Et quelle récompense
En aurai-je ? reprit le Rat.
– Je jure éternelle alliance
Avec toi, repartit le Chat.
Dispose de ma griffe, et sois en assurance[4] :
Envers et contre tous je te protègerai,
Et la Belette mangerai
Avec l'époux de la Chouette[5] :
Ils t'en veulent tous deux. » Le Rat dit : « Idiot[6] !
Moi ton libérateur ? je ne suis pas si sot. »
Puis il s'en va vers sa retraite.
La Belette était près du trou.
Le Rat grimpe plus haut ; il y voit le Hibou :
Dangers de toutes parts ; le plus pressant l'emporte.
Ronge-maille retourne au Chat, et fait en sorte
Qu'il détache un chaînon, puis un autre, et puis tant
Qu'il dégage enfin l'hypocrite.
L'Homme paraît en cet instant ;
Les nouveaux alliés prennent tous deux la fuite.
À quelque temps de là, notre Chat vit de loin
Son Rat qui se tenait à l'erte[7] et sur ses gardes :
« Ah ! mon frère, dit-il, viens m'embrasser ; ton soin[8]
Me fait injure : tu regardes
Comme ennemi ton allié.
Penses-tu que j'aie oublié

1. *En use* : le fait habituellement. \ **2.** *Réseau* : filet. \ **3.** *Dissoudre* : défaire. \ **4.** *Sois en assurance* : sois-en sûr. \ **5.** *La chouette* : La Fontaine confond les espèces et fait du hibou l'époux de la chouette. \ **6.** *Idiot* : à l'époque, le mot avait un sens moins fort qu'aujourd'hui ; il correspondait à une forme superlative pour *naïf*. \ **7.** *À l'erte* : en alerte ; orthographe courante au XVIe siècle, calquée sur l'italien *all'erta*. \ **8.** *Ton soin* : ta méfiance.

Qu'après Dieu je te dois la vie ?
– Et moi, reprit le Rat, penses-tu que j'oublie
Ton naturel ? Aucun traité
Peut-il forcer un Chat à la reconnaissance ?
S'assure-t-on[1] sur l'alliance
Qu'a faite la nécessité ? »

XXIII

Le Torrent et la Rivière[2]

Avec grand bruit et grand fracas
Un Torrent tombait des montagnes :
Tout fuyait devant lui ; l'horreur suivait ses pas ;
Il faisait trembler les campagnes.
Nul voyageur n'osait passer
Une barrière si puissante :
Un seul vit des voleurs ; et, se sentant presser[3],
Il mit entre eux et lui cette onde menaçante.
Ce n'était que menace et bruit sans profondeur :
Notre homme enfin n'eut que la peur.
Ce succès lui donnant courage,
Et les mêmes voleurs le poursuivant toujours,
Il rencontra sur son passage
Une Rivière dont le cours,
Image d'un sommeil doux, paisible, et tranquille,
Lui fit croire d'abord[4] ce trajet fort facile :
Point de bords escarpés, un sable pur et net.

1. *S'assure-t-on ?* Se sent-on en sécurité ? \ **2.** Fable inspirée d'Abstemius, *Le Paysan qui voulait passer une rivière*. \ **3.** *Presser* : assaillir, attaquer avec vigueur. \ **4.** *D'abord* : au premier regard, tout de suite.

Il entre ; et son cheval le met
À couvert[1] des voleurs, mais non de l'onde noire :
Tous deux au Styx[2] allèrent boire ;
Tous deux, à nager malheureux,
Allèrent traverser, au séjour ténébreux,
Bien d'autres fleuves[3] que les nôtres.

Les gens sans bruit sont dangereux :
Il n'en est pas ainsi des autres.

XXIV
L'Éducation[4]

Laridon[5] et César, frères dont l'origine
Venait de chiens fameux, beaux, bien faits, et hardis,
À deux maîtres divers échus[6] au temps jadis,
Hantaient[7], l'un les forêts, et l'autre la cuisine.
Ils avaient eu d'abord chacun un autre nom ;
Mais la diverse nourriture[8]
Fortifiant en l'un cette heureuse nature,
En l'autre l'altérant, un certain marmiton[9]
Nomma celui-ci Laridon.
Son frère, ayant couru mainte[10] haute[11] aventure,

1. *À couvert* : à l'abri. \ **2.** *Styx* : fleuve qui baignait les Enfers ; périphrase élégante pour désigner la mort. \ **3.** Allusion aux autres fleuves des Enfers, l'Achéron, le Léthé, le Cocyte et le Phlégéthon. \ **4.** Fable inspirée d'un récit de Plutarque traduit par Amyot au XVIe siècle, relatant une expérience réalisée sur des chiens par Lycurgue, le législateur de Sparte, pour convaincre ses administrés de l'efficacité de l'éducation. \ **5.** *Laridon* : nom dérivé du latin *laridum*, « lard », il fait antithèse avec la noblesse du nom *César*. \ **6.** *Échus* : attribués par hasard. \ **7.** *Hantaient* : fréquentaient. \ **8.** *Nourriture* : éducation. \ **9.** *Marmiton* : jeune aide-cuisinier. \ **10.** *Mainte* : de nombreuses. \ **11.** *Haute* : noble.

Mis maint cerf aux abois, maint sanglier[1] abattu,
Fut le premier César que la gent[2] chienne ait eu.
On eut soin d'empêcher qu'une indigne maîtresse
Ne fît en ses enfants dégénérer son sang[3].
Laridon négligé témoignait sa tendresse
À l'objet le premier passant[4].
Il peupla tout de son engeance[5] :
Tournebroches[6] par lui rendus communs en France
Y font un corps à part, gens fuyants les hasards[7],
Peuple antipode des Césars.
On ne suit pas[8] toujours ses aïeux ni son père :
Le peu de soin, le temps, tout fait qu'on dégénère :
Faute de cultiver la nature et ses dons,
Oh ! combien de Césars deviendront Laridons !

XXV

Les Deux Chiens et l'Âne mort[9]

Les vertus devraient être sœurs,
Ainsi que les vices sont frères.
Dès que l'un de ceux-ci s'empare de nos cœurs,
Tous viennent à la file ; il ne s'en manque guères[10] :
J'entends de ceux[11] qui, n'étant pas contraires,

1. Pour la régularité du mètre, à prononcer en deux syllabes (synérèse). \ **2.** *Gent* : espèce. \ **3.** *Son sang* : à prendre au sens fort : sa race. \ **4.** *À l'objet le premier passant* : au premier objet venu (dans la langue galante, le mot *objet* désigne l'être aimé). \ **5.** *Engeance* : espèce méprisable. \ **6.** *Tournebroches* : chiens qui, placés dans une roue, faisaient tourner les broches. \ **7.** *Les hasards* : les risques, d'où les dangers, par opposition aux nobles preux qui les affrontent sans crainte ; le terme *antipode*, au vers suivant, confirme cette opposition. \ **8.** Sous-entendu : les traces de. \ **9.** Fable reprise d'Ésope, *Les Chiens affamés*. \ **10.** *Il ne s'en manque guères* : il ne s'en faut pas de beaucoup (l'adverbe *guères* était fréquemment utilisé dans ce sens positif). \ **11.** *J'entends de ceux qui* : je veux parler de ceux qui.

Peuvent loger sous même toit.
À l'égard des vertus, rarement on les voit
Toutes en un sujet éminemment[1] placées
Se tenir par la main sans être dispersées.
L'un est vaillant, mais prompt[2] ; l'autre est prudent, mais froid.
Parmi les animaux, le chien se pique[3] d'être
Soigneux, et fidèle à son maître ;
Mais il est sot, il est gourmand :
Témoin ces deux mâtins[4] qui, dans l'éloignement[5],
Virent un Âne mort qui flottait sur les ondes.
Le vent de plus en plus l'éloignait de nos Chiens.
« Ami, dit l'un, tes yeux sont meilleurs que les miens :
Porte un peu tes regards sur ces plaines profondes ;
J'y crois voir quelque chose. Est-ce un bœuf, un cheval ?
– Hé ! qu'importe quel animal ?
Dit l'un de ces mâtins ; voilà toujours curée[6].
Le point[7] est de l'avoir ; car le trajet est grand,
Et, de plus, il nous faut nager contre le vent.
Buvons toute cette eau ; notre gorge altérée
En viendra bien à bout : ce corps demeurera
Bientôt à sec, et ce sera
Provision pour la semaine. »
Voilà mes Chiens à boire : ils perdirent l'haleine,
Et puis la vie ; ils firent tant
Qu'on les vit crever à l'instant.

L'homme est ainsi bâti : quand un sujet l'enflamme,
L'impossibilité disparaît à son âme.
Combien fait-il de vœux, combien perd-il de pas,

1. *Éminemment* : au plus haut point. \ **2.** *Prompt* : empressé, rapide. \ **3.** *Se pique* : se prétend. \ **4.** *Mâtins* : gros chiens de garde. \ **5.** *Dans l'éloignement* : de loin. \ **6.** *Curée* : à la chasse, moment où l'on donne les abats de l'animal mort aux chiens de chasse. \ **7.** *Le point* : l'essentiel.

S'outrant [1] pour acquérir des biens ou de la gloire !
« Si j'arrondissais mes États !
Si je pouvais remplir mes coffres de ducats [2] !
Si j'apprenais l'hébreu, les sciences, l'histoire ! »
Tout cela, c'est la mer à boire ;
Mais rien à l'homme ne suffit.
Pour fournir [3] aux projets que forme un seul esprit,
Il faudrait quatre corps ; encor, loin d'y suffire,
À mi-chemin je crois que tous demeureraient :
Quatre Mathusalems [4] bout à bout ne pourraient
Mettre à fin [5] ce qu'un seul désire.

XXVI

Démocrite et les Abdéritains [6]

Que j'ai toujours haï les pensers du vulgaire [7] !
Qu'il me semble profane [8], injuste, et téméraire [9],
Mettant de faux milieux [10] entre la chose et lui,
Et mesurant par soi ce qu'il voit en autrui !
Le maître d'Épicure [11] en fit l'apprentissage.

1. *S'outrant* : donnant dans l'outrance, dans l'excès. Il n'est pas impossible que La Fontaine ait ménagé un jeu de mot autour du terme *outre*. \ **2.** *Ducats* : pièces d'or. \ **3.** *Fournir aux projets* : procurer ce qui est nécessaire à la réalisation des projets. \ **4.** *Mathusalem* : patriarche biblique qui aurait vécu 969 ans. \ **5.** *Mettre à fin* : mener à bien, réaliser. \ **6.** La Fontaine s'inspire d'une lettre qui aurait été envoyée par le Sénat et la ville d'Abdère (Thrace) au célèbre médecin grec Hippocrate, lui demandant de venir soigner le philosophe Démocrite (IVe siècle av. J-C). \ **7.** *Vulgaire (le)* : employé comme substantif, désigne le peuple, le commun des hommes (sens du latin *vulgus*). \ **8.** *Profane* : non initié, par opposition à sacré. La Fontaine traduit ici un vers d'Horace : « Je hais le profane vulgaire et je l'écarte » (*Odes*, III, 1). \ **9.** *Téméraire* : audacieux, présomptueux. \ **10.** *Faux milieux* : prismes déformants (terme d'optique). \ **11.** *Le maître d'Épicure* : désigne Démocrite, philosophe grec (460-370 av. J-C), pour qui le monde consistait en une infinité d'atomes et qui prônait la recherche d'un bonheur modéré.

Son pays le crut fou : petits esprits ! Mais quoi ?
Aucun[1] n'est prophète chez soi.
Ces gens étaient les fous, Démocrite, le sage.
L'erreur alla si loin qu'Abdère[2] députa[3]
Vers Hippocrate et l'invita,
Par lettres et par ambassade,
À venir rétablir la raison du malade :
« Notre concitoyen, disaient-ils en pleurant,
Perd l'esprit : la lecture a gâté Démocrite ;
Nous l'estimerions plus s'il était ignorant.
« Aucun nombre, dit-il, les mondes ne limite[4] :
« Peut-être même ils sont remplis
« De Démocrites infinis[5]. »
Non content de ce songe[6], il y joint les atomes[7],
Enfants d'un cerveau creux, invisibles fantômes ;
Et, mesurant les cieux sans bouger d'ici-bas,
Il connaît l'univers, et ne se connaît pas[8].
Un temps fut qu'il savait accorder les débats[9] :
Maintenant il parle à lui-même.
Venez, divin mortel ; sa folie est extrême. »
Hippocrate n'eut pas trop de foi[10] pour ces gens ;
Cependant il partit. Et voyez, je vous prie,
Quelles rencontres[11] dans la vie
Le sort cause ! Hippocrate arriva dans le temps
Que celui qu'on disait n'avoir raison ni sens
Cherchait dans l'homme et dans la bête

1. *Aucun* : personne. \ **2.** *Abdère* : ville de Thrace. \ **3.** *Député* : envoya une délégation. \ **4.** Comprendre : il existe une infinité de mondes. \ **5.** *De Démocrites infinis* : d'un nombre infini de Démocrites. \ **6.** *Songe* : au sens d'illusion, d'idée folle. \ **7.** Démocrite a en effet développé la théorie atomiste (voir note 11, p. 101). \ **8.** Pour désigner la folie, la langue classique utilisait volontiers l'euphémisme *ne plus se connaître*, ici modifié en *se connaître pas* pour les besoins de la rime. \ **9.** *Accorder les débats* : mettre un terme aux débats en conciliant les différents partis. \ **10.** *N'eut pas trop de foi* : n'accorda pas de crédit. \ **11.** *Rencontres* : hasards, coïncidences, sens confirmé par le terme *sort* au vers suivant.

Quel siège a la raison, soit le cœur, soit la tête.
Sous un ombrage épais, assis près d'un ruisseau,
Les labyrinthes[1] d'un cerveau
L'occupaient. Il avait à ses pieds maint[2] volume,
Et ne vit presque pas son ami s'avancer,
Attaché[3] selon sa coutume.
Leur compliment[4] fut court, ainsi qu'on peut penser :
Le sage est ménager du temps et des paroles.
Ayant donc mis à part les entretiens frivoles,
Et beaucoup raisonné sur l'homme et sur l'esprit,
Ils tombèrent sur la morale[5].
Il n'est pas besoin que j'étale
Tout ce que l'un et l'autre dit.
Le récit précédent suffit
Pour montrer que le peuple est juge récusable[6].
En quel sens est donc véritable
Ce que j'ai lu dans certain lieu,
Que sa voix est la voix de Dieu[7] ?

XXVII

Le Loup et le Chasseur[8]

Fureur[9] d'accumuler[10], monstre de qui les yeux
Regardent comme un point[11] tous les bienfaits des Dieux,

1. *Labyrinthes* : enchevêtrements. \ **2.** *Maint* : de nombreux. \ **3.** *Attaché* : absorbé, plongé dans ses pensées. \ **4.** *Compliment* : formules de civilité, échange de salutations. \ **5.** *Ils tombèrent sur la morale* : ils en arrivèrent à parler de la morale, domaine de la philosophie. \ **6.** *Récusable* : dont on rejette le jugement (terme de justice). \ **7.** Reprise du proverbe latin *vox populi, vox dei* (« la voix du peuple est celle de Dieu »). \ **8.** Fable inspirée de Pilpay. \ **9.** *Fureur* : dans la langue classique, le mot a le sens très fort de « folie furieuse ». \ **10.** *Accumuler* : amasser des richesses. \ **11.** *Comme un point* : comne une quantité négligeable.

Te combattrai-je en vain sans cesse[1] en cet ouvrage ?
Quel temps[2] demandes-tu pour suivre mes leçons ?
L'homme, sourd à ma voix comme à celle du sage,
Ne dira-t-il jamais : « C'est, assez, jouissons ? »
– Hâte-toi, mon ami, tu n'as pas tant à vivre.
Je te rebats[3] ce mot, car il vaut tout un livre :
Jouis. – Je le ferai. – Mais quand donc ? – Dès demain.
Eh ! mon ami, la mort te peut prendre en chemin :
Jouis dès aujourd'hui ; redoute un sort semblable
À celui du Chasseur et du Loup de ma fable.

Le premier, de son arc, avait mis bas[4] un daim.
Un faon[5] de biche passe, et le voilà soudain
Compagnon du défunt : tous deux gisent sur l'herbe.
La proie était honnête[6], un daim avec un faon ;
Tout modeste[7] chasseur en eût été content :
Cependant un sanglier[8], monstre énorme et superbe,
Tente encor notre Archer, friand de tels morceaux.
Autre habitant du Styx[9] : la Parque et ses ciseaux[10]
Avec peine y[11] mordaient ; la déesse infernale
Reprit à plusieurs fois l'heure au monstre fatale[12].
De la force du coup pourtant il s'abattit.
C'était assez de biens. Mais quoi ? rien ne remplit

1. La Fontaine aime s'attaquer aux avares et autres « enfouisseurs » et « convoiteux ». Voir, par exemple, IV, 20 ; V, 13 ; IX, 16 ; X, 4 ; XIII, 3. \ **2.** *Temps* : délai. \ **3.** *Rebats* : répète. \ **4.** *Mis bas* : abattu. \ **5.** À l'époque, le mot *faon* pouvait désigner tout petit d'un animal sauvage – on parlait, par exemple, du *faon de la lionne* –, ce qui explique que La Fontaine précise « le faon de la biche ». \ **6.** *Honnête* : honorable. \ **7.** *Modeste* : au sens classique de « modéré, qui sait se contenter ». L'idée est reprise dans la suite du vers avec *content*. \ **8.** À prononcer en deux syllabes (synérèse) pour les besoins de la métrique. \ **9.** *Styx* : fleuve baignant les Enfers ; la périphrase *Autre habitant du Styx* désigne donc un nouveau mort. \ **10.** *La Parque et ses ciseaux* : Atropos, celle des trois Parques qui tranchait le fil de la vie, donc donnait la mort. \ **11.** *Y mordaient* : l'entamaient, *y* reprenant *le sanglier*. \ **12.** *Fatale* s'accorde avec *l'heure* ; il s'agit donc de l'heure de la mort du sanglier, sans cesse remise, ce qui signifie que le chasseur s'y reprend à plusieurs fois pour le tuer.

Les vastes appétits d'un faiseur de conquêtes.
Dans le temps que le porc[1] revient à soi, l'Archer
Voit le long d'un sillon une perdrix marcher,
Surcroît chétif[2] aux autres têtes :
De son arc toutefois il bande les ressorts[3].
Le sanglier, rappelant les restes de sa vie,
Vient à lui, le découd[4], meurt vengé sur son corps,
Et la perdrix le remercie.

Cette part du récit s'adresse aux convoiteux[5] :
L'avare aura pour lui le reste de l'exemple.

Un Loup vit, en passant, ce spectacle piteux[6] :
« Ô Fortune[7] ! dit-il, je te promets un temple.
Quatre corps étendus ! que de biens ! mais pourtant
Il faut les ménager, ces rencontres[8] sont rares.
(Ainsi s'excusent les avares.)
J'en aurai, dit le Loup, pour un mois, pour autant[9] :
Un, deux, trois, quatre corps, ce sont quatre semaines,
Si je sais compter, toutes pleines.
Commençons dans deux jours ; et mangeons cependant[10]
La corde de cet arc : il faut[11] que l'on l'ait faite
De vrai boyau ; l'odeur me le témoigne assez. »
En disant ces mots, il se jette
Sur l'arc qui se détend, et fait de la sagette[12]
Un nouveau mort : mon Loup a les boyaux percés.

1. On a longtemps considéré le sanglier comme un porc sauvage. \ **2.** *Chétif* : peu important, mince. \ **3.** *Ressorts* : la corde et le bois flexible de l'arc. \ **4.** *Découd* : l'éventre (terme de chasse). \ **5.** *Convoiteux* : terme déjà vieilli à l'époque, désignant celui qui désire amasser les richesses et l'avare qui refuse de débourser le moindre sou. \ **6.** *Piteux* : pitoyable. \ **7.** *Fortune* : au sens classique, la Chance. \ **8.** *Rencontres* : coïncidences, hasards. \ **9.** *Pour autant* : pas moins. \ **10.** *Cependant* : en attendant. \ **11.** *Il faut* : il est certain (qu'on l'a faite). \ **12.** *Sagette* : flèche (terme archaïque).

Je reviens à mon texte[1]. Il faut que l'on jouisse ;
Témoin ces deux gloutons punis d'un sort commun :
La convoitise perdit l'un ;
L'autre périt par l'avarice.

1. *À mon texte* : à point de départ, à mon sujet.

Livre neuvième

I

Le Dépositaire infidèle[1]

Grâce aux Filles de Mémoire[2],
J'ai chanté des animaux ;
Peut-être d'autres héros
M'auraient acquis moins de gloire.
Le Loup, en langue des Dieux,
Parle au Chien dans mes ouvrages ;
Les bêtes, à qui mieux mieux[3],
Y font divers personnages,
Les uns fous, les autres sages :
De telle sorte pourtant
Que les fous vont l'emportant ;
La mesure en est plus pleine[4].
Je mets aussi sur la scène
Des trompeurs, des scélérats[5],
Des tyrans et des ingrats,
Mainte[6] imprudente pécore[7],

---

1. Il faut noter que ce texte augural ne comporte aucun destinataire, contrairement à l'habitude de La Fontaine. \ **2.** *Filles de Mémoire* : il s'agit des Muses, filles de Mnémosyne, déesse de la mémoire chez les Grecs. \ **3.** *À qui mieux mieux* : à l'envi, chacun plus que l'autre. \ **4.** Comprendre : le nombre en est plus grand. \ **5.** *Scélérats* : coquins, méchants, hommes capables de commettre de mauvaises actions. \ **6.** *Mainte* : un grand nombre de. \ **7.** *Pécore* : femme sottement prétentieuse.

Force[1] sots, force flatteurs;
Je pourrais y joindre encore
Des légions de menteurs:
Tout homme ment, dit le Sage[2].
S'il n'y mettait seulement
Que les gens du bas étage[3],
On pourrait aucunement[4]
Souffrir[5] ce défaut aux[6] hommes;
Mais que tous tant que nous sommes
Nous mentions[7], grand et petit,
Si quelque autre l'avait dit,
Je soutiendrais le contraire.
Et même qui mentirait
Comme Ésope et comme Homère,
Un vrai menteur ne serait:
Le doux charme de maint songe[8]
Par leur bel art inventé,
Sous les habits du mensonge
Nous offre la vérité.
L'un et l'autre a fait un livre
Que je tiens[9] digne de vivre
Sans fin, et plus, s'il se peut.
Comme eux ne ment pas qui veut.
Mais mentir comme sut faire
Un certain dépositaire
Payé par son propre mot,
Est d'un[10] méchant et d'un sot.

1. *Force*: beaucoup. \ **2.** On attribue ces paroles au roi David dans les Psaumes (CXV, 11). \ **3.** *Les gens de bas étage*: ceux qui habitent le rez-de-chaussée, donc les personnes de condition modeste. \ **4.** *Aucunement*: emploi qui pouvait être positif dans la langue classique, d'où le sens de « en quelque façon ». \ **5.** *Souffrir*: supporter, tolérer. \ **6.** *Aux*: chez les. \ **7.** *Nous mentions*: La Fontaine rappelle que les fables d'Ésope et les épopées d'Homère sont des fictions. \ **8.** *Songe*: désigne ici encore la fiction. \ **9.** *Que je tiens*: que j'estime. \ **10.** *Est d'un*: est le fait d'un.

Voici le fait :

Un Trafiquant[1] de Perse,
Chez son Voisin, s'en allant en commerce,
Mit en dépôt un cent de fer[2] un jour.
« Mon fer ? dit-il, quand il fut de retour.
– Votre fer ? il n'est plus : j'ai regret de vous dire
Qu'un rat l'a mangé tout entier.
J'en ai grondé mes gens[3] ; mais qu'y faire ? un grenier
A toujours quelque trou. » Le Trafiquant admire
Un tel prodige, et feint de le croire pourtant.
Au bout de quelques jours il détourne l'enfant
Du perfide Voisin ; puis à souper convie
Le Père, qui s'excuse, et lui dit en pleurant :
« Dispensez-moi, je vous supplie ;
Tous plaisirs pour moi sont perdus.
J'aimais un fils plus que ma vie ;
Je n'ai que lui ; que dis-je ? hélas ! je ne l'ai plus.
On me l'a dérobé : plaignez mon infortune. »
Le Marchand repartit : « Hier[4] au soir, sur la brune[5],
Un chat-huant[6] s'en vint votre fils enlever ;
Vers un vieux bâtiment je le lui vis porter[7]. »
Le Père dit : « Comment voulez-vous que je croie
Qu'un hibou[8] pût jamais emporter cette proie ?
Mon fils en un besoin[9] eût pris le chat-huant.
– Je ne vous dirais point, reprit l'autre, comment ;
Mais enfin je l'ai vu, vu de mes yeux, vous dis-je,
Et ne vois rien qui vous oblige

1. *Trafiquant* : marchand qui commerce avec les pays lointains. \ **2.** *Un cent de fer* : cent livres (selon le vers 73). \ **3.** *Gens* : domestiques. \ **4.** *Hier* : à prononcer en une seule syllabe (synérèse) pour les besoins de la métrique. \ **5.** *Sur la brune* : à la tombée de la nuit. \ **6.** *Chat-huant* : rapace nocturne. \ **7.** *Je le lui vis porter* : je le vis le porter. \ **8.** Erreur de La Fontaine : le hibou ne fait pas partie de la famille des chats-huants. \ **9.** *En un besoin* : au besoin.

D'en douter un moment après ce que je dis.
Faut-il que vous trouviez étrange
Que les chats-huants d'un pays
Où le quintal[1] de fer par un seul rat se mange,
Enlèvent un garçon pesant un demi-cent[2] ? »
L'autre vit où tendait[3] cette feinte[4] aventure :
Il rendit le fer au Marchand,
Qui lui rendit sa géniture[5].

Même dispute avint[6] entre deux voyageurs.
L'un d'eux était de ces conteurs
Qui n'ont jamais rien vu qu'avec un microscope[7] ;
Tout est géant chez eux : écoutez-les, l'Europe,
Comme l'Afrique, aura des monstres à foison[8].
Celui-ci se croyait l'hyperbole[9] permise.
« J'ai vu, dit-il, un chou plus grand qu'une maison.
– Et moi, dit l'autre, un pot aussi grand qu'une église. »
Le premier se moquant, l'autre reprit : « Tout doux ;
On le fit pour cuire vos choux. »

L'homme au pot fut plaisant ; l'homme au fer fut habile.
Quand l'absurde est outré[10], l'on lui fait trop d'honneur
De vouloir par raison combattre son erreur :
Enchérir[11] est plus court, sans s'échauffer la bile[12].

1. *Quintal* : poids de cent livres, soit cinquante kilos. \ **2.** *Demi-cent* : vingt-cinq kilos. \ **3.** *Tendait* : quel était le but de. \ **4.** *Feinte* : inventée. \ **5.** *Sa géniture* : son enfant. \ **6.** *Avint* : forme ancienne pour *advint*. \ **7.** Cet appareil date du XVIe siècle. \ **8.** Depuis le Moyen Âge, on croyait que l'Afrique était peuplée des créatures les plus fabuleuses. \ **9.** *Hyperbole* : figure de style consistant à exagérer un énoncé pour le mettre en relief. \ **10.** *Outré* : exagéré, excessif. \ **11.** *Enchérir* : renchérir, aller au-delà de ce que quelqu'un dit. \ **12.** *S'échauffer la bile* : se mettre en colère.

II

Les Deux Pigeons[1]

Deux Pigeons s'aimaient d'amour[2] tendre :
L'un d'eux, s'ennuyant au logis,
Fut assez fou pour entreprendre
Un voyage en lointain pays.
L'autre lui dit : « Qu'allez-vous faire ?
Voulez-vous quitter votre frère ?
L'absence est le plus grand des maux :
Non pas pour vous, cruel[3] ! Au moins, que les travaux[4],
Les dangers, les soins[5] du voyage,
Changent un peu votre courage[6].
Encor, si la saison s'avançait davantage !
Attentez les zéphyrs[7] : qui[8] vous presse ? un corbeau[9]
Tout à l'heure annonçait malheur à quelque oiseau.
Je ne songerai plus[10] que rencontre funeste,
Que faucons, que réseaux[11]. « Hélas ! dirai-je, il pleut :
« Mon frère a-t-il tout ce qu'il veut,
« Bon soupé, bon gîte, et le reste[12] ? »
Ce discours ébranla le cœur
De notre imprudent voyageur ;
Mais le désir de voir et l'humeur inquiète[13]
L'emportèrent enfin. Il dit : « Ne pleurez point ;

---

1. Fable inspirée de Pilpay, mais La Fontaine abrège le récit. \ **2.** *Amour* : ici au sens large d'« inclination », d'« amitié ». \ **3.** *Cruel* : le terme exprime le dépit amoureux. \ **4.** *Travaux* : fatigues. \ **5.** *Les soins* : les soucis qui accompagnent le voyage. \ **6.** *Courage* : au sens classique : force morale, dispositions, intentions. \ **7.** *Zéphyrs* : vents doux et tièdes du printemps. \ **8.** *Qui* : qu'est-ce qui ? \ **9.** Traditionnellement considéré comme un oiseau de mauvais augure. \ **10.** *Je ne songerai plus* : je n'imaginerai plus. \ **11.** *Réseaux* : pièges sous forme de filets. \ **12.** *Reste* : dans la langue médiévale, le mot servait à évoquer de façon pudique les relations sexuelles. Sans doute s'agit-il d'une allusion coquine du fabuliste. \ **13.** *Inquiète* : au sens concret d'« agité », fréquent dans la langue classique et proche du sens latin.

Trois jours au plus rendront mon âme satisfaite ;
Je reviendrai dans peu conter de point en point
Mes aventures à mon frère ;
Je le désennuierai. Quiconque ne voit guère
N'a guère à dire aussi [1]. Mon voyage dépeint [2]
Vous sera d'un plaisir extrême.
Je dirai : "J'étais là ; telle chose m'avint [3]" ;
Vous y croirez être vous-même. »
À ces mots, en pleurant, ils se dirent adieu.
Le voyageur s'éloigne ; et voilà qu'un nuage
L'oblige de [4] chercher retraite en quelque lieu.
Un seul arbre s'offrit, tel encor que l'orage
Maltraita le Pigeon en dépit du feuillage.
L'air devenu serein, il part tout morfondu [5],
Sèche du mieux qu'il peut son corps chargé de pluie,
Dans un champ à l'écart voit du blé répandu,
Voit un pigeon [6] auprès : cela lui donne envie ;
Il y vole, il est pris : ce blé couvrait d'un las [7]
Les menteurs et traîtres appas [8].
Le las était usé : si bien que, de son aile,
De ses pieds, de son bec, l'oiseau le rompt enfin ;
Quelque plume y périt ; et le pis du destin
Fut qu'un certain vautour, à la serre cruelle,
Vit notre malheureux, qui, traînant la ficelle [9]
Et les morceaux du las qui l'avait attrapé,

1. *Aussi* : non plus. \ **2.** *Mon voyage dépeint* : la peinture de mon voyage. Latinisme consistant à employer le concret pour l'abstrait. \ **3.** *M'avint* : forme ancienne pour *m'advint*. \ **4.** À l'époque, l'emploi de *à* et de *de* reste incertain. \ **5.** *Morfondu* : transi de froid. À l'origine, se disait du cheval atteint par la *morve*, humeur visqueuse sécrétée par la muqueuse nasale, d'où, par extension, le sens de « pénétré d'humidité et de froid ». \ **6.** En réalité un appeau, comme l'indique le vers 39. \ **7.** Orthographe ancienne pour la rime de *lacs*, piège fait d'un nœud coulant. \ **8.** L'époque ne faisait pas la distinction entre *appas*, « charmes » et *appâts*, ce qui appâte ». \ **9.** À l'époque l'expression proverbiale *n'est pas sauvé qui traîne son lien* s'appliquait aux personnes échappées de prison, d'où le vers 47.

Semblait un forçat échappé.
Le vautour s'en allait le lier[1], quand des nues
Fond à son tour un aigle aux ailes étendues.
Le Pigeon profita du conflit des voleurs,
S'envola, s'abattit auprès d'une masure,
Crut, pour ce coup, que ses malheurs
Finiraient par cette aventure ;
Mais un fripon d'enfant (cet âge est sans pitié)
Prit sa fronde et, du coup[2], tua plus d'à moitié
La volatile[3] malheureuse,
Qui, maudissant sa curiosité,
Traînant l'aile et tirant le pié[4],
Demi-morte et demi-boiteuse,
Droit au logis s'en retourna :
Que bien, que mal[5], elle arriva
Sans autre aventure fâcheuse.
Voilà nos gens rejoints[6] ; et je laisse à juger
De combien de plaisirs ils payèrent leurs peines.

Amants, heureux amants, voulez-vous voyager ?
Que ce soit aux rives[7] prochaines.
Soyez-vous l'un à l'autre un monde toujours beau,
Toujours divers, toujours nouveau ;
Tenez-vous lieu de tout, comptez pour rien le reste.
J'ai quelquefois[8] aimé : je n'aurais pas alors
Contre le Louvre[9] et ses trésors,
Contre le firmament et sa voûte céleste,
Changé les bois, changé les lieux

1. *Le lier* : le saisir (terme de fauconnerie). \ **2.** *Du coup* : du premier coup. \ **3.** Aujourd'hui *volatile* est masculin. \ **4.** *Pié* : graphie ancienne pour les besoins de la rime. \ **5.** *Que bien, que mal* : tant bien que mal. \ **6.** *Rejoints* : réunis. \ **7.** *Rives* : régions, contrées (terme poétique couramment utilisé à l'époque). \ **8.** *Quelquefois* : autrefois (sens classique). \ **9.** Claude Perrault venait de construire la colonnade du nouveau Louvre (1665).

Honorés par les pas, éclairés par les yeux
De l'aimable et jeune Bergère[1]
Pour qui, sous le fils de Cythère[2],
Je servis[3], engagé par mes premiers serments.
Hélas ! quand reviendront de semblables moments ?
Faut-il que tant d'objets[4] si doux et si charmants
Me laissent vivre au gré de mon âme inquiète[5] ?
Ah ! si mon cœur osait encore se renflammer !
Ne sentirai-je plus de charme[6] qui m'arrête[7] ?
Ai-je passé le temps d'aimer ?

III

Le Singe et le Léopard[8]

Le Singe avec[9] le Léopard
Gagnaient de l'argent à la foire.
Ils affichaient[10] chacun à part.
L'un d'eux disait : « Messieurs, mon mérite et ma gloire
Sont connus en bon lieu. Le Roi m'a voulu voir[11] ;
Et, si je meurs, il veut avoir
Un manchon[12] de ma peau : tant elle est bigarrée[13],

1. Allusion au genre littéraire de la pastorale et de son univers de bergers et bergères amoureux. \ **2.** On disait plutôt *Cythérée*, autre nom de Vénus, déesse de l'amour adorée dans l'île de Cythère, non loin de la côte grecque. L'erreur de La Fontaine s'explique par les besoins de la rime. \ **3.** *Je servis* : dans la logique galante, le mot désigne le service d'amour. \ **4.** *Objets* : celles qui inspirent l'amour (vocabulaire galant). \ **5.** *Inquiète* : au sens propre de « qui ne peut demeurer en place, agité » pour évoquer l'inconstance amoureuse. \ **6.** *Charme* : au sens fort d'« envoûtement ». \ **7.** *M'arrête* : me fixe auprès d'une personne (s'oppose à *inquiète*). \ **8.** Récit emprunté à Ésope, *Le Renard et la Panthère.* \ **9.** *Avec* : à comprendre au sens de « et », comme le confirment les vers 3 et 14 à 16. \ **10.** *Affichaient* : présentaient un numéro. \ **11.** *M'a voulu voir* : a voulu me voir (syntaxe classique). \ **12.** *Manchon* : fourreau où l'on glisse les mains pour les protéger du froid. \ **13.** *Bigarrée* : aux couleurs variées.

Pleine de taches, marquetée[1],
Et vergetée[2], et mouchetée ! »
La bigarrure[3] plaît. Partant[4] chacun le vit ;
Mais ce fut bientôt fait ; bientôt chacun sortit.
Le Singe, de sa part[5], disait : « Venez, de grâce ;
Venez, Messieurs, je fais cent tours de passe-passe.
Cette diversité dont on vous parle tant,
Mon voisin Léopard l'a sur soi[6] seulement ;
Moi, je l'ai dans l'esprit. Votre serviteur[7] Gille[8],
Cousin et gendre de Bertrand,
Singe du Pape en son vivant[9],
Tout fraîchement en cette ville
Arrive en trois bateaux[10], exprès pour vous parler ;
Car il parle, on l'entend[11] : il sait danser, baller[12],
Faire des tours de toute sorte,
Passer en des cerceaux ; et le tout pour six blancs[13] :
Non, Messieurs, pour un sou ; si vous n'êtes contents,
Nous rendrons à chacun son argent à la porte. »
Le Singe avait raison. Ce n'est pas sur l'habit
Que la diversité me plaît ; c'est dans l'esprit :
L'une fournit toujours des choses agréables ;
L'autre, en moins d'un moment, lasse les regardants[14].
Oh ! que de grands seigneurs, au Léopard semblables,
N'ont que l'habit pour tous talents !

1. *Marquetée* : marquer de petites taches (participe passé de *marqueter*). \ **2.** *Vergetée* : marquée de petites raies. \ **3.** Le mot désigne ici les ornements du théâtre de foire, très colorés. \ **4.** *Partant* : pour cette raison. \ **5.** *De sa part* : de son côté. \ **6.** *Sur soi* : sur lui. \ **7.** *Votre serviteur* : tour élégant pour se désigner. \ **8.** *Gille* : personnage traditionnel du théâtre de foire. \ **9.** *Bertrand* : célèbre singe du pape Jules II (1443-1513), évoqué dans la fable 17 du livre IX. Simon Maioli, conteur de la fin du XVIe siècle, lui avait consacré un conte, *Le Singe du pape Jules II*, dans lequel il le montrait saisissant la patte avec laquelle un chat tirait des châtaignes hors de la cendre. \ **10.** *Arrive en trois bateaux* : expression populaire pour désigner une suite imposante. Trait burlesque : le singe se présente comme un grand personnage. \ **11.** *On l'entend* : on le comprend. \ **12.** *Baller* : danser. \ **13.** *Blanc* : ancienne pièce de monnaie ; *six blancs* = deux sous et demi. \ **14.** *Regardants* : spectateurs.

IV

Le Gland et la Citrouille [1]

Dieu fait bien ce qu'il fait. Sans en chercher la preuve
En tout cet univers, et l'aller parcourant [2],
Dans les citrouilles je la treuve [3].
Un Villageois, considérant
Combien ce fruit est gros et sa tige menue :
« À quoi songeait, dit-il, l'auteur de tout cela ?
Il a bien mal placé cette citrouille-là !
Hé parbleu ! je l'aurais pendue
À l'un des chênes que voilà ;
C'eût été justement l'affaire :
Tel fruit, tel arbre, pour bien faire.
C'est dommage, Garo [4], que tu n'es point entré [5]
Au conseil de celui que prêche ton curé [6] :
Tout en eût été mieux ; car pourquoi, par exemple,
Le Gland, qui n'est pas gros comme mon petit doigt,
Ne pend-il pas en cet endroit ?
Dieu s'est mépris [7] : plus je contemple
Ces fruits ainsi placés, plus il semble à Garo
Que l'on a fait un quiproquo [8]. »

---

1. Dans cette fable, La Fontaine mêle plusieurs récits : une parade (sorte de plaisanterie dialoguée) de Tabarin intitulée *Rencontres, fantaisies et coq-à-l'asnes facétieux du baron de Grattelard* (7e rencontre) et la comédie de Cyrano de Bergerac, *Le Pédant joué* (1654), où Gareau se vante de dépasser le curé par son savoir. \ **2.** *L'aller parcourant* : construction fréquente dans la langue classique où le complément précède le groupe auxiliaire + participe ou infinitif. Comprendre « aller le parcourir » (sous-entendu : pour chercher la preuve). \ **3.** *Treuve* : ancienne conjugaison à laquelle La Fontaine recourt pour les besoins de la rime. \ **4.** Nom repris de *Gareau*, personnage de la pièce de Cyrano de Bergerac (voir ci-dessus note 1). \ **5.** On utiliserait aujourd'hui le subjonctif. \ **6.** *Que tu n'es point entré/Au conseil de celui que prêche ton curé* : que tu n'aies pas été admis parmi les conseillers de Dieu. \ **7.** *Mépris* : trompé. \ **8.** *Quiproquo* : du latin *quid pro quo*, prendre un *quid* pour un *quod*, d'où « faire une confusion ». Terme en usage chez les apothicaires et les gens de théâtre.

Cette réflexion embarrassant notre homme :
« On ne dort point, dit-il, quand on a tant d'esprit. »
Sous un chêne aussitôt il va prendre son somme.
Un Gland tombe : le nez du dormeur en pâtit.
Il s'éveille ; et, portant la main sur son visage,
Il trouve encor[1] le Gland pris au poil du menton.
Son nez meurtri le force à changer de langage.
« Oh ! oh ! dit-il, je saigne ! et que serait-ce donc
S'il fût tombé de l'arbre une masse plus lourde,
Et que ce Gland eût été gourde[2] ?
Dieu ne l'a pas voulu : sans doute[3] il eut raison ;
J'en vois bien à présent la cause. »
En louant Dieu de toute chose,
Garo retourne à la maison.

V

L'Écolier, le Pédant[4] et le Maître d'un Jardin[5]

Certain Enfant qui sentait son collège[6],
Doublement sot et doublement fripon
Par le jeune âge et par le privilège
Qu'ont les pédants de gâter[7] la raison,
Chez un voisin dérobait, ce dit-on,
Et fleurs et fruits. Ce voisin, en automne,

1. *Encor* : l'adverbe s'applique au participe passé *pris*. \ 2. *Gourde* : autre nom des citrouilles. \ 3. Sens fort : sans aucun doute. \ 4. *Pédant* : dans la langue classique, terme souvent péjoratif pour désigner les maîtres (étymologiquement : « celui qui enseigne aux enfants »). \ 5. Une des rares fables dont on ne puisse identifier la source. \ 6. *Qui sentait son collège* : qui répandait une odeur de collège. \ 7. *Gâter* : détruire.

Des plus beaux dons que nous offre Pomone[1]
Avait la fleur[2], les autres le rebut.
Chaque saison apportait son tribut.
Car au printemps il jouissait encore
Des plus beaux dons que nous présente Flore[3].
Un jour, dans son jardin il vit notre Écolier
Qui, grimpant, sans égard, sur un arbre fruitier,
Gâtait jusqu'aux boutons[4], douce et frêle espérance,
Avant-coureurs des biens que promet l'abondance :
Même il ébranchait[5] l'arbre ; et fit tant, à la fin,
Que le possesseur du jardin
Envoya faire plainte au maître de la classe.
Celui-ci vint suivi d'un cortège d'enfants :
Voilà le verger plein de gens
Pires que le premier. Le Pédant, de sa grâce[6],
Accrut le mal en amenant
Cette jeunesse mal instruite[7] :
Le tout, à ce qu'il dit, pour faire un châtiment
Qui pût servir d'exemple, et dont toute sa suite
Se souvînt à jamais, comme d'une leçon.
Là-dessus, il cita Virgile et Cicéron[8],
Avec force[9] traits de science.
Son discours dura tant que la maudite engeance[10]
Eut le temps de gâter en cent lieux le jardin.

Je hais les pièces d'éloquence
Hors de leur place, et qui n'ont point de fin ;

1. *Pomone* : déesse des fruits et des jardins dans la mythologie romaine. \ **2.** *La fleur* : le meilleur ; le terme s'oppose donc à *rebut*. \ **3.** *Flore* : déesse romaine des fleurs. \ **4.** Les boutons qui donneront des fleurs et donc les fruits de la prochaine récolte. \ **5.** *Ébranchait* : coupait des branches. \ **6.** *De sa grâce* : de lui-même (ironique). \ **7.** *Mal instruite* : mal élevée. \ **8.** Ces deux auteurs latins constituaient la base des études de l'époque. \ **9.** *Force* : beaucoup de. \ **10.** *Engeance* : race, avec une forte nuance de mépris.

Et ne sais bête au monde pire
Que l'Écolier, si ce n'est le Pédant.
Le meilleur de ces deux pour voisin, à vrai dire,
Ne me plairait aucunement.

VI

Le Statuaire et la Statue de Jupiter

Un bloc de marbre était si beau
Qu'un Statuaire en fit l'emplette.
« Qu'en fera, dit-il, mon ciseau [1] ?
Sera-t-il dieu, table ou cuvette ?

Il sera dieu : même je veux
Qu'il ait en sa main un tonnerre [2].
Tremblez, humains ! faites des vœux :
Voilà le maître de la terre. »

L'artisan [3] exprima si bien
Le caractère de l'idole,
Qu'on trouva qu'il ne manquait rien
À Jupiter que la parole.

Même l'on dit que l'ouvrier
Eut à peine achevé l'image,
Qu'on le vit frémir le premier,
Et redouter son propre ouvrage.

1. *Ciseau* : outil du sculpteur. \ **2.** *Tonnerre* : foudre dans la langue classique ; c'est l'un des attributs de Jupiter, roi des dieux chez les Romains. \ **3.** A l'époque, on ne distingue pas encore *artiste* et *artisan.*

À la faiblesse du sculpteur
Le poète autrefois n'en dut guère[1],
Des dieux dont il fut l'inventeur
Craignant la haine et la colère.

Il était enfant en ceci ;
Les enfants n'ont l'âme occupée
Que du continuel souci
Qu'on ne fâche point leur poupée.

Le cœur suit aisément l'esprit :
De cette source est descendue
L'erreur païenne, qui se vit
Chez tant de peuples répandue.

Ils embrassaient violemment
Les intérêts de leur chimère[2] :
Pygmalion devint amant
De la Vénus[3] dont il fut père[4].

Chacun tourne en réalités,
Autant qu'il peut, ses propres songes :
L'homme est de glace aux vérités ;
Il est de feu pour les mensonges.

1. *N'en dut guère* : ne fut guère inférieur. \ **2.** *Chimère* : idée folle. \ **3.** *Vénus* : emploi courant pour désigner une beauté, ici la statue. \ **4.** Ovide raconte que le sculpteur Pygmalion tomba amoureux de la statue de femme qu'il avait sculptée et obtint des dieux qu'elle prenne vie (*Métamorphoses*, X).

VII

La Souris métamorphosée en fille [1]

Une Souris tomba du bec d'un Chat-Huant :
Je ne l'eusse pas ramassée ;
Mais un Bramin [2] le fit : je le crois aisément ;
Chaque pays a sa pensée.
La Souris était fort froissée [3].
De cette sorte de prochain [4]
Nous nous soucions peu. Mais le peuple bramin
Le traite en frère. Ils ont en tête
Que notre âme, au sortir d'un roi,
Entre dans un ciron [5], ou dans telle autre bête
Qu'il plaît au Sort ; c'est là l'un des points de leur loi.
Pythagore [6] chez eux a puisé ce mystère.
Sur un tel fondement [7], le Bramin crut bien faire
De prier un sorcier qu'il logeât la Souris
Dans un corps qu'elle eût eu pour hôte au temps jadis.
Le sorcier en fit une fille
De l'âge de quinze ans, et telle et si gentille,
Que le fils de Priam [8] pour elle aurait tenté
Plus encor qu'il ne fit pour la grecque beauté.
Le Bramin fut surpris de chose si nouvelle.
Il dit à cet objet [9] si doux :

1. Imitation fidèle de Pilpay, désigné au vers 58. Le même thème se trouve déjà dans la fable 18 du livre II. \ **2.** *Bramine* : brahmane, religieux hindou. \ **3.** *Froissée* : vexée. \ **4.** *Prochain* : semblable, frère (vocabulaire religieux). Le prochain est ici un animal que, contrairement à la doctrine hindoue, la pensée chrétienne juge inférieur à l'homme. \ **5.** *Ciron* : animal minuscule. \ **6.** *Pythagore* : philosophe et mathématicien grec du VIe siècle av. J.-C., qui croyait en la métempsycose, la migration des âmes vers d'autres corps après la mort. \ **7.** *Fondement* : base philosophique. \ **8.** *Le fils de Priam* : il s'agit de Pâris qui, en enlevant la belle Hélène, a déclenché la guerre de Troie. \ **9.** *Objet* : celle qui provoque l'amour (vocabulaire galant).

« Vous n'avez qu'à choisir ; car chacun est jaloux
De l'honneur d'être votre époux.
– En ce cas je donne, dit-elle,
Ma voix au plus puissant de tous.
– Soleil, s'écria lors le Bramin à genoux,
C'est toi qui sera notre gendre.
– Non, dit-il, ce Nuage épais
Est plus puissant que moi, puisqu'il cache mes traits ;
Je vous conseille de le prendre.
– Eh bien ! dit le Bramin au Nuage volant,
Es-tu né pour ma fille ? – Hélas ! non ; car le Vent
Me chasse à son plaisir de contrée en contrée :
Je n'entreprendrai point sur les droits de Borée[1]. »
Le Bramin fâché s'écria :
« Ô Vent donc, puisque vent y a,
Viens dans les bras de notre Belle ! »
Il accourait ; un Mont en chemin l'arrêta.
L'éteuf[2] passant à celui-là,
Il le renvoie, et dit : « J'aurais une querelle
Avec le Rat ; et l'offenser
Ce serait être fou, lui qui peut me percer. »
Au mot de Rat, la Damoiselle[3]
Ouvrit l'oreille : il fut l'époux.
Un Rat ! un Rat : c'est de ces coups
Qu'Amour fait ; témoin telle et telle :
Mais ceci soit dit entre nous.
On tient toujours du lieu dont on vient. Cette fable
Prouve assez bien ce point ; mais, à la voir de près,
Quelque peu de sophisme[4] entre parmi ses traits :

1. *Borée* : dieu du vent du Nord chez les Grecs. \ **2.** *Éteuf* : balle du jeu de paume qui était en étoffe. L'expression équivaut à notre actuel *envoyer la balle à quelqu'un*. \ **3.** Archaïsme. \ **4.** *Sophisme* : raisonnement faux malgré une apparence de vérité.

Car quel époux n'est point au Soleil préférable,
En s'y prenant ainsi ? Dirai-je qu'un géant
Est moins fort qu'une puce ? elle le mord pourtant.
Le Rat devait aussi renvoyer, pour bien faire,
La Belle au Chat, le Chat au Chien,
Le Chien au Loup. Par le moyen
De cet argument circulaire,
Pilpay jusqu'au Soleil eût enfin remonté ;
Le Soleil eût joui de la jeune beauté.
Revenons, s'il se peut, à la métempsycose [1] :
Le sorcier du Bramin fit sans doute [2] une chose
Qui, loin de la prouver, fait voir sa fausseté.
Je prends droit là-dessus [3] contre le Bramin même ;
Car il faut, selon son système,
Que l'homme, la souris, le ver, enfin chacun
Aille puiser son âme en un trésor commun :
Toutes sont donc de même trempe [4] ;
Mais agissant diversement
Selon l'organe [5] seulement
L'une s'élève, et l'autre rampe.
D'où vient donc que ce corps si bien organisé
Ne put obliger son hôtesse
De s'unir au Soleil ? Un Rat eut sa tendresse.

Tout débattu, tout bien pesé,
Les âmes des souris et les âmes des belles
Sont très différentes entre elles ;
Il en faut revenir toujours à son destin,

1. Voir note 6, p.121. \ **2.** *Sans doute* : sans aucun doute. \ **3.** *Je prends droit là-dessus* : je m'appuie sur ces exemples. \ **4.** *De même trempe* : de même nature. La *trempe* est une étape de la fabrication du fer, consistant en l'immersion du métal dans un bain froid. \ **5.** *L'organe* : le corps.

C'est-à-dire à la loi par le Ciel établie :
Parlez au diable, employez la magie,
Vous ne détournerez nul être de sa fin[1].

VIII

Le Fou qui vend la sagesse[2]

Jamais auprès des fous ne te mets à portée[3] :
Je ne te puis donner un plus sage conseil.
Il n'est enseignement pareil
À celui-là de fuir une tête éventée.
On en voit souvent dans les cours :
Le prince y prend plaisir ; car ils donnent toujours
Quelque trait[4] aux fripons, aux sots, aux ridicules[5].

Un Fol[6] allait criant par tous les carrefours
Qu'il vendrait la sagesse, et les mortels crédules
De courir à l'achat ; chacun fut diligent[7].
On essuyait force grimaces ;
Puis on avait pour son argent,
Avec un bon soufflet[8], un fil long de deux brasses[9].
La plupart s'en fâchaient ; mais que leur servait-il[10] ?
C'étaient les plus moqués : le mieux était de rire,
Ou de s'en aller, sans rien dire,
Avec son soufflet et son fil.

1. *Sa fin* : ce pour quoi il a été créé. \ **2.** La Fontaine emprunte à Abstemius le thème de la sagesse qui se vend. \ **3.** *À portée* : à leur portée. \ **4.** *Ils donnent toujours quelque trait* : ils lancent des flèches, des attaques. \ **5.** *Fripons, sots, ridicules* : adjectifs substantivés. \ **6.** *Fol* : archaïsme pour *fou*, ce qui permet d'éviter un hiatus. \ **7.** *Diligent* : empressé. \ **8.** *Soufflet* : gifle. \ **9.** *Brasse* : ancienne unité de mesure correspondant à la longueur approximative de deux bras (environ 1,60 m). \ **10.** *Que leur servaient-ils ?* À quoi cela leur servait-il ?

De chercher[1] du sens à la chose,
On se fût fait siffler ainsi qu'un ignorant.
La raison est-elle garant[2]
De ce que fait un fou ? le hasard est la cause
De tout ce qui se passe en un cerveau blessé.
Du fil et du soufflet pourtant embarrassé,
Un des dupes[3] un jour alla trouver un sage,
Qui, sans hésiter davantage,
Lui dit : « Ce sont ici hiéroglyphes[4] tout purs.
Les gens bien conseillés[5], et qui voudront bien faire,
Entre eux et les gens fous mettront, pour l'ordinaire,
La longueur de ce fil ; sinon je les tiens[6] sûrs
De quelque semblable caresse.
Vous n'êtes point trompé : ce fou vend la sagesse. »

IX

L'Huître et les Plaideurs[7]

Un jour deux Pèlerins sur le sable rencontrent
Une Huître[8], que le flot y venait d'apporter ;
Ils l'avalent des yeux, du doigt ils se la montrent ;
À l'égard de la dent[9] il fallut contester.
L'un se baissait déjà pour amasser[10] la proie ;

1. *De chercher* : à chercher. Dans la langue classique, la répartition des emplois entre *à* et *de* n'est pas encore fixée. \ **2.** *Est-elle garant* : peut-elle justifier ? \ **3.** *Dupe* : mot masculin et féminin dans la langue classique. Comprendre : une des personnes trompées. \ **4.** *Hiéroglyphes* : symboles mystérieux. L'écriture égyptienne ne sera déchiffrée que deux siècles plus tard. \ **5.** *Bien conseillés* : bien avisés. \ **6.** *Je les tiens* : je les crois. \ **7.** Cette fable fut l'objet d'une rivalité entre La Fontaine et Boileau qui composa sur le même sujet (*Épîtres*, II, 5). \ **8.** Il faut faire la diérèse. \ **9.** Littéralement : en ce qui concerne la dent ; il faut donc comprendre : pour ce qui est de manger. \ **10.** *Amasser* : terme élégant pour *ramasser*.

L'autre le pousse, et dit : « Il est bon de savoir
Qui de nous en aura la joie[1].
Celui qui le premier a pu l'apercevoir
En sera le gobeur[2] ; l'autre le verra faire.
– Si par là l'on juge l'affaire,
Reprit son compagnon, j'ai l'œil bon, Dieu merci.
– Je ne l'ai pas mauvais aussi[3],
Dit l'autre ; et je l'ai vue avant vous, sur ma vie.
– Eh bien ! vous l'avez vue ; et moi je l'ai sentie. »
Pendant tout ce bel incident[4],
Perrin Dandin[5] arrive : ils le prennent pour juge.
Perrin, fort gravement, ouvre l'Huître, et la gruge[6],
Nos deux Messieurs le regardant.
Ce repas fait, il dit d'un ton de président[7] :
« Tenez, la cour vous donne à chacun une écaille
Sans dépens[8], et qu'en paix chacun chez soi s'en aille. »

Mettez[9] ce qu'il en coûte à plaider aujourd'hui ;
Comptez ce qu'il en reste à beaucoup de familles,
Vous verrez que Perrin tire l'argent à lui,
Et ne laisse aux plaideurs que le sac et les quilles[10].

1. *Joie* : jouissance. \ **2.** *Gobeur* : mot inventé à par La Fontaine. \ **3.** *Aussi* : non plus. \ **4.** *Incident* : au sens général de ce qui arrive ; le terme désigne la discussion. \ **5.** *Perrin Dandin* : personnage de juge chez Rabelais (*Tiers Livre*, XLI), mis en scène par Racine dans sa comédie *Les Plaideurs* (1668). \ **6.** *Gruge* : au sens propre de « briser avec les dents », d'où croquer puis avaler. \ **7.** Comprendre : de président de tribunal (voir ci-dessus note 5). \ **8.** *Dépens* : frais du procès (terme juridique). \ **9.** *Mettez* : supposez. \ **10.** *Le sac et les quilles* : formule imagée évoquant la malhonnêteté du juge qui s'empare de l'argent et laisse les quilles et le sac. L'expression illustre un autre sens du verbe *gruger*, couramment employé à l'époque pour désigner le fait que la justice dépouille les individus. Il y a donc un jeu de mots, d'autant que « le sac » peut aussi renvoyer à celui contenant les pièces du procès.

X

Le Loup et le Chien maigre [1]

Autrefois Carpillon [2] fretin [3]
Eut beau prêcher [4], il eut beau dire,
On le mit dans la poêle à frire.
Je fis voir que lâcher ce qu'on a dans la main,
Sous espoir de grosse aventure [5],
Est imprudence toute pure.
Le Pêcheur eut raison ; Carpillon n'eut pas tort :
Chacun dit ce qu'il peut pour défendre sa vie.
Maintenant il faut que j'appuie
Ce que j'avançai lors [6], de quelque trait encor.

Certain Loup, aussi sot que le Pêcheur fut sage,
Trouvant un Chien hors du village,
S'en allait l'emporter. Le Chien représenta [7]
Sa maigreur : « Jà ne plaise [8] à votre Seigneurie
De me prendre en cet état-là ;
Attendez : mon maître marie
Sa fille unique, et vous jugez
Qu'étant de noce, il faut, malgré moi, que j'engraisse. »
Le Loup le croit, le Loup le laisse.
Le Loup, quelques jours écoulés,
Revient voir si son Chien n'est point meilleur à prendre ;

---

1. Fable inspirée d'Ésope (*Le Chien endormi et le Loup*). \ **2.** *Carpillon* : diminutif de *carpe*. \ **3.** *Fretin* : petits poissons que le pêcheur rejette à l'eau, autrement dit petit poisson sans intérêt. \ **4.** *Prêcher* : tenter de convaincre par son discours. \ **5.** *De grosse aventure* : gros bénéfice qui arrive par hasard. \ **6.** *Lors* : alors (archaïsme). \ **7.** *Représenta* : fit remarquer. \ **8.** *Jà ne plaise* : que maintenant (« Jà ») il ne plaise.

Mais le drôle[1] était au logis.
Il dit au Loup par un treillis[2] :
« Ami, je vais sortir ; et, si tu veux attendre,
Le portier du logis et moi
Nous serons tout à l'heure[3] à toi. »
Ce portier du logis était un chien énorme,
Expédiant les loups en forme[4].
Celui-ci s'en douta. « Serviteur[5] au portier »,
Dit-il ; et de courir[6]. Il était fort agile ;
Mais il n'était pas fort habile :
Ce Loup ne savait pas encor bien son métier.

XI

Rien de trop[7]

Je ne vois point de créature
Se comporter modérément.
Il est certain tempérament[8]
Que le maître de la nature
Veut que l'on garde en tout. Le fait-on ? nullement.
Soit en bien, soit en mal, cela n'arrive guère.
Le blé, riche présent de la blonde Cérès[9],
Trop touffu bien souvent, épuise les guérets[10] :

1. *Le drôle* : le malin. \ **2.** *Par un treillis* : à travers un treillage. \ **3.** *Tout à l'heure* : tout de suite. \ **4.** *En forme* : selon les règles. \ **5.** *Serviteur* : façon courtoise, à l'époque, de refuser ou de prendre congé. \ **6.** *De courir* : infinitif de narration. \ **7.** Le titre de cette fable reprend la célèbre maxime gravée au fronton du sanctuaire grec de Delphes, indiquant la nécessité d'avoir de la mesure en toute chose. Quant au récit, il s'inspire des *Moutons qui tondaient les moissons de façon immodérée* d'Abstemius. \ **8.** *Tempérament* : dérivé du verbe *se tempérer*, d'où fait de se modérer. \ **9.** *Cérès* : déesse romaine des moissons. \ **10.** *Guérets* : terres peu fertiles.

En superfluités[1] s'épandant d'ordinaire,
Et poussant trop abondamment,
Il ôte à son fruit[2] l'aliment.
L'arbre n'en fait pas moins : tant le luxe[3] sait plaire !
Pour corriger le blé, Dieu permit aux moutons
De retrancher l'excès des prodigues[4] moissons :
Tout au travers ils se jetèrent
Gâtèrent tout, et tout broutèrent ;
Tant que[5] le Ciel permit aux loups
D'en croquer quelques-uns : ils les croquèrent tous ;
S'ils ne le firent pas, du moins ils y tâchèrent.
Puis le Ciel permit aux humains
De punir ces derniers[6] : les humains abusèrent
À leur tour des ordres divins.
De tous les animaux, l'homme a le plus de pente
À se porter dedans l'excès.
Il faudrait faire le procès
Aux petits comme aux grands. Il n'est âme vivante
Qui ne pèche en ceci. Rien de trop est un point
Dont on parle sans cesse, et qu'on n'observe point.

XII

Le Cierge[7]

C'est du séjour des Dieux que les Abeilles viennent.
Les premières, dit-on, s'en allèrent loger

1. *Superfluités* : choses superflues. \ **2.** *Fruit* : au sens général de « production » ; ce qui est produit (*le fruit*) n'a pas assez de nourriture (l'*aliment*). \ **3.** *Luxe* : désigne une production extrêmement abondante ; équivalent de *luxuriance*, terme plus tardif. \ **4.** *Prodigues* : très abondantes. \ **5.** *Tant que* : tellement que. \ **6.** *Ces derniers* : il s'agit des loups. \ **7.** Texte inspiré de *La cire qui cherchait à durcir* d'Abstemius.

Au mont Hymette[1] et se gorger
Des trésors qu'en ce lieu les zéphyrs[2] entretiennent.
Quand on eut des palais de ces filles du Ciel
Enlevé l'ambroisie[3] en leurs chambres enclose,
Ou, pour dire en français la chose,
Après que les ruches sans miel
N'eurent plus que la cire, on fit mainte bougie ;
Maint cierge aussi fut façonné.
Un d'eux voyant la terre en brique au feu durcie
Vaincre l'effort des ans, il eut la même envie[4] ;
Et, nouvel Empédocle[5] aux flammes condamné
Par sa propre et pure folie,
Il se lança dedans.
Ce fut mal raisonné :
Ce Cierge ne savait grain[6] de philosophie.

Tout en tout est divers : ôtez-vous de l'esprit
Qu'aucun être ait été composé sur le vôtre.
L'Empédocle de cire au brasier se fondit :
Il n'était pas plus fou que l'autre.

1. *Hymette* était une montagne célébrée par les poètes, située dans l'Attique et où les Grecs recueillaient d'excellent miel (note de La Fontaine). \ **2.** *Zéphyrs* : vents tièdes et doux du printemps. \ **3.** *Ambroisie* : nourriture des dieux dans la mythologie grecque ; ici, le mot désigne le miel (voir vers 8). \ **4.** *Voyant la terre en brique au feu durcie/Vaincre l'effort des ans, il eut la même envie* : comprendre : voyant que la terre, devenue brique après avoir été durcie au feu, résistait au temps, il voulut en faire autant. \ **5.** *Empédocle* était un philosophe ancien qui, ne pouvant comprendre les merveilles du mont Etna, se jeta dedans par une vanité ridicule et, trouvant l'action belle, de peur d'en perdre le fruit, et que la postérité ne l'ignorât, laissa ses pantoufles au pied du mont (note de La Fontaine). \ **6.** *Grain* : très petite quantité ; *ne savait grain* : image insistant sur l'absence totale d'esprit chez le cierge.

XIII

Jupiter et le Passager [1]

Ô ! combien le péril enrichirait les Dieux,
Si nous nous souvenions des vœux [2] qu'il nous fait faire !
Mais, le péril passé, l'on ne se souvient guère
De ce qu'on a promis aux Cieux ;
On compte seulement ce qu'on doit à la terre.
« Jupiter, dit l'impie [3], est un bon créancier ;
Il ne se sert jamais d'huissier.
– Eh ! qu'est-ce donc que le tonnerre [4] ?
Comment appelez-vous ces avertissements ? »

Un Passager, pendant l'orage,
Avait voué [5] cent bœufs au vainqueur des Titans [6].
Il n'en avait pas un : vouer cent éléphants
N'aurait pas coûté davantage.
Il brûla quelques os quand il fut au rivage :
Au nez de Jupiter la fumée en monta [7].
« Sire Jupin [8], dit-il, prends mon vœu ; le voilà :
C'est un parfum de bœuf que ta grandeur respire.
La fumée est ta part : je ne te dois plus rien. »
Jupiter fit semblant de rire ;
Mais, après quelques jours, le Dieu l'attrapa bien,
Envoyant un songe lui dire

1. Sujet emprunté à Ésope, *Le Trompeur*. \ **2.** *Vœux* : dans la religion chrétienne, promesses faites à Dieu en remerciement de souhaits exaucés. Il faut noter que le fabuliste superpose les traditions païenne et chrétienne. \ **3.** *Impie* : celui qui offense la religion (parce qu'il oublie ses vœux). \ **4.** *Tonnerre* : emblème de Jupiter, roi des dieux chez les Romains. \ **5.** *Voué* : promis par un vœu. \ **6.** *Titans* : dans la mythologie grecque, divinités primitives qui gouvernaient le monde avant que Zeus ne triomphent d'elles. \ **7.** Les dieux ne mangeaient pas la nourriture qu'on leur offrait, ils se contentaient d'en humer l'odeur. \ **8.** *Jupin* : appellation familière de Jupiter, qui confère un ton grotesque au passage.

Qu'un tel trésor était en tel lieu. L'homme au vœu
Courut au trésor comme au feu.
Il trouva des voleurs ; et, n'ayant dans sa bourse
Qu'un écu pour toute ressource,
Il leur promit cent talents d'or,
Bien comptés, et d'un tel trésor :
On l'avait enterré dedans telle bourgade.
L'endroit parut suspect aux voleurs, de façon
Qu'à notre prometteur[1] l'un dit : « Mon camarade,
Tu te moques de nous ; meurs, et va chez Pluton[2]
Porter tes cent talents[3] en don. »

XIV

Le Chat et le Renard[4]

Le Chat et le Renard, comme beaux petits saints[5],
S'en allaient en pèlerinage.
C'étaient deux vrais tartufs[6], deux archipatelins[7],
Deux francs patte-pelus[8], qui, des frais du voyage,
Croquant mainte[9] volaille, escroquant[10] maint fromage,

1. *Prometteur* : celui qui promet (mot aujourd'hui disparu). \ **2.** *Pluton* : dieu des morts chez les Romains. \ **3.** *Talent* : monnaie de grande valeur dans la Grèce antique, un talent valant environ 25 kg d'or ou d'argent. \ **4.** On retrouve cet épisode dans de nombreux contes du Moyen Âge, notamment dans le *Roman de Renart* ou les *Lais* de Marie de France. \ **5.** Ce vers rappelle l'ancien français par l'absence d'article et surtout l'emploi de *beau* comme terme affectueux. \ **6.** *Tartuf* : abrégé ici pour les besoins de la versification, le nom du personnage de Molière (*Tartuffe*, 1664) était, déjà à l'époque, passé dans le langage commun pour désigner un hypocrite. \ **7.** *Archipatelins* : mot créé par le fabuliste sur l'adjectif *patelin*, du nom d'un célèbre personnage de farce, l'avocat Pathelin, individu hypocrite et doucereux (*La Farce de Maître Pathelin,* 1464). \ **8.** *Pelus* : forme ancienne de *poilus* ; *patte-pelu* : dont la patte est adoucie par les poils, d'où hypocrite. \ **9.** *Mainte* : de nombreuses. \ **10.** *Escroquant* : jeu de mots entre *croquer* et *escroquer*. L'un désigne l'action de briser avec les dents, l'autre de soutirer frauduleusement, comme avec un croc.

S'indemnisaient à qui mieux mieux[1].
Le chemin étant long, et partant[2] ennuyeux,
Pour l'accourcir ils disputèrent[3].
La dispute est d'un grand secours :
Sans elle on dormirait toujours.
Nos pèlerins[4] s'égosillèrent.
Ayant bien disputé, l'on parla du prochain[5].
Le Renard au Chat dit enfin :
« Tu prétends être fort habile[6] ;
En sais-tu tant que moi ? J'ai cent ruses au[7] sac.
– Non, dit l'autre : je n'ai qu'un tour dans mon bissac[8] ;
Mais je soutiens qu'il en vaut mille. »
Eux de recommencer la dispute à l'envi[9].
Sur le que si, que non[10], tous deux étant ainsi,
Une meute apaisa la noise[11].
Le Chat dit au Renard : « Fouille en ton sac, ami ;
Cherche en ta cervelle matoise[12]
Un stratagème sûr : pour moi, voici le mien. »
À ces mots, sur un arbre il grimpa bel et bien.
L'autre fit cent tours inutiles,
Entra dans cent terriers, mit cent fois en défaut[13]
Tous les confrères de Brifaut[14].
Partout il tenta des asiles[15] ;
Et ce fut partout sans succès ;

1. *À qui mieux mieux* : à l'envi, chacun plus que l'autre. \ **2.** *Partant* : de là, donc. \ **3.** *Disputèrent* : discutèrent, mais avec l'idée de débattre. \ **4.** *Nos pèlerins* : nos voyageurs. \ **5.** *Prochain* : autrui (vocabulaire religieux). \ **6.** *Habile* : savant. \ **7.** *Au sac* : dans mon sac. \ **8.** *Bissac* : besace composée de deux poches qui se portait sur l'épaule. \ **9.** *À l'envi* : synonyme de *à qui mieux mieux* (vers 6). \ **10.** *Le que si, que non* : expression courante à l'époque pour caractériser le fait de contredire constamment. \ **11.** *Noise* : querelle (voir l'expression *chercher des noises à quelqu'un*). \ **12.** *Matoise* : rusée sous des airs de bonhomie (terme d'argot). \ **13.** *Mit cent fois en défaut* : comprendre : il leur fit perdre sa trace. \ **14.** *Brifaut* : nom traditionnel pour un chien de chasse. \ **15.** *Tenta des asiles* : chercha des refuges.

La fumée y pourvut, ainsi que les bassets[1].
Au sortir d'un terrier, deux chiens aux pieds agiles
L'étranglèrent du premier bond.

Le trop d'expédients[2] peut gâter une affaire :
On perd du temps au choix[3], on tente, on veut tout faire.
N'en ayons qu'un, mais qu'il soit bon.

XV

Le Mari, la Femme et le Voleur[4]

Un Mari fort amoureux,
Fort amoureux de sa Femme,
Bien qu'il fût jouissant[5], se croyait malheureux[6].
Jamais œillade[7] de la dame,
Propos flatteur et gracieux,
Mot d'amitié, ni doux sourire,
Déifiant[8] le pauvre sire,
N'avaient fait soupçonner qu'il fût vraiment chéri.
Je le crois[9] : c'était un mari.
Il ne tint point à l'hyménée[10]
Que, content de sa destinée,
Il n'en remerciât les Dieux.
Mais quoi ? si l'amour n'assaisonne
Les plaisirs que l'hymen nous donne,

1. *La fumée y pourvut* : la fumée s'en chargea (on enfume les terriers pour obliger les renards à sortir) ; *bassets* : petits chiens de chasse postés en embuscade à la sortie du terrier. \ **2.** *Expédients* : moyens pour se tirer d'un mauvais pas. \ **3.** *Au choix* : à choisir. \ **4.** Fable inspirée de Pilpay. \ **5.** *Jouissant* : satisfait. \ **6.** *Malheureux* : mal aimé. \ **7.** *Œillade* : clin d'œil constituant une invite amoureuse. \ **8.** *Déifiant* : adorant tel un dieu. \ **9** *Je le crois* : cela ne m'étonne pas. \ **10.** *Hyménée* : mariage.

Je ne vois pas qu'on en soit mieux[1].
Notre Épouse étant donc de la sorte bâtie,
Et n'ayant caressé son mari de sa vie,
Il en faisait sa plainte une nuit. Un Voleur
Interrompit la doléance.
La pauvre femme eut si grand'peur
Qu'elle chercha quelque assurance
Entre les bras de son époux.
« Ami Voleur, dit-il, sans toi ce bien si doux
Me serait inconnu. Prends donc en récompense
Tout ce qui peut chez nous être à ta bienséance[2];
Prends le logis aussi. » Les voleurs ne sont pas
Gens honteux, ni fort délicats :
Celui-ci fit sa main[3].

J'infère[4] de ce conte
Que la plus forte passion
C'est la peur : elle fait vaincre l'aversion,
Et l'amour quelquefois ; quelquefois il la dompte ;
J'en ai pour preuve cet amant[5]
Qui brûla sa maison pour embrasser sa dame,
L'emportant à travers la flamme.
J'aime assez cet emportement ;
Le conte m'en a plu toujours infiniment :
Il est bien d'une âme espagnole[6],
Et plus grande encore que folle.

---

1. Comprendre : ce n'était pas la faute du mariage s'il n'avait pas à remercier les dieux car si l'amour ne relève pas les plaisirs du mariage, je ne pense pas que l'on soit mieux en étant marié. \ **2.** *Ta bienséance* : ta convenance. \ **3.** *Fit sa main* : se servit. \ **4.** *J'infère de ce conte* : je conclus à partir de ce conte (*inférer* : tirer une conclusion générale à partir d'un cas particulier). \ **5.** *Cet amant* : allusion à Jean de Villa Mediana, dont Tallemant de Réaux (1619-1692), dans ses *Historiettes*, rapporte que, pour pouvoir emporter dans ses bras la femme du roi d'Espagne, il déclencha un incendie. \ **6.** *L'âme espagnole* : voir VIII, 15.

XVI

Le Trésor et les deux Hommes[1]

Un Homme n'ayant plus ni crédit ni ressource,
Et logeant le diable en sa bourse[2],
C'est-à-dire n'y logeant rien,
S'imagina qu'il ferait bien
De se pendre, et finir lui-même sa misère,
Puisque aussi bien sans lui la faim le viendrait faire :
Genre de mort qui ne duit[3] pas
À gens peu curieux de goûter le trépas.
Dans cette intention[4], une vieille masure
Fut la scène où devait se passer l'aventure.
Il y porte une corde, et veut avec un clou
Au haut d'un certain mur attacher le licou[5].
La muraille, vieille et peu forte,
S'ébranle aux premiers coups, tombe avec un trésor.
Notre désespéré le ramasse, et l'emporte.
Laisse là le licou, s'en retourne avec l'or,
Sans compter : ronde ou non, la somme plut au sire[6].
Tandis que le galant[7] à grands pas se retire,
L'Homme au trésor arrive, et trouve son argent
Absent.
« Quoi, dit-il, sans mourir je perdrai cette somme ?
Je ne me pendrai pas ! Et vraiment si ferai,

1. Récit inspiré d'Abstemius. \ **2.** *Logeant le diable en sa bourse* : locution proverbiale pour évoquer une pauvreté qui pousse au délit. \ **3.** *Duit* : convient (mot aujourd'hui disparu). \ **4.** *Dans cette intention* : comme il avait cette intention (se rapporte à l'homme et non à la masure). \ **5.** *Licou* : forme ancienne de *licol*, utilisée pour les besoins de la rime. Le *licol* est le lien que l'on met autour du cou (*col*) des bêtes de somme pour les mener. \ **6.** *Sire* : valeur ironique. \ **7.** Dans la langue classique, *galant* peut aussi désigner un homme habile et malin.

Ou de corde je manquerai. »
Le lacs[1] était tout prêt ; il n'y manquait qu'un homme :
Celui-ci se l'attache, et se pend bien et beau[2].
Ce qui le consola peut-être
Fut qu'un autre eût, pour lui, fait les frais du cordeau.
Aussi bien que l'argent le licou trouva maître.

L'avare rarement finit ses jours sans pleurs ;
Il a le moins de part au trésor qu'il enserre[3],
Thésaurisant[4] pour les voleurs,
Pour ses parents ou pour la terre.
Mais que dire du troc que la Fortune[5] fit ?
Ce sont là de ses traits ; elle s'en divertit :
Plus le tour est bizarre, et plus elle est contente.
Cette déesse inconstante
Se mit alors en l'esprit
De voir un homme se pendre ;
Et celui qui se pendit
S'y devait le moins attendre.

XVII

Le Singe et le Chat

Bertrand[6] avec Raton, l'un singe et l'autre chat,
Commensaux[7] d'un logis, avaient un commun maître.

1. *Lacs* : nœud coulant. \ **2.** *Bien et beau* : bel et bien. \ **3.** *Enserre* : cache. \ **4.** *Thésaurisant* : amassant de l'argent. \ **5.** *Fortune* : le sort (sens classique). \ **6.** *Bertrand* : prénom du pape Jules II (voir IX, 3). \ **7.** *Commensaux* : qui mangent à la même table ; ici, qui partagent le même logis.

D'animaux malfaisants c'était un très bon plat[1] :
Ils n'y craignaient tous deux aucun[2], quel qu'il pût être.
Trouvait-on quelque chose au logis de gâté[3],
L'on ne s'en prenait point aux gens du voisinage :
Bertrand dérobait tout ; Raton, de son côté,
Était moins attentif aux souris qu'au fromage.
Un jour, au coin du feu, nos deux maîtres fripons[4]
Regardaient rôtir des marrons.
Les escroquer était une très bonne affaire ;
Nos galands[5] y voyaient double profit à faire :
Leur bien premièrement, et puis le mal d'autrui.
Bertrand dit à Raton : « Frère, il faut aujourd'hui
Que tu fasses un coup de maître ;
Tire-moi ces marrons. Si Dieu m'avait fait naître
Propre à tirer marrons du feu,
Certes, marrons verraient beau jeu[6]. »
Aussitôt fait que dit : Raton, avec sa patte,
D'une manière délicate,
Écarte un peu la cendre, et retire les doigts ;
Puis les reporte à plusieurs fois ;
Tire un marron, puis deux, et puis trois en escroque :
Et cependant[7] Bertrand les croque.
Une servante vient : adieu[8] mes gens. Raton
N'était pas content, ce dit-on.

Aussi[9] ne le sont pas la plupart de ces princes
Qui, flattés d'un pareil emploi,

1. Comprendre : en fait d'animaux malfaisants, on était servi ! \ **2.** *Aucun* : sous-entendu *rival* (aucun rival pour la malfaisance). \ **3.** *Gâté* : détruit, anéanti (sens très fort). \ **4.** *Maîtres fripons* : passés maîtres dans l'art de la friponnerie. \ **5.** *Galands* : malins, individus sans scrupules (voir fable précédente, note du vers 18). \ **6.** *Verraient beau jeu* : dans la langue classique, *faire voir beau jeu à quelqu'un*, c'est le maltraiter, d'où *voir beau jeu*, « être maltraité ». \ **7.** *Cependant* : pendant ce temps (sens classique). \ **8.** *Adieu mes gens* : ils s'enfuient. \ **9.** *Aussi* : non plus.

Vont s'échauder[1] en des provinces[2]
Pour le profit de quelque roi.

XVIII

Le Milan et le Rossignol[3]

Après que le Milan[4], manifeste[5] voleur,
Eut répandu l'alarme en tout le voisinage,
Et fait crier sur lui les enfants du village,
Un Rossignol tomba dans ses mains[6] par malheur.
Le héraut[7] du printemps lui demande la vie.
« Aussi bien, que manger en qui n'a que le son[8] ?
Écoutez plutôt ma chanson :
Je vous raconterai Térée[9] et son envie.
– Qui, Térée ? est-ce un mets propre pour les milans
– Non pas ; c'était un roi dont les feux violents
Me firent ressentir leur ardeur criminelle.
Je m'en vais vous en dire une chanson si belle
Qu'elle vous ravira : mon chant plaît à chacun. »
Le Milan alors lui réplique :
« Vraiment, nous voici bien, lorsque je suis à jeun,
Tu me viens parler de musique.
– J'en parle bien aux rois. – Quand un roi te prendra,
Tu peux lui conter ces merveilles.

1. *Échauder* : se brûler avec de l'eau chaude, d'où éprouver un dommage. \ **2.** *Provinces* : royaumes ou pays étrangers (sens classique). \ **3.** Inspiration plus rare pour cette fable : Hésiode, *Les Travaux et les Jours* (V, 185). \ **4.** *Milan* : oiseau de proie. \ **5.** *Manifeste* : évident. \ **6.** *Ses mains* : ses serres. \ **7.** *Héraut* : personne chargée de la transmission des messages et des proclamations officielles. \ **8.** *Que manger en qui n'a que le son ?* Pourquoi manger celui qui n'est qu'une voix ? \ **9.** *Térée* : roi de Thrace pris d'une folie criminelle du fait de son amour pour sa belle-sœur (voir vers 10 et 11).

Pour un milan, il s'en rira:
Ventre affamé n'a point d'oreilles[1]. »

XIX

Le Berger et son troupeau[2]

« Quoi ? toujours il me manquera
Quelqu'un de ce peuple imbécile[3] !
Toujours le Loup m'en gobera[4] !
J'aurai beau les compter ! ils étaient plus de mille,
Et m'ont laissé ravir notre pauvre Robin[5] ;
Robin mouton, qui par la ville
Me suivait pour un peu de pain,
Et qui m'aurait suivi jusques[6] au bout du monde.
Hélas ! de ma musette[7] il entendait[8] le son ;
Il me sentait venir de cent pas à la ronde.
Ah ! le pauvre Robin mouton ! »
Quand Guillot[9] eut fini cette oraison funèbre,
Et rendu de Robin la mémoire célèbre[10],
Il harangua[11] tout le troupeau,
Les chefs, la multitude, et jusqu'au moindre agneau,
Les conjurant de tenir ferme[12] :

1. Proverbe courant, déjà dans Rabelais (*Tiers Livre*, LXVIII). \ **2.** Récit repris d'Abstemius, *Le Berger exhortant son troupeau contre le loup*. \ **3.** *Imbécile* : au double sens de « stupide » et de « faible » (sens étymologique latin). \ **4.** *Gobera* : dépeint bien la voracité du loup. \ **5.** *Robin* : nom du mouton de Dindenault chez Rabelais (*Quart Livre*, VI). \ **6.** *Jusques* : orthographe ancienne pour permettre la liaison et donner une syllabe de plus au vers. \ **7.** *Musette* : sorte de cornemuse. \ **8.** *Entendait* : reconnaissait. \ **9.** *Guillot* : diminutif populaire de Guillaume (voir III, 3). \ **10.** Comprendre : eut célébré la mémoire. \ **11.** *Harangua* : de *harangue*, discours solennel prononcé devant une assemblée. \ **12.** Ton burlesque avec cette parodie de harangue d'un général à ses soldats, prononcée par un berger à son troupeau ; *tenir ferme* : tenir bon.

Cela seul suffirait pour écarter les Loups.
Foi de[1] peuple d'honneur, ils lui promirent tous
De ne bouger non plus qu'un terme[2].
« Nous voulons, dirent-ils, étouffer le glouton
Qui nous a pris Robin mouton. »
Chacun en répond sur sa tête.
Guillot les crut, et leur fit fête[3].
Cependant, devant qu'[4] il fût nuit,
Il arriva nouvel encombre[5] :
Un Loup parut ; tout le troupeau s'enfuit.
Ce n'était pas un Loup, ce n'en était que l'ombre.

Haranguez de méchants[6] soldats :
Ils promettront de faire rage[7] ;
Mais, au moindre danger, adieu tout leur courage ;
Votre exemple et vos cris ne les retiendront pas.

Discours à Madame de La Sablière[8]

Iris[9], je vous louerais[10] : il[11] n'est que trop aisé ;
Mais vous avez cent fois notre encens[12] refusé,

1. *Foi de* : parole de. \ **2.** *Terme* : chez les Romains, le dieu Terme protégeait la propriété des champs. On le représentait sous forme de tronc d'arbre sculpté planté en terre, d'où le sens de « ne pas bouger plus qu'un terme ». \ **3.** *Leur fit fête* : les félicita. \ **4.** *Devant qu'* : avant que. \ **5.** *Encombre* : ennui. \ **6.** *Méchant* : mauvais, qui ne vaut rien. \ **7.** Sous-entendu : dans la bataille. \ **8.** La Fontaine rend hommage à sa bienfaitrice, qui l'hébergea de 1673 à 1693. Ce texte doit être situé dans le débat en cours à l'époque sur l'intelligence et l'âme des animaux, où s'opposaient la thèse des animaux-machines de Descartes (exposée vers 30-32) et celle de Montaigne qui leur accorde une intelligence au moins égale à celle de l'homme. Entre les deux, se situait la thèse de Pardies, selon lequel les bêtes auraient une intelligence sensible et non spirituelle. \ **9.** *Iris* : nom de la messagère des dieux, que La Fontaine, selon les usages littéraires classiques, reprend pour désigner sa protectrice. \ **10.** *Je vous louerais* : j'aimerais vous louer. \ **11.** *Il* : ce. \ **12.** *Encens* : symbole de louange.

En cela peu semblable au reste des mortelles,
Qui veulent tous les jours des louanges nouvelles.
Pas une ne s'endort à ce bruit si flatteur,
Je ne les blâme point ; je souffre[1] cette humeur[2] :
Elle est commune aux Dieux, aux monarques, aux belles.
Ce breuvage vanté par le peuple rimeur,
Le nectar[3] que l'on sert au maître du tonnerre[4],
Et dont nous enivrons tous les dieux de la terre,
C'est la louange[5], Iris. Vous ne la goûtez point ;
D'autres propos chez vous récompensent ce point[6] :
Propos, agréables commerces[7],
Où le hasard fournit cent matières diverses,
Jusque-là qu'en[8] votre entretien
La bagatelle[9] a part : le monde n'en croit rien[10].
Laissons le monde et sa croyance.
La bagatelle, la science,
Les chimères[11], le rien, tout est bon ; je soutiens
Qu'il faut de tout aux entretiens :
C'est un parterre où Flore[12] épand ses biens ;
Sur différentes fleurs l'abeille s'y repose,
Et fait du miel de toute chose.
Ce fondement posé, ne trouvez pas mauvais
Qu'en ces fables aussi j'entremêle des traits
De certaine philosophie,
Subtile, engageante[13], et hardie[14].

1. *Souffre* : supporte (sens classique). \ **2.** *Humeur* : disposition de caractère. \ **3.** *Le nectar* : l'ambroisie, nourriture des dieux. \ **4.** *Maître du tonnerre* : Jupiter. \ **5.** Comprendre : l'ambroisie, censée donner l'immortalité, est en réalité la louange dont les poètes (« peuple rimeur ») enivrent les grands de ce monde (« les dieux de la terre »). \ **6.** Comprendre : les propos tenus chez vous récompensent cette qualité. \ **7.** *Commerces* : relations, conversations. \ **8.** *Jusque-là qu'* : au point que. \ **9.** *Bagatelle* : propos légers et frivoles (aucun sens grivois à l'époque). \ **10.** Allusion à une satire de Boileau où Mme de La Sablière est présentée comme une pédante chez qui on s'ennuie ferme à ne parler que de choses élevées (*Satires*, X). \ **11.** *Chimères* : idées folles au sens de rêveries. \ **12.** *Flore* : déesse romaine des jardins et des fleurs. \ **13.** *Engageante* : séduisante. \ **14.** *Hardie* : audacieuse.

On l'appelle nouvelle : en avez-vous ou non
Ouï parler ? Ils[1] disent donc
Que la bête est une machine[2] ;
Qu'en elle tout se fait sans choix[3] et par ressorts[4] :
Nul sentiment, point d'âme ; en elle tout est corps.
Telle est la montre qui chemine[5]
À pas toujours égaux, aveugle et sans dessein.
Ouvrez-la, lisez en son sein[6] :
Mainte[7] roue y tient lieu de tout l'esprit du monde ;
La première y meut[8] la seconde ;
Une troisième suit : elle sonne à la fin.
Au dire de ces gens, la bête est toute telle :
« L'objet[9] la frappe en un endroit ;
Ce lieu frappé s'en va tout droit,
Selon nous[10], au voisin en porter la nouvelle.
Le sens[11] de proche en proche aussitôt la reçoit.
L'impression se fait[12]. » Mais comment se fait-elle ?
Selon eux[13], par nécessité[14],
Sans passion, sans volonté :
L'animal se sent agité
De mouvements[15] que le vulgaire[16] appelle
Tristesse, joie, amour, plaisir, douleur cruelle,
Ou quelque autre de ces états.
Mais ce n'est point cela : ne vous y trompez pas.

---

1. *Ils* : Descartes et ses disciples. \ **2.** Thèse exposée par Descartes dans la Ve partie du *Discours de la méthode* (voir note 8, p. 141). \ **3.** *Choix* : discernement. \ **4.** *Ressorts* : moyens physiques. \ **5.** *Chemine* : marche. \ **6.** *En son sein* : à l'intérieur. \ **7.** *Mainte* : de nombreuses. \ **8.** *Meut* : met en mouvement. \ **9.** *Objet* : ce que l'on perçoit, la donnée sensible (du latin *ob + jectum*, « ce qui est placé devant »). \ **10.** *Nous* : l'opinion commune à laquelle appartient La Fontaine ; *nous* s'oppose à *eux* (vers 45), qui désigne les cartésiens. \ **11.** *Le sens* : le système nerveux. \ **12.** *L'impression se fait* : l'image, la sensation apparaît dans le cerveau. \ **13.** *Eux* : les cartésiens. \ **14.** *Par nécessité* : mécaniquement, sans conscience. \ **15.** *Mouvements* : réactions physiques. \ **16.** *Le vulgaire* : le plus grand nombre (sans connotation négative).

– Qu'est-ce donc ? – Une montre[1]. – Et nous[2] ? – C'est autre chose.
Voici de la façon que[3] Descartes l'expose,
Descartes, ce mortel dont on eût fait un dieu[4]
Chez les païens, et qui tient le milieu
Entre l'homme et l'esprit, comme entre l'huître et l'homme
Le tient tel de nos gens[5], franche bête de somme :
Voici, dis-je comment raisonne cet auteur :
« Sur tous les animaux[6], enfants du Créateur,
J'ai le don de penser ; et je sais que je pense ; »
Or vous savez, Iris, de certaine science[7],
Que, quand la bête penserait,
La bête ne réfléchirait
Sur l'objet ni sur sa pensée.
Descartes va plus loin, et soutient nettement
Qu'elle ne pense nullement.
Vous n'êtes point embarrassée
De le croire ; ni moi[8]. Cependant, quand aux bois
Le bruit des cors, celui des voix,
N'a donné nul relâche[9] à la fuyante proie[10],
Qu'en vain elle a mis ses efforts
À confondre et brouiller la voie[11],
L'animal chargé d'ans, vieux cerf, et de dix cors[12],
En suppose[13] un plus jeune, et l'oblige par force

1. Réponse caricaturale prêtée à un cartésien. \ **2.** *Nous* : les hommes. \ **3.** *Façon que* : comment. \ **4.** *Ce mortel dont on eut fait un dieu* : allusion à Ésope, considéré comme un dieu dans l'Antiquité grecque (voir VIII, 26), tout comme l'est Épicure sous la plume de Lucrèce (*De la nature des choses*, III, 8). \ **5.** *Tel de nos gens* : certains. Comprendre : comme certains parmi nous tiennent le milieu entre l'homme et l'huître. La Fontaine lance l'idée de degrés dans l'intelligence. \ **6.** *Sur tous les animaux* : seul de tous les animaux. \ **7.** *De certaine science* : de science certaine. \ **8.** Sur ce point, La Fontaine se range à l'avis de Descartes : les bêtes ne pensent pas à proprement parler. \ **9.** *Relâche* : mot masculin dans la langue classique. \ **10.** *Proie* : le vieux cerf mentionné au vers 73. \ **11.** *Voie* : traces laissées par le gibier (terme de chasse). \ **12.** *Cors* : ramifications des bois du cerf ; *cerf de dix cors* : cerf de sept ans. \ **13.** *En suppose un plus jeune* : en substitue un plus jeune pour que les chiens prennent le change (voir vers 78).

À présenter aux chiens une nouvelle amorce[1].
Que de raisonnements pour conserver ses jours !
Le retour sur ses pas, les malices, les tours,
Et le change[2], et cent stratagèmes
Dignes des plus grands chefs, dignes d'un meilleur sort !
On le déchire après sa mort :
Ce sont tous ses honneurs suprêmes.

Quand la Perdrix
Voit ses petits
En danger, et n'ayant[3] qu'une plume nouvelle
Qui ne peut fuir encor par les airs le trépas,
Elle fait la blessée, et va, traînant de l'aile,
Attirant le Chasseur et le Chien sur ses pas,
Détourne le danger, sauve ainsi sa famille ;
Et puis, quand le Chasseur croit que son Chien la pille[4],
Elle lui dit adieu, prend sa volée, et rit[5]
De l'Homme qui, confus, des yeux en vain la suit.

Non loin du Nord il est un monde[6]
Où l'on sait que les habitants
Vivent, ainsi qu'aux premiers temps,
Dans une ignorance profonde :
Je parle des humains ; car, quant aux animaux,
Ils y construisent des travaux
Qui des torrents grossis arrêtent le ravage
Et font communiquer l'un et l'autre rivage,
L'édifice résiste, et dure en son entier :
Après un lit de bois est un lit de mortier.

1. *Une nouvelle amorce* : une nouvelle piste. \ **2.** *Change* : à la chasse, ruse d'un animal poursuivi qui détourne les chiens vers un nouveau gibier. \ **3.** *N'ayant* : alors qu'ils (les petits) n'ont encore. \ **4.** *La pille* : se jette sur elle (terme de chasse). \ **5.** *Rit* : les cris aigus de la perdrix peuvent être rapprochés du rire humain. \ **6.** *Un monde* : il s'agit sans doute du Canada.

Chaque castor agit : commune en est la tâche ;
Le vieux y fait marcher le jeune sans relâche ;
Maint maître d'œuvre[1] y court, et tient haut le bâton[2].
La république de Platon[3]
Ne serait rien que l'apprentie
De cette famille amphibie.
Ils savent en hiver élever leurs maisons,
Passent les étangs sur des ponts,
Fruit de leur art, savant ouvrage ;
Et nos pareils ont beau le voir,
Jusqu'à présent tout leur savoir
Est de passer l'onde à la nage.
Que ces castors ne soient qu'un corps vide d'esprit,
Jamais on ne pourra m'obliger à le croire ;
Mais voici beaucoup plus ; écoutez ce récit,
Que je tiens d'un roi plein de gloire[4].
Le défenseur du Nord vous sera mon garant :
Je vais citer un prince aimé de la Victoire ;
Son nom seul est un mur à[5] l'empire ottoman[6] :
C'est le roi polonais. Jamais un roi ne ment.
Il dit donc que, sur sa frontière,
Des animaux entre eux ont guerre de tout temps :
Le sang qui se transmet des pères aux enfants
En renouvelle la matière[7].
Ces animaux, dit-il sont germains[8] du renard.

1. *Maîtres d'œuvre* : maîtres ouvriers qui dirigent le travail. \ **2.** *Bâton* : symbole du commandement. \ **3.** *République de Platon* : cité idéale imaginée par le philosophe, où chacun travaillerait pour le bien commun. Platon prenait d'ailleurs en exemple la société des castors. \ **4.** Il s'agit de Jean III Sobieski, élu roi de Pologne en 1674 après ses victoires sur les Suédois, les Cosaques et les Turcs. La Fontaine l'avait rencontré à Paris. \ **5.** *À* : contre. \ **6.** *Ottoman* : turc. \ **7.** *La matière* : les causes de la guerre. \ **8.** *Germains* : cousins. Il s'agit des *boubaks*, grosses marmottes des steppes de l'Europe orientale, dont Jean Sobieski avait raconté qu'elles développaient de véritables conduites guerrières proches de celles des hommes.

Jamais la guerre avec tant d'art
Ne s'est faite parmi les hommes,
Non pas même au siècle où nous sommes.
Corps de garde avancé, vedettes[1], espions,
Embuscades, partis[2], et mille inventions
D'une pernicieuse et maudite science,
Fille du Styx[3], et mère des héros,
Exercent de ces animaux
Le bon sens et l'expérience.
Pour chanter leurs combats, l'Achéron[4] nous devrait
Rendre Homère[5]. Ah! s'il le rendait,
Et qu'il rendît aussi le rival d'Épicure[6],
Que dirait ce dernier sur ces exemples-ci?
Ce que j'ai déjà dit: qu'aux[7] bêtes la nature
Peut par les seuls ressorts opérer tout ceci;
Que la mémoire est corporelle[8];
Et que, pour en venir aux exemples divers
Que j'ai mis en jour[9] dans ces vers,
L'animal n'a besoin que d'elle.
L'objet[10], lorsqu'il revient, va dans son magasin
Chercher, par le même chemin,
L'image auparavant tracée,
Qui sur les mêmes pas revient pareillement,
Sans le secours de la pensée,
Causer un même événement.

1. *Vedettes*: sentinelles à cheval. \ **2.** *Partis*: détachements, patrouilles. \ **3.** La guerre est dite *fille du Styx*, car ses victimes alimentent les Enfers, baignés par les méandres du Styx. \ **4.** *Achéron*: fleuve des Enfers que les défunts franchissaient sur la barque de Charon pour entrer au royaume des morts. \ **5.** *Homère*: poète grec du IXe siècle av. J.-C., auteur de l'*Iliade* et de l'*Odyssée*, deux épopées qui racontent de nombreux combats. \ **6.** *Le rival d'Épicure*: il s'agit de Descartes, qui dépasse la pensée matérialiste du philosophe grec (pour qui le monde n'est fait que d'atomes et de matière) en adoptant un point de vue dualiste qui distingue la matière et les animaux de l'esprit. Descartes est mort en 1650. \ **7.** *Aux*: chez les bêtes. \ **8.** Idée cartésienne. \ **9.** *Mis en jour*: mis à la lumière. \ **10.** *Objet*: voir note 9, p. 113.

Nous agissons tout autrement :
La volonté nous détermine,
Non l'objet, ni l'instinct. Je parle, je chemine :
Je sens en moi certain agent[1] ;
Tout obéit dans ma machine
À ce principe intelligent.
Il est distinct du corps, se conçoit nettement,
Se conçoit mieux que le corps même :
De tous nos mouvements c'est l'arbitre suprême.
Mais comment le corps l'entend-il[2] ?
C'est là le point[3]. Je vois l'outil
Obéir à la main ; mais la main, qui la guide ?
Eh ! qui guide les cieux et leur course rapide ?
Quelque ange est attaché peut-être à ces grands corps.
Un esprit vit en nous, et meut[4] tous nos ressorts ;
L'impression[5] se fait : le moyen, je l'ignore :
On ne l'apprend qu'au sein de la Divinité ;
Et, s'il faut en parler avec sincérité,
Descartes l'ignorait encore[6].
Nous et lui là-dessus nous sommes tous égaux[7] :
Ce que je sais, Iris, c'est qu'en ces animaux
Dont je viens de citer l'exemple,
Cet esprit n'agit pas : l'homme seul est son temple[8].
Aussi[9] faut-il donner à l'animal un point,
Que la plante, après tout, n'a point :
Cependant la plante respire.
Mais que répondra-t-on à ce que je vais dire ?

1. *Agent* : ce qui fait agir, la volonté. \ **2.** *L'entend-il* : lui obéit-il. \ **3.** *Le point* : le point crucial, le problème. \ **4.** Voir vers 37. \ **5.** Voir vers 44. \ **6.** Sous-entendu : avant sa mort. \ **7.** Les cartésiens comme La Fontaine ne savent pas expliquer la façon dont se produisent les effets de la perception et de la mémoire animales. \ **8.** Image religieuse : le corps humain abritant l'âme, faite à l'image de Dieu, est considéré comme un *temple* pour Dieu. \ **9.** *Aussi* : de même. Pour expliquer la différence entre l'homme et l'animal, La Fontaine établit une analogie entre l'animal et la plante.

Les Deux Rats, le Renard et l'Œuf[1]

Deux Rats cherchaient leur vie[2] ; ils trouvèrent un œuf.
Le dîné[3] suffisait à gens de cette espèce :
Il n'était pas besoin qu'ils trouvassent un bœuf.
Pleins d'appétit et d'allégresse,
Ils allaient de leur œuf manger chacun sa part,
Quand un quidam[4] parut : c'était maître Renard.
Rencontre incommode et fâcheuse :
Car comment sauver l'œuf ? Le bien empaqueter,
Puis des pieds de devant ensemble le porter,
Ou le rouler, ou le traîner :
C'était chose impossible autant que hasardeuse.
Nécessité l'ingénieuse
Leur fournit une invention.
Comme ils pouvaient gagner leur habitation,
L'écornifleur[5] étant à demi-quart de lieue,
L'un se mit sur le dos, prit l'œuf entre ses bras,
Puis, malgré quelques heurts et quelques mauvais pas,
L'autre le traîna par la queue.
Qu'on m'aille soutenir, après un tel récit,
Que les bêtes n'ont point d'esprit[6] !

Pour moi, si j'en étais le maître[7],
Je leur en[8] donnerais aussi bien qu'aux enfants[9].
Ceux-ci pensent-ils pas dès leurs plus jeunes ans ?

1. Récit inspiré par les *boubaks* de Jean Sobieski (voir note 8, p. 146). \ **2.** *Cherchaient leur vie* : de quoi vivre, donc de quoi manger. \ **3.** Orthographe possible dans la langue classique qui hésitait entre l'infinitif ou le participe. \ **4.** *Quidam* : terme latin signifiant « quelqu'un ». \ **5.** *Écornifleur* : parasite, pique-assiette (du verbe *écorner*, « dérober »). \ **6.** *Esprit* : intelligence. \ **7.** Sous-entendu : du raisonnement. \ **8.** *En* : de l'esprit. \ **9.** À l'époque, on n'était pas certain que les enfants puissent penser comme les adultes.

Quelqu'un peut donc penser ne se pouvant[1] connaître[2].
Par un exemple tout égal,
J'attribuerais à l'animal,
Non point une raison selon notre manière,
Mais beaucoup plus aussi qu'un aveugle ressort :
Je subtiliserais[3] un morceau de matière,
Que l'on ne pourrait plus concevoir sans effort,
Quintessence[4] d'atome, extrait de la lumière,
Je ne sais quoi[5] plus vif et plus mobile encor
Que le feu ; car enfin, si le bois fait la flamme,
La flamme, en s'épurant, peut-elle pas de l'âme
Nous donner quelque idée ? et sort-il pas de l'or
Des entrailles du plomb[6] ? Je rendrais mon ouvrage[7]
Capable de sentir, juger, rien davantage,
Et juger imparfaitement,
Sans qu'un singe jamais fît le moindre argument[8].
À l'égard de nous autres hommes,
Je ferais notre lot infiniment plus fort ;
Nous aurions un double trésor :
L'un, cette âme pareille en tous tant que nous sommes,
Sages, fous, enfants, idiots,
Hôtes de l'univers, sous le nom d'animaux ;
L'autre, encore une autre âme, entre nous et les anges
Commune en un certain degré[9] :
Et ce trésor à part créé

1. *Ne se pouvant* : valeur concessive : bien qu'ils ne puissent. \ **2.** *Connaître* : sans être doué de réflexion (voir vers 60-63). \ **3.** *Subtiliserais* : rendrais subtile. \ **4.** *Quintessence* (étymologiquement, « cinquième essence ») : la plus pure des substances, et chez les alchimistes la partie la plus subtile que l'on puisse extraire d'un corps. La Fontaine fait sienne la théorie atomiste des épicuriens, reprise par Gassendi qui s'opposait à Descartes. \ **5.** *Je ne sais quoi* : employé comme une sorte de pronom, l'absence de préposition devant l'adjectif étant courante dans la langue classique. \ **6.** *Et sort-il pas de l'or/des entrailles du plomb* : les alchimistes cherchaient à obtenir la transmutation des métaux. \ **7.** *Mon ouvrage* : l'animal créé. \ **8.** *Argument* : raisonnement. \ **9.** *En un certain degré* : d'une certaine manière. Cette seconde sorte d'âme est celle de la doctrine chrétienne.

Suivrait parmi les airs les célestes phalanges[1],
Entrerait dans un point sans en être pressé[2],
Ne finirait jamais, quoique ayant commencé[3] :
Choses réelles, quoique étranges[4].
Tant que l'enfance durerait,
Cette fille du Ciel[5] en nous ne paraîtrait
Qu'une tendre et faible lumière :
L'organe[6] étant plus fort, la raison percerait
Les ténèbres de la matière,
Qui toujours envelopperait
L'autre âme imparfaite et grossière[7].

1. *Les célestes phalanges* : l'armée des anges (représentation chrétienne traditionnelle). \ **2.** Cette seconde âme serait immatérielle et immortelle. \ **3.** *Ayant commencé* : contrairement à l'éternité qui échappe à toute temporalité, l'immortalité a un commencement. \ **4.** *Étranges* : difficiles à comprendre. \ **5.** L'âme immortelle qui peut entrer en un nombre infini de points. \ **6.** *L'organe* : l'organisme. \ **7.** *L'autre âme imparfaite et grossière* : l'âme qui serait commune aux hommes et aux animaux.

DOSSIER

LIRE L'ŒUVRE

QUESTIONNAIRE DE LECTURE

LA DIVERSITÉ THÉMATIQUE ET FORMELLE

1. Lisez les notes accompagnant les titres des fables des livres VII à IX et distinguez les différentes sources de La Fontaine. Que pouvez-vous en conclure ?

2. Peut-on trouver des thèmes unificateurs à l'intérieur des livres VII, VIII et IX ?

Pour répondre
Vous dégagerez les séquences thématiques, c'est-à-dire l'ensemble des fables traitant du même sujet et confronterez les angles d'approche.

3. Après avoir relu *Les Animaux malades de la peste* (VII, 1), *Le Héron* (VII, 4), *Les Vautours et les Pigeons* (VII, 8) et *Le Trésor et les deux Hommes* (IX, 16), montrez comment La Fontaine libère la versification traditionnelle en utilisant tous les types de vers et en choisissant ses mètres selon l'effet à produire.

LA STRUCTURE

4. Dans sa Préface, La Fontaine définit ainsi sa production : « L'apologue est composé de deux parties, dont on peut appeler l'une le corps, l'autre l'âme. Le corps est la fable, l'âme la moralité. » Le fabuliste reprend à son compte la bipartition traditionnelle du genre[1], qui réunit une partie narrative racontant une histoire particulière et une partie plus abstraite dégageant la moralité du récit. Étudiez cette double architecture dans les fables du livre de votre choix.

Pour répondre
Vous mettrez en évidence la place et le rôle de l'une et l'autre de ces deux parties définies par La Fontaine.

1. L'image du *corps* et de l'*âme* vient d'un genre allégorique très en vogue à l'époque de La Fontaine, celui de l'emblème. L'emblème se compose d'une image représentant une scène (le corps) et d'un court texte, proche de la devise (l'âme), destiné à décrypter le sens de l'image.

5. Dans la première fable du livre V, La Fontaine s'écarte de la tradition ancienne qui intégrait la fable à la rhétorique et définit ainsi son œuvre : « Une ample Comédie à cent Actes divers,/Et dont la Scène est l'Univers./Hommes, Dieux, Animaux, tout y fait quelque rôle. » Peut-on parler d'une structure théâtrale des fables ?

▪ Pour répondre

Vous lirez *Les Animaux malades de la peste* (VII, 1) et *Le Curé et le Mort* (VII, 11), et étudierez la structure de ces deux fables en étant attentif aux différentes voix qui s'y donnent à entendre.

LES PERSONNAGES

6. Dans cette « ample Comédie », La Fontaine met en scène une grande variété de personnages. Lisez les titres des fables des trois livres et mettez en évidence cette multitude. Certains personnages apparaissent-ils de façon récurrente ?

7. Dans la fable, les animaux représentent souvent les hommes mais La Fontaine, maître des Eaux et Forêts de profession, réactive, par une observation naturaliste rigoureuse, la tradition héritée des bestiaires [1] et croque les animaux dans leurs attitudes coutumières. Dans le livre IX, faites la part des éléments proprement animaux et humains, et définissez les principes de l'anthropomorphisme [2] des fables.

8. Peut-on parler, dans les *Fables*, de symbolisme animalier ?

▪ Pour répondre

Vous analyserez la démarche allégorique dans les trois fables suivantes : *Le Héron* (VII, 4), *Les Vautours et les Pigeons* (VII, 8) et *L'Huître et les Plaideurs* (IX, 9).

LA LANGUE

9. Le vocabulaire utilisé par La Fontaine est très riche. Loin de se contenter de la langue poétique classique, il puise dans tous les registres. Relisez *Le Coche et la Mouche* (VII, 9), *Le Savetier et le Financier* (VIII, 2), *Le Chien qui porte à son cou le dîné de son maître* (VIII, 7) et *Le Singe et le Léopard* (IX, 3) et relevez les emprunts à la langue populaire. Quel est l'effet produit par cette liberté de la langue ?

---

1. *Bestiaires* : recueils de récits moraux sur les bêtes, très à la mode au Moyen Âge. \ 2. *Anthropomorphisme* : fait d'attribuer aux animaux et aux choses des gestes et des manières propres aux humains.

10. La Fontaine emploie également des termes vieillis. Qu'apportent au récit ces archaïsmes ?

Pour répondre

Vous vous appuierez sur *Les Animaux malades de la peste* (VII, 1), *Le Chat, la Belette et le petit Lapin* (VII, 16), *L'Homme et la Puce* (VIII, 5), *Le Chat et le Renard* (IX, 14), *Le Trésor et les deux Hommes* (IX, 16).

LE CONTEUR

11. Les fables ne sont pas seulement des poèmes, mais des contes que La Fontaine sait conduire en maître du récit. En vous fondant sur *Le Coche et la Mouche* (VII, 9), *Le Chat, la Belette et le petit Lapin* (VII, 16), *Les Deux Amis* (VIII, 11), *Les Deux Pigeons* (IX, 2), *Le Loup et le Chien maigre* (IX, 10), *Jupiter et le Passager* (IX, 13) et *Le Berger et son troupeau* (IX, 19), vous définirez l'art du récit selon La Fontaine.

Pour répondre

Vous montrerez comment s'instaure une familiarité complice avec le lecteur et serez attentif à la conduite du récit ainsi qu'à l'art de la chute.

12. La Fontaine s'en explique dans sa Préface : « Je n'appelle pas gaieté ce qui excite le rire, mais un certain charme, un air agréable qu'on peut donner à toutes sortes de sujets, même les plus sérieux. » Cette « gaieté » vous semble-t-elle caractériser les fables des livres VII, VIII, IX ?

Pour répondre

Vous relèverez, classerez et commenterez les différents procédés mis en œuvre dans cette écriture du sourire.

LA PORTÉE DES FABLES

13. Relisez les morales du livre VIII, puis dégagez les grandes orientations de l'enseignement véhiculé par les fables.

14. Au XVIIe siècle, un moraliste est un homme qui observe avec lucidité les mœurs de ses contemporains et tire de cette observation une série de réflexions sur les travers et les vices de l'homme. Votre lecture du livre VIII permet-elle de voir en La Fontaine un moraliste ?

15. Indiquez quelles fables du livre VII vous paraissent s'inscrire dans une dimension sociopolitique ? Quels sont les aspects vilipendés par le fabuliste ?

16. En contrepoint à la satire des travers de l'homme et à la critique de l'époque, quelques fables proposent un discours plein d'espoir, notamment les fables 1, 5, 6, 9, 11, 13 et 17 du livre VII, 1, 11, 16 et 27 du livre VIII et la fable 2 du livre IX. En quoi la sagesse de La Fontaine consiste-t-elle ?

17. Indiquez, en justifiant votre réponse, quelles fables du livre VIII vous semblent destinées à des enfants, et quelles sont celles destinées à un public adulte.

L'ŒUVRE DANS L'HISTOIRE

CONTEXTE POLITIQUE, ÉCONOMIQUE ET SOCIAL : LA FRANCE AUTOUR DES ANNÉES 1678-1679

Le XVIIe siècle tout entier se place sous le signe de la grandeur, celle d'un roi, Louis XIV, et celle du classicisme, qui imposent la domination de la France à l'Europe entière. La Fontaine est l'un des écrivains de l'époque qui s'est le plus inspiré de l'actualité ; aussi les allusions à son temps sont-elles fréquentes dans les livres VII, VIII et IX.

LA MONARCHIE ABSOLUE

Après la régence de Marie de Médicis, le règne de Louis XIII et la domination de Richelieu, la régence d'Anne d'Autriche et le pouvoir de Mazarin, s'instaure en 1661 le long règne de Louis XIV. Marqué par le souvenir de la Fronde [1], le nouveau roi n'a de cesse de vouloir établir de façon incontestable le pouvoir royal face aux ambitions des grands féodaux. C'est la naissance de la monarchie absolue, qui repose sur un fondement théologique : le roi est le représentant de Dieu sur terre. En 1678, la France est dirigée sans réelle contestation par Louis XIV qui gouverne sans partage et « en personne », comme il l'avait annoncé lors de son sacre le 10 mars 1661.

Il s'appuie sur une administration centralisée qui impose partout sa loi et exerce sur ses sujets un pouvoir absolu et arbitraire. Cette omniprésence de la hiérarchie et du pouvoir royal se retrouve dans les fables dites de cour, comme en témoigne *La Cour du Lion* (VII, 7). « Sa Majesté Lionne » convoque sa cour en promettant des festivités somptueuses :

> Par ce trait de magnificence
> Le Prince à ses sujets étalait sa puissance. (v. 12-13)

---

1. *La Fronde* (1648-1653) : troubles qui agitèrent la France pendant la minorité de Louis XIV. Remise en cause du pouvoir de Mazarin, la Fronde connut deux phases : la *Fronde parlementaire* et la *Fronde des princes*.

Après avoir organisé un tribunal d'exception pour lutter contre les excès des grands seigneurs[1], le roi s'entoure de bourgeois pour administrer le pays et organiser le renforcement du pouvoir central. Colbert (1619-1683) devient secrétaire d'État à la Marine et à la Maison du roi. Se développe alors une nouvelle classe, la « noblesse de robe », qui s'obtient sur titre et ne peut se transmettre. Si la noblesse de sang cesse de jouer un rôle politique de premier plan, Louis XIV lui réserve encore les charges les plus hautes dans l'armée et l'Église.

LA COUR ET LA SOCIÉTÉ

Écartée des responsabilités politiques, la noblesse doit se plier aux règles de l'étiquette : pour plaire au roi, il faut adopter la posture du courtisan.

Le monarque fait l'objet d'un véritable culte : on se presse pour assister à son lever, à son coucher ; *L'Homme qui court après la Fortune et l'homme qui l'attend dans son lit* (VII, 12) s'en fait l'écho. Louis XIV a presque toujours autour de lui un cercle de courtisans empressés, zélés et flatteurs, prêts à tout pour s'élever dans la hiérarchie honorifique de la cour. Dans *Les Obsèques de la Lionne* (VIII, 14) s'étale la comédie de la cour, celle de l'étiquette, mais surtout celle de la flatterie, de l'hypocrisie et de la servilité de ce « peuple caméléon, peuple singe du maître » (v. 21).

Un aristocrate soucieux de maintenir son rang ne saurait vivre éloigné de la cour qui devient le lieu de tous les talents, de toutes les modes, de toutes les ambitions et donc de toutes les jalousies. Plusieurs fables illustrent les dangers de la vie à la cour. *La Cour du Lion* (VII, 7) expose les vassaux à la vanité du roi, à son humeur orageuse, à son pouvoir arbitraire de vie ou de mort : invité avec ses comparses au Louvre, l'Ours ne peut supporter l'odeur de ce qui se révèle un véritable charnier et se bouche le nez en entrant :

> Sa grimace déplut : le Monarque irrité
> L'envoya chez Pluton faire le dégoûté. (v. 18-19)

1. En 1665 et 1666, douze mille plaintes sont déposées, mille trois cent soixante nobles sont jugés et vingt-trois sont condamnés à mort.

Si une simple grimace suffit à coûter la vie, il en va de même pour l'excès de flatterie qui déplaît au roi ; le Singe en fait les frais, qui compare l'odeur du charnier aux plus doux parfums :

> [...] Sa sotte flatterie
> Eut un mauvais succès, et fut encor punie [...]. (v. 24-25)

Dans cet univers impitoyable, chacun est épié, perpétuellement à la merci d'une dénonciation ou d'une calomnie auprès du roi : le Cerf des *Obsèques de la Lionne* en est la première victime.

Le sort du peuple, quant à lui, demeure rude et misérable en dépit des quelques progrès permis par les écoles de campagne. Ainsi, dans le *Savetier et le Financier* (VIII, 2), on entend l'artisan se plaindre du trop grand nombre de fêtes chômées qui l'empêchent de gagner son pain. En 1666, Colbert avait fait supprimer dix-sept de ces fêtes mais il en restait encore trente-huit en dehors des dimanches.

L'ÉCONOMIE

Dans le second recueil formé par les livres VII à XI des *Fables*, on note le rôle grandissant du commerce et de l'argent qui sont autant d'allusions à la politique économique menée par Colbert. Aujourd'hui, le risque est grand de ne plus saisir ces allusions. Or, méconnaître ces échos de l'actualité empêche de mesurer combien La Fontaine intervenait dans les débats de son temps et combien les fables ont une visée argumentative qui dépasse le cadre de la stricte morale.

En 1664, Colbert a fondé la Compagnie des Indes orientales pour commercer avec les Indes et Madagascar, ainsi que la Compagnie des Indes occidentales qui acheminait vers l'Europe la cannelle, le tabac et les épices de Ceylan, du Japon et de Chine. Plusieurs fables évoquent ces voyages commerciaux, *L'Homme qui court après la Fortune et l'Homme qui l'attend dans son lit* (VII, 12), *L'Ingratitude et l'Injustice des hommes envers la Fortune* (VII, 14) et *Le Bassa et le Marchand* (VIII, 18). Ces fables insistent sur les dangers du commerce maritime : si les bénéfices peuvent être considérables, ils restent aléatoires du fait des risques de naufrage ou des attaques de corsaires. Au-delà de la condamnation de l'aventure maritime, il faut voir dans ces textes une critique de la politique économique de Colbert qui s'est lancé dans des entreprises que le fabuliste juge insensées. De fait, ces deux compagnies ont vite connu de graves difficultés financières et fait faillite en 1672 et 1674.

LA POLITIQUE ÉTRANGÈRE

Le règne de Louis XIV se caractérise par de nombreuses guerres de conquête que le roi voulait rentables et glorieuses. Les livres VII à IX sont écrits au moment où Louis XIV, revendiquant sa part de la succession d'Espagne, s'empare de la Franche-Comté et se heurte à la Hollande. Le conflit s'achève en 1678 par la signature du traité de Nimègue, qui donne la Franche-Comté à la France. Les fables du second recueil, dont sont extraits les trois livres rassemblés dans cet ouvrage, rendent bien compte des péripéties qui ont marqué la guerre de Hollande, notamment l'attitude de l'Angleterre : à l'origine alliée de la France, elle s'était retirée du conflit sous la pression populaire et avait signé un traité de paix indépendant avec la Hollande, plongeant la France dans la crainte d'un retournement d'alliances. *Un Animal dans la Lune* (VII, 18) témoigne de cette inquiétude et met en garde Charles II contre les risques qu'il encourt à rejoindre la Hollande : la France est puissante, son roi toujours vainqueur. *Le Pouvoir des fables* (VIII, 4), dédié à M. de Barillon, ambassadeur de France en Angleterre, développe la même idée. Au cours du conflit, la Hollande avait trouvé des appuis auprès de princes espagnols et suédois. Dans *Le Bassa et le Marchand* (VIII, 18), La Fontaine émet des doutes sur cette coalition :

> [...] tout compté, mieux vaut, en bonne foi,
> S'abandonner à quelque puissant roi,
> Que s'appuyer de plusieurs petits princes. (v. 55-57)

Enfin, *Le Chat et le Rat* (VIII, 22) approuve la prudence diplomatique de Louis XIV qui, en Rat avisé, s'était méfié des discours pacifiques de la Hollande, représentée par le Chat Grippe-fromage : peut-on être sûr qu'un chat change son instinct ?

Les fables constituent donc un témoignage fiable et révèlent un aspect inattendu de La Fontaine qui, même s'il n'avait pas les faveurs du roi, défendait la politique royale.

CONTEXTE CULTUREL : LE RAYONNEMENT DU CLASSICISME

Sensible aux images qui travaillent à sa gloire, le roi encourage les arts, les lettres et les sciences et joue un rôle essentiel dans le développement des académies de peinture, de sculpture, d'architecture et de littérature.

LES SCIENCES

Sur le modèle des académies savantes qui existaient à Londres, à Rome et à Florence et auxquelles La Fontaine fait allusion dans *Un Animal dans la Lune* (VII, 18), Colbert fonde, en 1666, l'Académie royale des sciences qui jouera un rôle important dans le développement de l'esprit scientifique. On assiste à des avancées décisives : Huygens [1] étudie la force centrifuge et met au point l'horlogerie moderne. Newton [2] formule les lois de la gravitation universelle ; de nombreux travaux sont consacrés à l'optique, dont on trouve un écho dans la fable précédemment évoquée.

UNE VIE CULTURELLE RICHE

Le roi développe une politique culturelle ambitieuse, mettant en place des organes culturels fondamentaux et développant le mécénat officiel.

En 1678, les publications consacrées à la culture connaissent un franc succès, notamment le *Journal des savants* fondé en 1665 qui rend compte de l'actualité littéraire [3]. L'Académie française [4] poursuit son rôle de surveillance de la langue, tout en se faisant garante du bon goût. En 1663, est créée l'Académie des inscriptions et belles-lettres.

À l'époque où La Fontaine compose ses *Fables*, le pouvoir royal tend à se substituer aux mécènes privés et contribue, par des pensions et des titres honorifiques, à légitimer la fonction des artistes, tout en les surveillant. Colbert organise ce mécénat d'État dès 1662 et fait dresser par Chapelain la liste des gens de lettres. En 1663, les premières récompenses furent

---

1. *Christiaan Huygens* (1629-1695) : physicien, astronome et mathématicien néerlandais. \ **2.** *Isaac Newton* (1642-1727) : savant anglais inventeur du télescope, de la méthode expérimentale et de la physique mathématique. \ **3.** À savoir les décisions des censeurs, les nouveautés, les événements littéraires, les comptes rendus de représentations théâtrales. \ **4.** Créée par Richelieu en 1635.

attribuées aux auteurs qui se mirent au service du roi[1]. Resté fidèle à son premier mécène, Fouquet, surintendant des Finances déchu, La Fontaine n'obtiendra jamais la faveur royale en dépit des éloges répétés qu'il insère dans les *Fables*[2]. Si autoritaire que soit le roi, il ne prétend pas pour autant imposer une ligne ferme aux arts car il pense que le génie est incompatible avec la servilité. D'ailleurs sa vengeance contre La Fontaine, qu'il n'apprécie pas du fait de sa fidélité jamais démentie à Fouquet, se limitera à retarder l'élection du poète à l'Académie française.

Dans ce contexte favorable, l'homme de lettres connaît la reconnaissance et s'impose comme un artiste dont on admire la créativité et dont on attend qu'il forme le goût et l'esprit du public tout en travaillant, par ses œuvres, au prestige du royaume.

LE CLASSICISME

Alors que l'Europe de l'époque est essentiellement baroque[3], la France se distingue par des principes bien particuliers qui forment ce que l'on appelle le classicisme[4]. Ce courant artistique naît de la convergence de plusieurs évolutions amorcées dès le début du XVIIe siècle : les critiques élaborent les règles du beau d'après les préceptes d'Aristote[5] et des théoriciens italiens ; le public instruit s'intéresse aux questions artistiques, morales et religieuses ; enfin, les écrivains veulent toucher et plaire.

Le classicisme repose sur des principes précis : l'ordre, la mesure, le respect des règles héritées des Anciens. L'utilisation des auteurs antiques Ésope et Phèdre inscrit les fables dans cette optique. Les artistes classiques pensent que l'art doit émouvoir, provoquer le rire pour Molière, les larmes et la pitié pour Racine. Dans sa Préface, La Fontaine se range à leurs côtés, lorsqu'il expose sa conception d'une narration égayée[6] et l'on ne peut échapper à la gaieté de l'appellation burlesque « Dame Mouche » (VII, 9), du contraste plaisant de ces Philis qui gardent les dindons (VII, 2) ou des innombrables

1. Corneille reçut deux mille livres, Molière mille, Racine six cents. \ **2.** Voir, par exemple, la dédicace à Mme de Montespan (1641-1707), maîtresse officielle de Louis XIV, qui ouvre le livre VII. \ **3.** *Baroque* : sous cette appellation, on regroupe des œuvres qui s'inscrivent dans une esthétique de l'exubérance, de l'ostentation, du mouvement et de la métamorphose. \ **4.** Au XVIIe siècle, le mot *classique* désigne les auteurs anciens, grecs et romains, dignes d'être étudiés dans les classes. \ **5.** *Aristote* (384-322 av. J-C) : philosophe grec, précepteur d'Alexandre le Grand et auteur de nombreux traités de logique, de politique, de physique et d'esthétique.\ **6.** Voir Questionnaire de lecture, question 12, p. 157.

traits pittoresques[1] qui émaillent les *Fables*. De plus, l'art classique refuse les effets gratuits, l'abondance verbale, l'accumulation des figures qui ornait l'art baroque. Il se veut simple, clair, et d'un naturel qui ne retient du réel que ce qui est à la fois crédible et exemplaire. En peinture, en architecture, dans les jardins de Le Nôtre[2], le classicisme se signale par une recherche de l'harmonie. Dans les tableaux de Poussin[3], les techniques employées disparaissent derrière les effets produits. Dans *L'Écolier, le Pédant et le Maître d'un Jardin* (IX, 5), La Fontaine condamne avec force la rhétorique :

> Je hais les pièces d'éloquence
> Hors de leur place, et qui n'ont point de fin [...]. (v. 31-32)

Enfin, le classicisme forge l'idéal de l'honnête homme, cultivé sans pédanterie, élégant sans prétention, sociable sans servilité, lucide et généreux, un idéal que l'on retrouve en filigrane dans la sagesse véhiculée par les *Fables*.

CONTEXTE BIOGRAPHIQUE

UN HOMME DE SON TEMPS

Les premières années (1621-1657)

Jean de La Fontaine naît le 8 juillet 1621 à Château-Thierry, dans une famille de la bourgeoisie aisée, candidate à l'anoblissement. Son père possède une charge de maître des Eaux et Forêts[4] et de capitaine des chasses. Enfant, il apprend le latin, découvre Ésope et les auteurs anciens. Vers 1635, il part à Paris suivre des études de droit et commence à fréquenter les milieux littéraires. En 1641, il entre comme novice à l'Oratoire, mais supporte mal la règle de cet ordre qu'il quitte peu après. Il reprend alors sa vie de bohème, lisant beaucoup et composant quelques vers.

En 1647, il épouse Marie Héricart, mais sa femme ne pèsera guère dans sa vie, pas plus que son fils, né un an plus tard. Pour disposer de revenus, il achète une charge de maître des Eaux et Forêts. Cet emploi lui permet

---

1. Voir L'Œuvre dans un genre, p. 193. \ **2.** *Le Nôtre* (1613-1700) : architecte des jardins de Versailles. \ **3.** *Poussin* (1594-1665) : peintre français, il a longtemps étudié les peintres italiens avant de s'imposer comme le maître du classicisme. \ **4.** Ensemble de fonctions à la fois administratives, judiciaires et techniques.

de s'adonner à la rêverie et d'observer la nature et les animaux qu'il croque à merveille dans leurs attitudes coutumières.

La vie parmi les grands

En 1657, La Fontaine est introduit dans l'entourage de Fouquet, le surintendant des Finances, qui va le pensionner. Il participe à la vie luxueuse de son mécène, rencontre Corneille, Molière et Mme de Sévigné. Il compose pour lui des poèmes variés, *L'Adonis*, *Climène*, et surtout *Le Songe de Vaux*, écrit à la gloire du château de Vaux [1] que Fouquet vient de faire construire. Mais, en 1661, sous l'influence de Colbert, le jeune Louis XIV fait arrêter le surintendant. Condamné à la prison à vie et abandonné de tous, Fouquet ne compte plus guère que sur la voix du poète : dans l'*Élégie aux Nymphes de Vaux*, La Fontaine implore en vain la clémence royale [2].

De 1664 à 1672, il entre au service de la duchesse d'Orléans [3], fréquente Racine, Boileau, Mme de La Fayette et s'adonne complètement à l'écriture. Il connaît la notoriété.

À la mort de la duchesse, en 1672, il devient le protégé de Mme de La Sablière, qui tient l'un des salons littéraires les plus fameux de Paris ; il lui dédie le long discours qui clôt le livre IX. Chez elle, il mène une joyeuse vie et rencontre des écrivains, des philosophes, des mathématiciens. Élu à l'Académie française en 1684 malgré les réticences royales, au moment de la Querelle des Anciens et des Modernes [4], il rédige l'*Épître à Huet* (1687) où il prend position pour les Anciens.

À la mort de sa protectrice, en 1693, La Fontaine, malade, est recueilli par les Hervart, des banquiers. Il se tourne vers la religion et renie ses contes, les jugeant osés, avant de mourir le 13 avril 1695.

1. Vaux-le-Vicomte, près de Melun, en région parisienne. \ **2.** En 1663, il réitère sa demande avec l'*Ode au roi pour M. Fouquet*. \ **3.** Henriette d'Angleterre, veuve de Monsieur, frère du roi. \ **4.** Cette querelle, qui devint vite célèbre, éclata en 1687 : il s'agissait de déterminer lesquelles des œuvres de l'Antiquité ou de celles des Modernes étaient les meilleures.

LE « PAPILLON DU PARNASSE »

La Fontaine par lui-même

Voici comme il se peint dans le second *Discours à Mme de la Sablière*[1] :

> Papillon du Parnasse et semblable aux abeilles
> À qui le bon Platon compare nos merveilles,
> Je suis chose légère et vole à tout sujet :
> Je vais de fleur en fleur, et d'objet en objet. (v. 66-69)

Si ces vers insistent sur la fantaisie et la frivolité d'un homme qui fréquente les milieux libertins et mène une vie joyeuse, ils caractérisent également l'œuvre de La Fontaine.

Le conteur et le fabuliste

De 1654 à la veille de sa mort, La Fontaine ne cesse d'écrire en s'essayant à des genres variés : théâtre (*L'Eunuque,* 1654), récit de voyage (*Relation d'un voyage de Paris en Limousin*, 1663), poésie légère et vers de circonstances pour Fouquet, opéra (*Daphné*, en 1682). Reste qu'il est surtout connu pour ses *Contes* et ses *Fables*. C'est en effet à la publication, en 1665, des *Contes et Nouvelles* qu'il doit sa célébrité : imités de poèmes italiens, ces récits galants charment le public mondain. Au printemps 1668 arrive un second succès avec la publication du premier recueil des *Fables* (livres I à VI) qui sera réédité trois fois en un an. En 1669, La Fontaine s'essaye au roman avec *Les Amours de Psyché et Cupidon*. En 1674, ses *Nouveaux Contes* sont jugés si grivois qu'ils sont interdits à la vente. Le second recueil des *Fables* (livres VII à XI) paraît en 1678 et 1679, et obtient un succès encore plus éclatant. Le livre XII, quant à lui, sort en 1693 et témoigne de l'évolution spirituelle du fabuliste en exprimant une sagesse toute chrétienne.

RÉCEPTION DES LIVRES VII À IX

Le succès du second recueil dans lequel figurent les livres VII à IX fut aussi éclatant qu'immédiat. Jusqu'à aujourd'hui ce succès ne s'est pas démenti.

1. Prononcé en 1684, lors de la réception de La Fontaine à l'Académie française.

HISTORIQUE DE LA RÉCEPTION

L'accueil des contemporains

À sa parution, le recueil connut un franc succès, car le public y trouva ce qui lui plaisait, des contes joyeux et élégants. La Bruyère vanta la délicatesse et la légèreté des fables du second recueil[1] que Mme de Sévigné jugea « divines[2] ». Perrault, pourtant l'adversaire direct du fabuliste dans la Querelle des Anciens et des Modernes, le consacra comme l'un des grands poètes modernes. Ce succès s'explique beaucoup par la popularité du poète dans les salons mondains.

Dans la Préface du premier recueil, La Fontaine souhaitait faire des émules. Dès la parution du second recueil, les contemporains se mettent à écrire des fables, et Perrault le premier.

Le triomphe au XVIIIe siècle

Le XVIIIe siècle déclenche véritablement la fortune littéraire de La Fontaine, notamment celle du second recueil. Le public du temps en apprécie les idées neuves, le goût du travesti et la plume contestataire. À de rares exceptions près, dont la plus connue est Rousseau, tous saluent le talent de La Fontaine : il devient le poète par excellence, de surcroît précurseur des Lumières. Ce sacre perdure jusqu'au XIXe siècle.

La fable connaît alors son âge d'or. Nombreux sont les imitateurs, mais l'histoire littéraire ne retiendra qu'un nom, Florian[3]. Les fables font leur entrée dans l'enseignement, on invite notamment les élèves à comparer La Fontaine à ses sources antiques.

L'oubli des poètes, le sacre de l'école

Si La Fontaine traverse le romantisme mieux que tout autre, la révolution de 1848 marque un tournant dans l'admiration que lui vouent les écrivains. Lamartine ouvre la voie de la critique : il lui reproche de sacrifier la morale et la critique à l'agrément du récit et restitue à Ésope et à Phèdre

---

1. « Des jugements », *Les Caractères*, 56 (1688-1696). \ **2.** Mme de Sévigné écrit à son cousin Bussy Rabutin : « Faites-vous envoyer promptement les *Fables* de La Fontaine : elles sont divines » (*Lettres*). \ **3.** *Pierre Claris de Florian* (1755-1794) : auteur de *Fables*, de pastorales (*Estelle et Némorin*) et de pièces pour le Théâtre-Italien.

tout le mérite de l'invention. Le fossé ira dès lors s'élargissant : André Breton reprochera à La Fontaine ses « âneries[1] », Paul Eluard[2] le considérera comme un « malfaiteur », un « empoisonneur de l'enfance ».

En revanche, à l'école, dès la IIIe République et jusqu'aux années 1960, La Fontaine a été considéré comme l'écrivain le plus populaire, le poète le plus étudié parce qu'il propose des modèles à suivre. Cependant plus l'on montait dans la hiérarchie scolaire, moins il était estimé, au point d'être relégué au rang de poète de la classe ouvrière. À partir de 1960, la popularité du fabuliste change car il cesse d'être l'auteur privilégié des classes modestes, mais fait son retour en force au lycée et à l'université, notamment avec le second recueil.

L'ILLUSTRATION DES *FABLES*

L'iconographie des *Fables* est tellement abondante qu'elle en fait l'œuvre la plus illustrée de toute la littérature française.

L'animal au premier plan

Au XVIIe siècle, dans la tradition des emblèmes[3], l'image passe pour le complément attendu de la fable. Cependant, les anecdotes de La Fontaine sont si vivantes qu'il n'est nul besoin de les éclaircir par l'image : avec les fables, l'image n'a plus qu'un rôle d'accompagnement du texte.

Le premier illustrateur des *Fables*, François Chauveau, délaisse le second recueil, gêné par l'ambiguïté que le fabuliste y installe entre les hommes et les animaux[4]. Dès 1675, Jean-Baptiste Oudry[5] lui succède, avec des planches gravées à l'eau-forte à partir de dessins : pour les livres VII à IX, il privilégie le décor, assez aristocratique, tout en esquissant une typologie du caractère, notamment pour le renard et le lion.

---

1. Dans les *Nouvelles littéraires*, le chef de file du surréalisme (1896-1966) écrit : « La Fontaine, le faux poète de qui les aphorismes ont lamentablement sacrifié ce fameux bon sens qui est au monde la quatrième antipoétique par excellence » (1933). \ **2.** *Paul Eluard* (1895-1952) : poète français, il est passé du surréalisme à l'engagement dans la Résistance puis au Parti communiste. \ **3.** *Emblème* : image symbolique accompagnée d'une devise. \ **4.** D'ailleurs, les planches du premier recueil ne distinguent nullement l'animal de la fable de l'animal naturel. \ **5.** *Jean-Baptiste Oudry* (1686-1755) : peintre et décorateur français, nommé en 1726 peintre des chiens et des chasses du roi. Il a réalisé deux cent trente dessins pour les *Fables* de La Fontaine.

Vers l'anthropomorphisme

Le début du XIXe siècle oublie l'animal et privilégie l'aspect moraliste de La Fontaine : les illustrateurs se concentrent alors sur l'homme et s'inspirent des dessins de Charles Le Brun [1] consacrés aux rapports de physiognomie [2] entre l'homme et les animaux. Puis, avec la montée de la bourgeoisie soucieuse d'éducation et l'apparition des livres pour enfants, les animaux et le monde rural refont leur apparition : en témoignent Grandville et Doré [3]. Grandville habille les animaux avec des costumes humains, affuble d'une tête d'animal un corps d'homme et pose donc la question, jusqu'alors éludée, de l'ambiguïté entre la nature animale et la nature humaine. Gustave Doré va encore plus loin : il animalise l'homme et humanise les animaux, comme si en tout homme sommeillait une bête masquée par un visage humain.

Simplicité et interprétations

À partir de 1880, l'homme disparaît de l'illustration. La littérature enfantine privilégie la gaieté de l'animal humanisé, tandis que des illustrateurs comme Chagall [4] et Lurçat [5] insistent sur la conciliation possible entre les deux règnes. Les illustrations de Lurçat, très oniriques, montrent que l'homme et l'animal se rejoignent par leur capacité commune de rêver et d'imaginer. Suivant la trace des caricaturistes du siècle précédent, d'autres vont utiliser la représentation animale et les fables du second recueil pour faire une satire politique de leur temps. Sennep [6], par exemple, assimile aux personnages de La Fontaine des hommes politiques français : il utilise le chat qui tire les marrons du feu (IX, 17) pour railler Poincaré.

En somme, chaque illustrateur a pu apporter une vision différente des fables selon son interprétation des textes et le goût social dominant, ce

---

1. *Charles Le Brun* (1619-1690) : peintre français, protégé par Colbert, chancelier de l'Académie, il présida à la décoration de Versailles. \ **2.** *Physiognomie* : étude du rapport entre le caractère et la forme du visage, entre le corps et l'âme. Les dessins de Le Brun accompagnaient le texte d'une conférence prononcée à l'Académie de peinture en 1671. \ **3.** *Grandville* (1803-1847) : dessinateur et graveur français, qui illustra La Fontaine, Florian, Swift et De Foe ; *Gustave Doré* (1832-1883) : dessinateur, graveur et peintre français, célèbre pour ses illustrations de Rabelais, Perrault, La Fontaine et Balzac. Voir documents iconographiques p. 214 et 215. \ **4.** *Marc Chagall* (1887-1985) : peintre et graveur français d'origine russe, dont l'œuvre, très inventive, s'inspire du folklore juif, de Paris et de la Provence. \ **5.** *Jean Lurçat* (1892-1966) : peintre français qui a contribué à rénover l'art de la tapisserie. \ **6.** *Sennep* (1894-1982) : dessinateur et caricaturiste français.

qui prouve à quel point les *Fables*, depuis quatre siècles, restent d'actualité.

GROUPEMENT DE TEXTES : LES RÉÉCRITURES DES *FABLES* DE LA FONTAINE

Pasticheur original, La Fontaine apparaît aussi comme le plus pastiché de tous les écrivains français. Il s'inscrit au cœur d'un formidable jeu de réécritures qui permet de mesurer l'évolution des formes de la fable.

Après avoir lu l'ensemble des textes ci-dessous, vous répondrez aux questions suivantes.

1. Comparez le texte d'Ésope avec *Les Deux Coqs* (VII, 13) et montrez comment La Fontaine amplifie et orne le récit. Sur quel registre fonde-t-il sa réécriture ?

2. Héritier de La Fontaine, Florian illustre à son tour la morale du *Loup et l'Agneau* (I, 10) : « La raison du plus fort est toujours la meilleure ». L'Esturgeon et l'Agneau choisissent-ils la même stratégie argumentative ? Que pouvez-vous en conclure sur les intentions des deux fabulistes ?

3. Que pensez-vous du titre choisi par Victor Hugo ? Ce texte comporte-t-il une dimension argumentative ? Justifiez votre réponse.

4. Lisez *La Cigale et la Fourmi* (I, 1) de La Fontaine. La reprise d'Anouilh relève-t-elle du pastiche, de la parodie ou du travestissement[1] ? Comporte-t-elle des intentions ironiques, satiriques ou dégradantes ?

5. Dans chaque fable du groupement, repérez les passages au discours direct. Comment ce procédé permet-il de répondre au double objectif de la fable « instruire et plaire[2] » ?

6. Quels traits communs résistent au temps et permettent d'élaborer une définition de la fable ?

---

1. *Parodie* : imitation, dans une intention comique ou satirique, d'une œuvre ou du style d'un auteur. *Pastiche* : imitation, dans une intention de virtuosité stylistique d'une œuvre ou du style d'un auteur. *Travestissement* : reprise dégradante d'un texte afin de le tourner en dérision. \ **2.** « Une Morale nue apporte de l'ennui :/Le Conte fait passer le précepte avec lui./En ces sortes de Feintes il faut instruire et plaire,/Et conter pour conter me semble peu d'affaire. » (*Le Pâtre et le Lion*, VI, 1, v. 3-6.)

TEXTE 1 • Ésope, *Les Deux Coqs et l'Aigle* (VIe siècle av. J.-C.)

Traduction É. Chambry, Les Belles Lettres (1960)

Deux coqs se battaient pour des poules ; l'un mit l'autre en fuite. Alors le vaincu se retira dans un fourré où il se cacha, et le vainqueur s'élevant en l'air se percha sur un mur élevé et se mit à chanter à plein gosier. Aussitôt un aigle fondant sur lui l'enleva ; et le coq caché dans l'ombre couvrit dès lors les poules tout à son aise.

Cette fable montre que le Seigneur[1] se range contre les orgueilleux et donne la grâce aux humbles.

TEXTE 2 • Florian, « Le Crocodile et l'Esturgeon[2] », *Fables*, livre V, 12 (1792)

Sur la rive du Nil un jour deux beaux enfants
S'amusaient à faire sur l'onde,
Avec des cailloux plats, ronds, légers et tranchants,
Les plus beaux ricochets du monde.
Un crocodile affreux arrive entre deux eaux,
S'élance tout à coup, happe l'un des marmots,
Qui crie et disparaît dans sa gueule profonde.
L'autre fuit, en pleurant son pauvre compagnon.
Un honnête et digne esturgeon
Témoin de cette tragédie,
S'éloigne avec horreur, se cache au fond des flots.
Mais bientôt il entend le coupable amphibie[3]
Gémir et pousser des sanglots.
« Le monstre a des remords, dit-il : ô providence,
Tu venges souvent l'innocence
Pourquoi ne la sauves-tu pas ?
Ce scélérat du moins pleure ses attentats[4] ;
L'instant est propice, je pense,
Pour lui prêcher la pénitence :
Je m'en vais lui parler. » Plein de compassion,
Notre saint homme d'esturgeon,

1. Le terme ne comporte aucune connotation chrétienne : Ésope évoque le ciel, à savoir les dieux. \ **2.** *Esturgeon* : grand poisson de mer. \ **3.** *Amphibie* : qui vit dans l'eau et sur la terre. \ **4.** *Attentats* : crimes.

Vers le crocodile s'avance :
« Pleurez, lui cria-t-il, pleurez votre forfait ;
Livrez votre âme impitoyable
Au remords, qui des dieux est le dernier bienfait,
Le seul médiateur entre eux et le coupable.
Malheureux, manger un enfant !
Mon cœur en a frémi ; j'entends gémir le vôtre...
– Oui, répond l'assassin, je pleure en ce moment
De regret d'avoir manqué l'autre. »
Tel est le remords du méchant.

TEXTE 3 • Victor Hugo, « Fable ou Histoire », *Les Châtiments*, III, 3 (1853)

Un jour, maigre et sentant son royal appétit,
Un singe d'une peau de tigre se vêtit.
Le tigre avait été méchant ; lui, fut atroce.
Il avait endossé le droit d'être féroce.
Il se mit à grincer des dents, criant : je suis
Le vainqueur des halliers, le roi sombre des nuits !
Il s'embusqua, brigand des bois, dans les épines ;
Il entassa l'horreur, le meurtre, les rapines,
Égorgea les passants, dévasta la forêt,
Fit tout ce qu'avait fait la peau qui le couvrait.
Il vivait dans un antre, entouré de carnage,
Chacun, voyant la peau, croyait au personnage.
Il s'écriait, poussant d'affreux rugissements :
Regardez, ma caverne est pleine d'ossements ;
Devant moi, tout recule et frémit, tout émigre,
Tout tremble ; admirez-moi, voyez, je suis un tigre !
Les bêtes l'admiraient, et fuyaient à grands pas.
Un belluaire[1] vint, le saisit dans ses bras,
Déchira cette peau comme on déchire un linge,
Mit à nu ce vainqueur, et dit : tu n'es qu'un singe.

1. *Belluaire* : gladiateur qui combattait les fauves.

TEXTE 4 • Jean Anouilh, « La Cigale », Fables (1967)

La cigale ayant chanté
Tout l'été,
Dans maints casinos, maintes boîtes,
Se trouva fort bien pourvue
Quand la bise fut venue.
Elle en avait à gauche, elle en avait à droite,
Dans plusieurs établissements.
Restait à assurer un fécond placement.

Elle alla trouver un renard,
Spécialisé dans les prêts hypothécaires,
Qui, la voyant entrer l'œil noyé sous le fard,
Tout enfantine et minaudière[1],
Crut qu'il tenait la bonne affaire.
« Madame, lui dit-il, j'ai le plus grand respect
Pour votre art et pour les artistes.
L'argent, hélas ! n'est qu'un aspect
Bien trivial[2], je dirais bien triste,
Si nous n'en avions tous besoin,
De la condition humaine.
L'argent réclame des soins.
Il ne doit pourtant pas devenir une gêne.
À d'autres qui n'ont pas vos dons de poésie,
Vous qui planez, laissez, laissez le rôle ingrat
De gérer vos économies,
À de trop bas calculs votre art s'étiolera[3].
Vous perdriez votre génie.
Signez donc ce petit blanc-seing[4]
Et ne vous occupez de rien. »
Souriant avec bonhomie,
« Croyez, Madame, ajouta-t-il, je voudrais, moi,
Pouvoir, tout comme vous, ne sacrifier qu'aux muses ! »
Il tendait son papier. « Je crois que l'on s'amuse »,

1. *Minaudière* : qui fait des manières. \ 2. *Trivial* : bas, terre à terre. \ 3. *S'étiolera* : s'affaiblira. \ 4. *Blang-seing* : document par lequel on donne tout pouvoir à quelqu'un.

Lui dit la cigale, l'œil froid.
Le renard, tout sucre et tout miel,
Vit un regard d'acier briller sous le rimmel.
« Si j'ai frappé à votre porte,
Sachant le taux exorbitant que vous prenez,
C'est que j'entends que la chose rapporte.
Je sais votre taux d'intérêt.
C'est le mien. Vous l'augmenterez
Légèrement, pour trouver votre bénéfice.
J'entends que mon tas d'or grossisse.
J'ai un serpent pour avocat.
Il passera demain discuter du contrat. »
L'œil perdu, ayant vérifié son fard,
Drapée avec élégance
Dans une cape de renard
(Que le renard feignit de ne pas avoir vue),
Elle précisa en sortant :
« Je veux que vous prêtiez aux pauvres seulement… »
(Ce dernier trait[1] rendit au renard l'espérance.)
« Oui, conclut la cigale au sourire charmant,
On dit qu'en cas de non-paiement
D'une ou l'autre des échéances,
C'est eux dont on vend tout le plus facilement. »

Maître Renard qui se croyait cynique
S'inclina. Mais depuis, il apprend la musique.

---

1. *Trait* : remarque.

L'ŒUVRE DANS UN GENRE

LA FABLE DANS UN GENRE : L'APOLOGUE

La Fontaine a écrit ses *Fables* tardivement, mais la dédicace à Mme de Montespan montre qu'il a conscience que ce livre peut lui permettre d'entrer dans l'histoire littéraire :

> Protégez désormais le livre favori
> Par qui j'ose espérer une seconde vie [...]. (v. 31-32)

FORMES ET CARACTÉRISTIQUES DE L'APOLOGUE

Étymologiquement, *apologos* signifie en grec « récit détaillé » ; il est synonyme du latin *fabula* (« récit »). Peu à peu le sens a évolué pour désigner, au sens restreint, un récit court à visée morale et, dans un sens plus large, toute fiction à visée argumentative[1].

Caractéristiques de l'apologue

L'apologue est un récit bref à la structure narrative simple et qui met en jeu des personnages bien typés. Il élimine par conséquent les détails superflus. Dans *Les Deux coqs* (VII, 13), La Fontaine expose en une seule phrase la situation initiale et l'élément perturbateur :

> Deux Coqs vivaient en paix : une Poule survint,
> Et voilà la guerre allumée. (v. 1-2)

Pour convaincre ses lecteurs, l'apologue repose sur une argumentation indirecte, qui prend la forme d'un récit imagé : dans un raisonnement analogique, il met en scène des situations et des personnages symboliques à travers lesquels il faut réfléchir sur la condition humaine. La morale des *Deux Coqs* le prouve :

1. Ne pas confondre l'*apologue* avec l'*apologie*, laquelle désigne un discours qui défend ou justifie quelqu'un ou quelque chose.

Tout vainqueur insolent à sa perte travaille.
Défions-nous du Sort, et prenons garde à nous
Après le gain d'une bataille. (v. 30-32)

L'apologue a pour but d'instruire le lecteur. S'il a principalement une visée morale, il peut aussi porter des prises de position politiques, à travers la satire sociale ou la défense d'idées nouvelles. Dans tous les cas, il fait appel à l'interprétation du lecteur.

Formes de l'apologue

L'apologue ne constitue pas un genre littéraire aux frontières fixes, mais un ensemble souple aux formes variées.

Il recouvre d'abord la fable, avec laquelle il se confond originellement. Dès l'origine avec Ésope et Phèdre [1], puis avec La Fontaine et Florian [2], la fable met en scène des animaux, des objets ou des végétaux personnifiés pour parler des hommes. Le fabuliste sollicite le lecteur pour tirer avec lui la morale de l'histoire. Le fabliau médiéval, petit récit édifiant souvent plaisant, peut lui aussi être tenu pour une variété de l'apologue.

On compte ensuite la parabole, récit allégorique que l'on trouve dans les livres saints et qui présente une histoire simple et brève, inspirée de la vie quotidienne, suivie d'une interprétation morale ou spirituelle qui débouche sur une morale pratique. Présente dans les Évangiles (le bon Samaritain, le fils prodigue), la parabole est reprise dans les sermons des orateurs chrétiens, mais peut aussi se trouver dans le discours argumentatif lorsqu'un court récit illustre une thèse : tel est le cas de l'histoire de la « Dent d'or » de Fontenelle dans l'*Histoire des oracles* (1686).

Le conte merveilleux et le conte philosophique, qui apparaîtra au XVIIIème siècle avec Voltaire, peuvent aussi être rattachés à l'apologue en raison de leur dimension allégorique et de l'enseignement moral, explicite ou implicite, qu'ils véhiculent.

Enfin, l'utopie [3], qui se développe avec la Renaissance, s'inscrit aussi dans l'apologue : c'est un récit qui représente un pays au système politique

---

1. *Ésope* (VIe siècle av. J-C) : poète grec ; *Phèdre* (Ier siècle apr. J-C) : poète latin. \ 2. La Fontaine, *Fables* (1668, 1678, 1693) ; Florian, *Fables* (1792). \ 3. *Utopie* : du grec *utopia*, désignant, pour les uns, un « lieu qui n'existe pas », pour les autres, un « lieu où tout est bien ».

et social idéal. Il propose un modèle à suivre, tout en critiquant implicitement la société contemporaine de l'auteur comme le fait Rabelais avec l'épisode de l'abbaye de Thélème dans *Gargantua* (1534).

Quelle que soit sa forme [1], l'apologue présente donc un récit imagé qu'il faut interpréter. Il joue du double sens et développe une argumentation indirecte qui dote le récit d'une visée morale ou didactique.

HISTOIRE LITTÉRAIRE : LA FABLE

La fable avant La Fontaine

La fable apparaît dans l'Antiquité. Au départ, elle désigne un récit mythologique et fabuleux porteur de la sagesse divine. Cette conception originelle ressort nettement de l'ouverture du second recueil, quand La Fontaine écrit à Mme de Montespan : « L'apologue est un don qui vient des immortels [2] ». Très vite, l'enseignement de la sagesse s'élargit, la fable perd sa dimension sacrée et véhicule une morale toute humaine. Principalement illustrée par Ésope à qui La Fontaine consacre le long récit qui ouvre le premier recueil [3], puis par Phèdre, elle met en scène des animaux et se distingue du conte par la présence d'une moralité.

Au Moyen Âge, on connaît l'apologue ésopique que certains auteurs poursuivent à travers de petits récits moraux appelés *ysopets*. Cependant, ce sont surtout les humanistes de la Renaissance qui vont redécouvrir la fable et rechercher dans les textes anciens de Platon, de Plutarque et d'Horace, les apologues qui s'y trouvent. La fable connaît une nouvelle naissance grâce à des auteurs comme Abstemius, Verdizotti, Faërne et Boccace [4]. D'ailleurs, en 1596, on découvre un fabuliste antique jusqu'alors inconnu, Phèdre. Ses fables attirent les humanistes, notamment les auteurs de la *Satire Ménippée* [5], qui apprécient en lui la vigueur de la critique morale et

1. Pour certains critiques, qui envisagent l'apologue dans un sens encore plus large, on en trouve dans le roman (romans à visée morale ou idéologique), au théâtre, dans les récits exemplaires que peuvent faire certains personnages et en poésie, dans des textes qui dépassent le cadre de la fable (poèmes allégoriques et symboliques). \ **2.** Dans la dédicace *À Monseigneur le Dauphin* du premier recueil, La Fontaine déclarait déjà : « Je chante les héros dont Ésope est le père ». Lire également *La Vie d'Ésope le Phrygien.* \ **3.** *La Vie d'Ésope le Phrygien.* \ **4.** Conteurs français et italiens de la fin du XVe siècle et du début du XVIe siècle. \ **5.** *Satire Ménippée* : pamphlet politique en faveur de Henri IV, prince protestant, et contre la Sainte-Ligue, l'union générale des catholiques (1594).

de la satire politique, deux caractéristiques que retiendra aussi La Fontaine pour l'inspiration des livres VII à IX.

La fable au XVIIe siècle

Au début du XVIIe siècle, paraît un recueil de fables intitulé *Mythologica Aesopica* (1610), dans lequel Névelet rassemble, à côté des fables d'Ésope, un ensemble très complet. Il est probable que La Fontaine ait d'abord eu connaissance d'Ésope à travers ce recueil. En 1647, Le Maistre de Sacy propose une traduction de Phèdre dont il vante les mérites spirituels : il y perçoit la langue de Dieu et rappelle que les Saintes Écritures ont utilisé la fable pour dévoiler des vérités.

Reste qu'au moment où La Fontaine commence à écrire les siennes, la fable est surtout un exercice de traduction. Autrement dit, la fable n'a pas encore conquis ses lettres de noblesse et continue d'être tenue pour un genre mineur. C'est La Fontaine qui la mettra à la mode grâce à une esthétique originale qui va renouveller le genre en profondeur[1], avant qu'il n'évolue sous la plume d'autres auteurs[2].

LES LIVRES VII, VIII ET IX DU SECOND RECUEIL

La publication de l'ensemble des *Fables* s'échelonne sur vingt-cinq ans. Le premier recueil, constitué des livres I à VI, sort en 1668 sans que La Fontaine n'envisage de lui donner une suite. Pourtant, le 12 mars 1671, paraissent huit nouvelles fables, puis deux autres en 1672. Le 3 mai 1678, profitant de la réédition de son premier recueil, La Fontaine ajoute deux nouveaux livres (VII et VIII). Le 15 juin 1679 sont édités les livres IX à XI. Tout cet ensemble formé par les livres VII à XI constitue ce que l'on appelle le « second recueil ».

1. Voir L'œuvre dans un genre, p. 184 et suivantes. \ **2.** Voir textes 1 à 4, p. 172-175.

LES SOURCES DU POÈTE

Poète classique, La Fontaine se pose comme un imitateur des Anciens.

Si, comme dans le premier recueil, il donne la préséance à Ésope et à Phèdre, il puise également son inspiration* chez Pilpay, fabuliste oriental mis à la mode par une traduction de son *Livre des Lumières* en 1644. Sous son influence, les récits se développent, les personnages deviennent plus nombreux et plus individualisés, la part du dialogue s'accroît, le cadre est plus détaillé. Il se laisse également séduire par les récits de Bonaventure des Périers[1], Plutarque, Horace, Abstemius, sans oublier Rabelais[2]. Signe d'une liberté et d'une indépendance plus grandes, cette diversité d'inspiration laisse plus de place à l'invention.

Il arrive que pour écrire une fable La Fontaine utilise plusieurs sources, selon le procédé de contamination. Dans *Le Savetier et le Financier* (VIII, 2), il croise les *Épîtres* d'Horace, qui proposaient un dialogue entre un riche et un pauvre, avec un récit de Bonaventure des Périers, *Du Savetier Blondeau*, où il trouve l'idée du savetier en possession d'un trésor.

Enfin, il ne néglige pas l'inspiration fondée sur un fait divers, comme dans *Les Devineresses* (VII, 15).

S'il s'inspire effectivement de nombreux modèles et s'inscrit dans une dynamique d'imitation, La Fontaine retravaille ses sources, apportant au récit et à la morale des modifications qui rendent son œuvre pleinement originale.

L'ORGANISATION DES LIVRES VII À IX

Il s'avère impossible de mettre en évidence une logique dans l'agencement des livres du fait, notamment, des nombreux remaniements éditoriaux. En 1671, La Fontaine fait paraître en un petit opuscule quelques fables parmi lesquelles *Le Coche et la Mouche, Le Rat et l'Huître, Le Gland et la Citrouille*, fables qu'il disperse en trois livres différents dans le second recueil de 1678.

---

1. *Bonaventure des Périers* (1510-1544) : conteur français, auteur des *Nouvelles Récréations et joyeux devis* (1558). \ 2. Voir les sources indiquées pour chaque fable.

La diversité des fables

La lecture des livres VII, VIII et IX laisse une impression de variété, voire de disparate, tant l'on rencontre à la suite des fables différentes ou contraires. Dans le livre VII, la fable des *Obsèques de la Lionne,* qui développe une satire sociale et politique, est précédée d'une dédicace flatteuse à Mme de Montespan, maîtresse du roi. Au début de ce même livre, les fables royales (1 et 7) côtoient des fables domestiques (2, 5), comme si La Fontaine cherchait à neutraliser la satire. On retrouve les mêmes changements de ton et d'univers dans les deux autres livres. De plus, les trois livres présentent des longueurs très diverses : dix-sept fables dans le livre VII, vingt-sept dans le livre VIII et dix-neuf dans le livre IX, suivies du long discours à Mme de la Sablière. La Fontaine ne suit donc pas l'équilibre formel cher au classicisme, et l'on verra que les fables elles-mêmes sont caractérisées par la fantaisie et la liberté.

Une architecture harmonieuse

Paradoxalement, la lecture continue des livres VII, VIII et IX laisse une impression, sinon d'ordre, du moins d'harmonie. En effet, les livres sont encadrés au début et à la fin par des textes d'ouverture et des fables au propos plus profond. Ainsi, le livre VII s'ouvre sur la dédicace à Mme de Montespan qui remonte aux origines mythologiques de la fable et se ferme avec une fable philosophique, *Un Animal dans la Lune*. Quant à la première fable du livre IX, *Le Dépositaire infidèle*, elle propose une réflexion sur la fable à laquelle fait écho le long *Discours à Mme de la Sablière*. On peut également relever des regroupements significatifs et des thèmes privilégiés qui donnent à l'ensemble une discrète harmonie. Ainsi, dans le livre VIII, douze fables campent les hommes (1, 2, 4, 6, 11, 13, 16, 18, 19, 20, 23 et 26), six évoquent les animaux et les hommes (5, 7, 8, 10, 12 et 27) et neuf concernent exclusivement les animaux (3, 9, 14, 15, 17, 21, 22, 24 et 25). Apparaissent aussi de grandes lignes thématiques, comme l'élaboration d'un art de vivre (1, 2, 11, 12, 17, 18, 20, 21, 22, 23 et 27), la dénonciation de l'ignorance (9, 10, 16 et 19) ou de la sottise (3, 4, 6, 8, 13, 14, 15, 25 et 26).

On ne peut donc, en dépit de la diversité des sujets et des formes qui caractérisent les livres VII, VIII et IX, accuser leur auteur de négligence : si l'architecture des livres est variée, c'est sans doute que le poète, à travers une poétique originale, cherche à embrasser l'univers dans sa diversité.

UNE INSPIRATION ORIGINALE

Dans l'*Avertissement* placé en tête du second recueil, La Fontaine souligne l'originalité de ses nouvelles fables publiées en 1678. De fait, quand on compare les livres VII, VIII et IX avec les textes du premier recueil on constate que la transformation et l'enrichissement de la production du poète.

Un changement de dédicataire

Le changement de dédicataire entre le premier et le deuxième recueil est significatif d'un changement d'orientation des fables. Les premiers livres étaient adressés au dauphin, âgé de six ans : on sent dans leur brièveté et leur simplicité une visée pédagogique destinée aux enfants. En revanche, les livres VII à IX, dédiés à Mme de Montespan, contiennent des textes plus complexes qui abordent des sujets graves, politiques et philosophiques.

Un élargissement des sujets

Dans son *Avertissement*, La Fontaine affirme ne plus vouloir se satisfaire du canevas ésopique, mais enrichir et étendre les « circonstances », autrement dit amplifier le récit, l'enrichir d'éléments indiquant précisément le lieu et le temps de l'action, les paroles prononcées par les acteurs, les causes de leurs agissements.

Sous les influences nouvelles de l'Indien Pilpay et du conteur arabe Locman, les fables deviennent plus longues et plus variées. Dans les livres VII, VIII et IX, on rencontre aussi bien des animaux que des vizirs, des financiers, des devineresses ou encore des laitières. S'il puise encore ses sujets chez Ésope, le fabuliste s'inspire maintenant de l'actualité pour certaines fables comme *Le Curé et le Mort* (VII, 11), *Les Devineresses* (VII, 15) ou *Un Animal dans la Lune* (VII, 18). Par conséquent, les thèmes de ces trois livres sont très nombreux : on peut citer la satire des nobles et de la cour[1], les échos à l'actualité politique[2], la peinture des défauts

1. Voir VII, 1, 7, 12 ; VIII, 3, 4 et 14. \ 2. VII, 3, 7, 11, 12, 13, 15 et 16 ; VIII, 6, 8, 9, 10, 13, 15, 16, 19, 25, 26 ; IX, 1, 2, 8, 9, 10, 11, 12, 13, 15-19.

humains,[1] la réflexion philosophique et scientifique[2], la recherche d'un art de vivre[3], la loi divine[4] ou encore l'âme des animaux[5].

Pour mener cette réflexion de portée très large[6], La Fontaine doit mettre en place une poétique originale qui joue de la variété et de la diversité et renouvelle par là même le genre de la fable.

UNE POÉTIQUE ORIGINALE

Dès le premier recueil, La Fontaine exposait une conception toute particulière de la fable qu'il approfondit dans le second recueil, et notamment dans les livres VII, VIII et IX.

LA STRUCTURE DES *FABLES*

Une structure théâtrale ?

Dans *Le Bûcheron et Mercure* (V, 1), La Fontaine définit la fable de façon originale comme « une ample comédie[7] à cent actes divers », autrement dit comme une vaste pièce de théâtre ayant pour décor l'univers entier et pour personnages les créatures qui le peuplent.

À l'exception des fables philosophiques, la plupart des textes sont effectivement organisés comme de petites pièces de théâtre. Les pièces classiques reposaient sur une architecture en trois temps, exposition, progression de l'action et dénouement. Cette organisation se retrouve souvent dans les fables. Tel un dramaturge, le fabuliste veut que l'exposition pose les bases de l'intrigue avec vraisemblance et concision. Dans *Les Deux Coqs* (VII, 13), quelques mots suffisent pour lancer l'action :

> Deux Coqs vivaient en paix : une Poule survint,
> Et voilà la guerre allumée. (v. 1-2)

---

1. VII, 2, 4, 5, 8, 9, 10 \ **2.** VII, 17 ; VIII, 24 ; IX, 3, 5, 6 et 14. \ **3.** VIII, 1, 2, 11, 12, 17, 18, 20-23, 27. \ **4.** IX, 4 et 7. \ **5.** Notamment dans le *Discours à Mme de La Sablière*. \ **6.** Voir L'argumentation dans l'œuvre, p. 204. \ **7.** Au XVIIe siècle, le terme *comédie* désigne toutes les pièces de théâtre en général.

Dans un registre plus grave, mais avec la même efficacité [1], La Fontaine expose l'intrigue du *Lion, Le Loup et le Renard* (VIII, 3) :

Un Lion, décrépit, goutteux, n'en pouvant plus,
Voulait que l'on trouvât remède à la vieillesse. (v. 1-2)

L'action des fables progresse selon des étapes qui renchérissent les unes sur les autres en apportant un nouvel élément. Ce découpage apparaît nettement dans *La Laitière et le pot au lait* (VII, 10) : après l'exposition montrant Perrette en route pour la ville (v. 1 à 6), on la voit rêver à ce qu'elle s'offrira avec l'argent de la vente de son lait (v. 7 à 21), puis elle glisse, le lait se répand à terre emportant son rêve (v. 22-23). Craignant la punition de son mari, elle rentre à la ferme (v. 24-29), et le fabuliste de tirer la leçon du récit. Comme au théâtre, les dénouements sont brefs et complets. Dans *Le Milan et le Rossignol* (IX, 18), un rossignol capturé par un milan lui propose, en échange de la vie sauve, de chanter pour son plaisir. La fin ne se fait pas attendre : le Milan croque le Rossignol. *Le Savetier et le Financier* (VIII, 2) se clôt tout aussi vite : le savetier qui a perdu le sommeil à trop veiller sur sa soudaine fortune, s'en va trouver le financier :

« Rendez-moi, lui dit-il, mes chansons et mon somme,
Et reprenez vos cent écus. » (v. 48-49)

Les fables présentent une autre caractéristique dramaturgique : le texte dialogué qui fait entendre de nombreuses voix. En effet, tel un dramaturge, La Fontaine sait donner la parole à ses personnages pour créer de véritables saynètes [2]. *L'Homme qui court après la Fortune et l'Homme qui l'attend dans son lit* (VII, 12) en fournit un bon exemple : la voix du fabuliste ouvre la fable en posant une question oratoire, avant de la développer sur les dix premiers vers à travers un portrait satirique des courtisans qui passent leur temps à poursuivre l'inconstante Fortune. Puis, soudain, on entend les courtisans parler au discours direct :

Cet homme, disent-ils, était planteur de choux,
Et le voilà devenu pape :
Ne le valons-nous pas ? – Vous valez cent fois mieux ;
Mais que vous sert votre mérite ?
La Fortune a-t-elle des yeux ? (v. 11-15)

---

1. On trouve aussi des expositions brèves et nettes en VIII, 6, 7, 8, 11, 14 et IX, 2, 4, 13 et 15.
2. *Saynètes* : petites pièces très courtes qui relèveraient aujourd'hui des sketches.

La suite de la fable fait alterner la voix du conteur, la voix des personnages et même celle de la rumeur. Dans les trois livres, on peut entendre un héron dédaigneux refuser de dîner trop simplement (VII, 4), un dialogue enlevé entre un chat, une belette et un petit lapin (VII, 16) et même un chœur qui rappelle les tragédies grecques dans *Les Animaux malades de la peste* (VII, 1). Toutes ces voix, marquées par un ton propre, correspondent aux nombreux personnages qui peuplent l'univers théâtral de La Fontaine, comme il l'écrit lui-même dans *Le Dépositaire infidèle* (IX, 1) :

> Le Loup, en langue des Dieux,
> Parle au Chien dans mes ouvrages ;
> Les bêtes, à qui mieux mieux,
> Y font divers personnages,
> Les uns fous les autre sages :
> [...]
> Je mets aussi sur la scène
> Des trompeurs, des scélérats,
> Des tyrans et des ingrats,
> Mainte imprudente pécore,
> Force sots, force flatteurs ;
> Je pourrais y joindre encore
> Des légions de menteurs [...]. (v. 5-19)

En usant des mêmes procédés que les dramaturges, en animant et en dramatisant ses récits, La Fontaine a su éviter le didactisme pesant et fastidieux des leçons de morale.

Une structure allégorique : le « corps » et l'« âme »

La fable se compose traditionnellement de deux parties, le récit et la moralité, que La Fontaine appelle « corps » et « âme[1] ». Ces deux parties sont indissociables et participent du double objectif, instruire et plaire : sans le récit, la morale se réduit à une maxime[2] sèche et abstraite ; sans la morale, le récit devient un simple conte.

---

1. « L'apologue est composé de deux parties, dont on appelle l'une le corps, l'autre l'âme. Le corps est la fable, l'âme la moralité. » Ici, La Fontaine utilise le mot *apologue* pour désigner le texte entier et donne au mot *fable* le sens plus étroit de récit. \ **2.** *Maxime* : formule brève et frappante exprimant une vérité générale, d'ordre moral et psychologique.

Les fables des livres VII, VIII et IX s'inscrivent toutes dans cette bipartition traditionnelle, à savoir une partie narrative qui raconte une anecdote particulière et une partie plus abstraite et générale qui tire la leçon du récit. Il s'agit alors pour le fabuliste d'inscrire la moralité dans le corps de la fable et d'envisager la structure générale de ses textes de la façon la plus efficace possible.

• Place de la morale

Pour éviter la monotonie, les trois livres offrent de multiples combinaisons. L'ordre le plus fréquent, hérité de la tradition ésopique, est celui d'un récit suivi d'une morale : on le trouve dans *La Tête et la Queue du Serpent* (VII, 17), *Le Rat et l'Huître* (VIII, 9), *Le Berger et son Troupeau* (IX, 19), comme dans bien d'autres fables. Cette sorte de morale remplit deux fonctions : soit elle généralise la portée du récit comme dans *La Laitière et le pot au lait* (VII, 10)[1], soit, à l'inverse, elle restreint le récit en l'appliquant à des cas précis, surtout quand la fable a une visée politique, comme *Les Animaux malades de la peste* (VII, 1) ou *Le Lion, Le Loup et le Renard* (VIII, 3).

On rencontre plus rarement l'ordre inverse, à savoir une morale qui précède le récit, par exemple dans *Jupiter et le Passager* (IX, 13), *Le Rat et l'Éléphant* (VIII, 15) ou *Le Gland et la Citrouille* (IX, 4)[2]. En ce cas, le sens de la morale se trouve immédiatement révélé au lecteur et le récit doit illustrer l'idée générale exprimée au début. La fable *Les Femmes et le Secret* (VIII, 6) s'ouvre sur un constat : « Rien ne pèse tant qu'un secret », et le fabuliste de raconter aussitôt comment les femmes ne savent pas tenir leur langue.

Enfin, il arrive que la morale s'insère à l'intérieur du récit. *Le Héron* et *la Fille* (VII, 4 et 5) qui, dans la version publiée initialement par La Fontaine, ne formaient qu'une seule fable comportant un double récit[3], en fournissent un bel exemple. Cette longue fable met en scène un Héron, puis une Fille : le premier dédaigne les petits poissons pour son déjeuner, la

---

1. Voir aussi *L'Ours et l'Amateur de jardins* (VIII, 10), *Le Cochon, la Chèvre et le Mouton* (VIII, 12), *L'Âne et le Chien* (VIII, 17) ou encore *Le Chat et le Renard* (IX, 14). \ **2.** Dans *L'Âne et le Chien* (VIII, 17), la moralité est énoncée au début et répétée à la fin, l'idée du premier vers (« Il se faut entraider ») étant reprise par le dernier (« Je conclus qu'il faut qu'on s'entraide »). \ **3.** Dès le début du XXe siècle, l'édition scolaire a pris l'habitude de distinguer les deux fables.

seconde repousse les prétendants qu'elle juge indignes d'elle. À la longue tous deux se retrouvent sans rien ni personne, et se tournent le premier vers une limace, la seconde vers un malotru. Pour éclaircir le rapprochement, la morale intervient à la charnière des deux récits : « Gardez-vous de rien dédaigner[1] ».

• Des morales variées

Variées dans leurs modalités d'apparition, les morales le sont aussi par leurs formes.

Souvent, la morale se confond avec un précepte de portée universelle. Proche du bon sens populaire, elle expose une ligne de conduite valable en tout temps. Tel est le cas dans *L'Âne et le Chien* (VIII, 17) qui se clôt sur cette remarque : « Il faut qu'on s'entraide », ou encore dans *L'Ours et l'Amateur des jardins* (VIII, 10) qui s'achève sur cette mise en garde :

> Rien n'est si dangereux qu'un ignorant ami ;
> Mieux vaudrait un sage ennemi. (v. 57-58)

D'autres morales ne font que constater des faits ou des attitudes, sans que le fabuliste formule le moindre jugement de valeur. Ainsi dans *Le Héron* (VII, 4) : « On hasarde de perdre en voulant trop gagner » (v. 29), ou dans *Le Milan et le Rossignol* (IX, 18) : « Ventre affamé n'a point d'oreilles » (v. 20).

• Rapport entre la morale et le récit

Quand il s'agit de faire la transition entre le récit et la morale, La Fontaine joue encore de la variété. Parfois, la morale est simplement juxtaposée au récit, et la coupure entre les deux parties du texte se fait nettement. *Le Torrent et la Rivière* (VIII, 23) présente un exemple de cette structure très dépouillée : sans aucune transition, dès le dénouement du récit, deux vers apportent la moralité.

> Les gens sans bruit sont dangereux :
> Il n'en est pas ainsi des autres. (v. 24-25)

À l'exception du motif du bruit, commun à la rivière et aux gens, cette moralité ne reprend aucun indice narratif du récit. Sans transition, elle procède au décryptage : « Les gens sans bruit » sont comme la rivière,

1. *L'Horoscope* (VIII, 16) procède d'un schéma identique : la condamnation de l'astrologie apparaît entre le récit de la mort d'Eschyle et l'histoire du berger.

silencieuse mais dangereuse à traverser, alors que ceux qui grondent sont, tel le torrent, inoffensifs. Pour faciliter l'articulation entre le récit et la morale, le fabuliste utilise parfois la première personne, soit dans une question adressée au lecteur comme dans *Le Rat qui s'est retiré du monde* (VII, 3, v. 32-33), soit dans une confidence personnelle comme dans *La Laitière et le pot au lait* (VII, 10, v. 38-43).

Pour favoriser le décryptage analogique, La Fontaine instaure le plus souvent, entre récit et morale, un rapport qui peut être déductif, analogique ou contradictoire. Le rapport déductif apparaît le plus largement : la morale découle logiquement du récit. Dans *La Cour du Lion* (VII, 7), après avoir raconté le sort réservé au flatteur maladroit, La Fontaine s'adresse aux courtisans : « Ceci vous sert d'enseignement » (v. 33) et marque ainsi clairement le rapport de cause à effet entre le récit et la morale [1]. Lorsque le rapport déductif s'impose de lui-même, le fabuliste ne le signale pas. Tel est le cas dans *Le Savetier et le Financier* (VIII, 2) qui illustre l'idée selon laquelle l'argent ne fait pas le bonheur : le récit est suffisamment éloquent, nul besoin de s'attarder.

Entre morale et récit peut aussi s'instaurer une relation d'analogie. En ce cas, la moralité doit servir à décoder la signification générale illustrée par l'anecdote et, pour y parvenir, La Fontaine exploite les possibilités multiples du symbolisme animalier. *Le Coche et la Mouche* (VII, 9) propose dans sa morale une satire des empressés et des importuns qui vont en tous sens, précisément comme la Mouche. Dans *Le Singe et le Léopard* (IX, 3), on interprète facilement l'opposition des talents des deux animaux : le léopard a pour seul talent l'exhibition de sa peau bigarrée, tandis que le singe multiplie les tours ; l'analogie s'établit clairement avec la morale :

> Oh ! que de grands seigneurs, au Léopard semblables,
> N'ont que l'habit pour tous talents ! (v. 30-31)

Enfin, certaines morales semblent contredire le récit, ce qui provoque un effet de surprise. Dans *Le Cochon, la Chèvre et le Mouton* (VIII, 12), tout

---

1. Voir encore *Le Chat, La Belette et le petit Lapin* (VII, 16) et *Le Bassa et le Marchand* (VIII, 18). Le fabuliste signale le rapport déductif à l'aide de formules comme « ceci ressemble fort... » ou « ceci montre... ».

incite à prendre le parti du Cochon qu'on mène à l'abattoir ; pourtant, dans la morale, le fabuliste prend le contrepied du récit :

> [...] Quand le mal est certain,
> La plainte ni la peur ne changent le destin [...]. (v. 30-32)

Le plus souvent, la contradiction entre récit et morale relève d'une intention ironique. Le procédé caractérise donc les fables critiques. Le *Rat qui s'est retiré du monde* (VII, 3) dénonce le manque de charité des moines ; or, la morale affirme le contraire[1] : l'ironie apparaît alors de façon évidente, dissipant la contradiction.

L'ART DU RÉCIT

« Contons, mais contons bien », affirmait La Fontaine dans ses *Contes*. Les livres VII, VIII et IX des *Fables* révèlent un véritable art de conter qui charme le lecteur par sa vivacité et sa légèreté. Or, cet agrément ne va pas de soi du fait de la nature didactique du genre. La Fontaine poursuit l'entreprise commencée dans le premier recueil : il veut instruire et plaire et fonde la poétique de ses trois livres sur la gaieté[2], cet « air agréable qu'on peut donner à toutes sortes de sujets, même les plus sérieux ».

Les caractéristiques du récit

On retrouve dans les fables des livres VII, VIII et IX toutes les caractéristiques du récit.

• La structure de l'action

La plupart des fables développent une action unique, ce qui permet au fabuliste de faire converger plus facilement le récit vers la morale, quelle que soit la place de cette dernière. Ainsi, dans *L'Homme qui court après la Fortune et l'Homme qui l'attend dans son lit* (VII, 12), pour illustrer l'interrogation initiale, « Qui ne court après la Fortune ? », la narration détaille les dangers et les méfaits de l'ambition.

Comme dans tout récit, l'action des fables s'organise selon le principe des séquences narratives : une situation initiale suivie d'un élément

---

1. « Je suppose qu'un moine est toujours charitable » (v. 35). \ 2. « On veut de la gaieté et de la nouveauté » (Préface du premier recueil).

perturbateur et de péripéties qui mènent à un état final. Souvent, l'élément modificateur vient de la volonté d'un personnage de changer de statut[1] ou, à l'inverse, de conserver ou retrouver un état ancien[2]. Ces différentes étapes servent la finalité didactique du texte. Dans *Les Deux Pigeons* (IX, 2) les péripéties qui séparent l'état initial et la situation finale révèlent pourquoi il fallait savourer le bonheur initial sans chercher à avoir davantage.

Le talent du conteur se distingue, surtout, par une grande maîtrise de l'art de la chute, qui tient souvent en un vers. Par exemple, *Le Berger et son troupeau* (IX, 19) présente un dénouement très bref qui rend manifeste la nature poltronne des moutons :

Un Loup parut ; tout le troupeau s'enfuit.
Ce n'était pas un Loup, ce n'en était que l'ombre. (v. 26-27)

• L'enchaînement des faits

Pour que le récit remplisse son rôle, La Fontaine sait qu'il doit le mener de façon rigoureuse. Aussi les événements racontés s'enchaînent-ils logiquement et avec vraisemblance, même dans une fable comme *La Souris métamorphosée en fille* (IX, 7) où le merveilleux a la part belle. Il maîtrise parfaitement la valeur des temps, comme le révèle la fable des *Deux Pigeons* (IX, 2) : pour rendre au mieux le rythme rapide des faits qui se succèdent en chaîne, le poète utilise le passé simple et sa valeur d'aspect accompli et le présent de narration (v. 35-39). Enfin, La Fontaine sait varier ses modes de narration pour ménager des effets de rythme. Certaines fables comme *Le Gland et la Citrouille* (IX, 4) relèvent de la scène[3], d'autres comme *L'Écolier, le Pédant et le Maître d'un Jardin* (IX, 5) dans ses premiers vers, présentent un sommaire. On rencontre aussi des ellipses[4] : dans *Le Dépositaire infidèle* (IX, 1), La Fontaine peut ainsi faire l'économie de tout le voyage du trafiquant de Perse (v. 44-47).

---

1. Par exemple en VII, 12 et IX, 12. \ **2.** Par exemple en VIII, 1. \ **3.** La longueur de la narration correspond à la durée des événements de la fiction. \ **4.** *Scène* : on parle de scène si le temps du récit est à peu près égal au temps de l'histoire ; *sommaire* : le temps du récit est inférieur au temps de l'histoire : les événements sont résumés en quelques lignes ; *ellipse* : certains événements sont passés sous silence.

Les personnages

Le fabuliste prend soin de caractériser ses personnages, qui prennent vie sous les yeux du lecteur à travers leur nom, leurs caractéristiques physiques, morales ou sociologiques. Il lui suffit de quelques vers pour frapper l'esprit du lecteur tant il s'attache à les croquer dans leur attitudes coutumières. On croit voir Perrette la Laitière (VII, 10)

> [...] ayant un pot au lait
> Bien posé sur un coussinet,
> Prétendait arriver sans encombre à la ville.
> Légère et court vêtue, elle allait à grands pas [...]. (v. 1-4)

Toutefois, La Fontaine ne cherche pas à tout dire sur ses personnages. Recherchant la formule la plus évocatrice, il va à l'essentiel et met en valeur le trait dominant qu'il leur prête. Ce souci de la caractérisation efficace est particulièrement nécessaire dans la perspective du symbolisme animal et du raisonnement analogique. C'est pourquoi marchands, savetiers, maîtres d'école ou animaux, les personnages des fables apparaissent typifiés. Le Lion cruel, très présent au livre VII, est systématiquement le roi des animaux ; le Loup est un vagabond sauvage quand il n'incarne pas un procureur cruel ; le Renard rusé correspond bien au courtisan fourbe, tandis que le Chien représente les traits moraux attachés à la domesticité. Avec ce principe, l'hypocrisie du *Rat qui s'est retiré du monde* (VII, 3) éclate dans le contraste entre son physique « gros et gras » et le vie de reclus qu'il prétend mener.

Animaux ou humains, tous les personnages des fables peuvent être considérés comme des actants que l'on peut intégrer à un schéma actanciel. Dans *Le Singe et le Chat* (IX, 17), le Singe peut être envisagé à la fois comme celui qui motive l'action – le destinateur – et comme celui au bénéfice de qui se fait l'action – le destinataire. Il demande au Chat, qui est donc sujet, de tirer les marrons du feu, l'objet – la patte du chat – faisant office d'adjuvant et le feu d'opposant.

Les discours

Plus que par d'amples descriptions, les personnages se dépeignent dans et par leurs propos. Dans les livres VII, VIII et IX, La Fontaine privilégie le discours direct qui met les personnages au premier plan. Grâce au discours direct, les personnages s'individualisent et prennent vie car le fabuliste sait adapter les paroles au caractère ou à la situation particulière de chacun. Par exemple, dans *Le Faucon et le Chapon* (VIII, 21), alors que le Faucon s'étonne que le Chapon ne veuille pas entrer dans la cuisine, celui-ci conscient du sort qui l'attend répond :

> […] – Je n'entends que trop bien,
> Repartit le Chapon ; mais que me veut-il dire ?
> Et ce beau cuisinier armé d'un grand couteau ? (v. 27-29)

Le fabuliste a fréquemment recours au discours indirect libre dont les caractéristiques relèvent à la fois du récit et du discours direct[1]. Il permet notamment à l'ironie de s'exercer pleinement aux dépens d'un personnage trahi par ses propos. Grâce à ce procédé, l'insecte du *Coche et la Mouche* (VII, 9) apparaît complètement ridicule : la Mouche s'agite autour du coche et

> Se plaint qu'elle agit seule, et qu'elle a tout le soin ;
> Qu'aucun n'aide aux chevaux à se tirer d'affaire.
> Le moine disait son bréviaire :
> Il prenait bien son temps ! une femme chantait :
> C'était bien de chansons qu'alors il s'agissait ! (v. 18-22)

Ces variations sur les discours participent à l'élaboration d'une narration vivante, alerte et joyeuse.

Un goût pour le pittoresque : la nature, les animaux, l'Orient

La Fontaine sait accrocher l'intérêt de son lecteur par des détails pittoresques et le charmer en lui faisant découvrir les douceurs de l'Orient.

Par tradition, la fable met en scène des animaux, mais sa brièveté impose une caractérisation rapide. La Fontaine ne s'y trompe pas et se révèle un grand peintre animalier. Si son point de vue n'est pas celui d'un naturaliste soucieux d'exactitude, il a le sens du détail expressif, pittoresque, qui évoque une silhouette, une démarche ou une physionomie. Les images s'imposent très nettement dans l'esprit du lecteur. Dans la longue galerie animalière des fables, on ne peut oublier ce « Héron au long bec emmanché

1. Les paroles d'un personnage sont livrées sans guillemets, de façon indirecte mais sans verbe introducteur et avec toutes les marques du discours direct, telles que l'intonation et les marques d'oralité.

d'un long cou » (VII, 4), la « gent qui porte crête » (VII, 13), ce chat « bien fourré, gros et gras » (VII, 16) ou encore cet éléphant, « pesante masse », « à triple étage » (VIII, 15). Les impressions du mouvement renforcent l'aspect visuel du croquis : sous nos yeux, le coq « aiguis [e] son bec, ba [t] l'air et ses flancs » (VII, 13), la mouche « va, vient fait l'empressée » après s'être assise sur le nez du cocher (VII, 9). En conteur avisé, La Fontaine dote ses animaux de fonctions qui correspondent à leur nature : le rat est qualifié de « Ronge-maille » (VIII, 22), le Faucon est « l'Oiseau chasseur » (VIII, 21) et le chat un « Grippe-fromage » (VIII, 22).

Cependant, La Fontaine ne peint pas les animaux uniquement en promeneur amoureux de la nature. Comme Ésope, il leur donne la parole mais il va plus loin que son modèle : usant des privilèges de la littérature, il calque la société animale sur la société humaine et place ses fables sous le signe d'un anthropomorphisme souriant. Si certains animaux ne sont désignés que par leur nom écrit avec une majuscule, d'autres tels le chat Raminagrobis (VII, 16), Bertrand le singe (IX, 17) ou Dom Pourceau le cochon (VIII, 12) portent des patronymes ou des surnoms. Ils ont aussi une famille : Janot Lapin hérite d'un logis transmis par ses aïeux (VII, 16), Laridon et César descendent de « chiens fameux » (VIII, 24), la « femme du Lion » meurt (VIII, 14). De plus, comme les hommes, les animaux exercent une profession : nous découvrons un magistrat avec le chat Grippeminaud (VII, 16), un chien porteur (VIII, 7) ou encore un milan voleur (IX, 18). Grâce à ces procédés qui superposent les caractéristiques humaines et les caractéristiques animales, les bêtes accèdent au statut de personnages et forment un univers parallèle à celui des hommes, ce qui permet au fabuliste de mettre en place son argumentation avec légèreté et humour.

Il est un charme plus méconnu, mais non moins important, des livres VII, VIII et IX, qui vient de la place occupée par cet Orient mystérieux et lointain dont rêvent les contemporains de La Fontaine. Lui-même a sans doute été séduit par les récits des grands voyageurs qu'il rencontrait chez Mme de la Sablière. L'inspiration orientale, incarnée essentiellement par Pilpay, lui permet de se renouveler, ce qu'il précise dans son *Avertissement*. En effet, par rapport au premier recueil, La Fontaine enrichit son bestiaire, ses personnages[1] et ses thèmes. Dorénavant, à côté des loups, des lions

1. La fable 18 du livre VIII met en scène un bassa, dignitaire turc.

et des chiens, on rencontre des animaux exotiques, un tigre (VII, 1), un éléphant (VIII, 15) et un léopard (IX, 3). Peu connus des lecteurs du XVIIe siècle, ils dépaysent et amusent. En réalité, l'Orient de La Fontaine, imprécis et souvent fictif, vaut surtout pour son pouvoir évocateur. Sachant à quel point les noms mystérieux venus d'Orient peuvent séduire l'imagination, le fabuliste offre à ses lecteurs des noms aux consonances magiques, comme Surate (VII, 12) ou Monomotapa (VIII, 11). L'Orient sort donc la fable de son cadre traditionnel et la teinte de romanesque, de splendeurs et de merveilleux. Il n'est que de songer au premier vers des *Souhaits* (VII, 6), qui paraphrase la formule rituelle des contes de fées : « Il est au Mogol des follets[1] ». Enfin, parce qu'il se confond avec un ailleurs inaccessible, l'Orient ne fait pas que susciter l'imagination : il devient le lieu de tous les possibles, de toutes les vertus. Deux fables l'attestent : *Les Deux Amis* (VIII, 11), qui loue la plus parfaite des amitiés et *Les Souhaits* (VII, 6), qui pose l'Orient comme le lieu de la sagesse.

Humour et gaieté du récit

La narration égayée que revendique La Fontaine dans sa *Préface* peut être considérée comme la principale caractéristique de ses *Fables*.

La dénomination des animaux instaure d'emblée une atmosphère de gaieté. Outre la majuscule qui les individualise comme héros tout en les maintenant dans leur nature animale, ils ont des surnoms plaisants, en rapport avec leur espèce : dans *Le Chat et le Rat* (VIII, 22), le chat est appelé « Grippe-fromage », le hibou « Triste-oiseau », le rat « Ronge-maille » et la belette « Dame Belette au long corsage ». Les périphrases désignant les animaux sont souvent humoristiques et donnent aux fables un ton héroïcomique savoureux : Dame Mouche (VII, 9) et Dame Belette (VII, 16) côtoient Dom Pourceau (VIII, 12), Messire Loup (VIII, 3) et un « citoyen du Mans » qui n'est autre qu'un chapon (VIII, 21).

À cet ensemble de traits plaisants, il faudrait ajouter les procédés ponctuels, souvenirs du truculent Rabelais[2], jeux de mots[3], antithèses souriantes[4], comparaisons inattendues[5], parallélismes plaisants[6], ou

1. Formule proche dans *Les Deux Amis* (VIII, 11) : « Deux vrais amis vivaient au Monomotapa ». \ **2.** Voir VII, 11 et 16 ; VIII, 9 ; IX, 9 et 18. \ **3.** Ainsi en VII, 4, 12 et 14 ; VIII, 17, 25 ; IX, 9 et 14. \ **4.** Voir VIII, 13 et 22. \ **5.** Voir VII, 16. \ **6.** Par exemple, VII, 11.

encore grivoiseries coquines[1] qui émaillent chaque fable et lui confèrent cette gaieté savoureuse et inimitable.

Tout est donc mis en œuvre par le fabuliste pour entraîner le lecteur dans une complicité souriante. On est d'emblée frappé par le caractère oral de la plupart des fables. La Fontaine intervient souvent pour s'adresser au lecteur ou l'associer à l'histoire, instaurant alors une franche complicité avec lui. Ainsi, dans *Les Deux Amis* (VIII, 11), adoptant un ton de familiarité marqué par le tutoiement, il demande son avis au lecteur :

> Qui d'eux aimait le mieux ? Que t'en semble, lecteur ?
> Cette difficulté vaut bien qu'on la propose. (v. 24-25)

Cette complicité va parfois jusqu'au dialogue fictif entre le fabuliste et son lecteur. Dans *Jupiter et le Passager* (IX, 13), La Fontaine insère en effet dans ses vers l'objection d'un auditeur impie et lui répond au discours direct :

> « Jupiter, dit l'impie, est un bon créancier ;
> Il ne se sert jamais d'huissier.
> – Eh ! qu'est-ce donc que le tonnerre ?
> Comment appelez-vous ces avertissements ? » (v. 6-9)

Le fabuliste agrémente, enfin, sa narration de signes de complicité avec ses personnages qu'il désigne parfois par des présentatifs possessifs. Ainsi, quand les Deux Pigeons de la fable éponyme se retrouvent, on peut lire : « Voilà nos gens rejoints » (IX, 2).

L'ÉCRITURE DE LA VARIÉTÉ

L'une des constantes esthétiques du classicisme est à la fois de plaire et d'instruire. Pour y parvenir, La Fontaine égaie sa narration mais, en poète habile, il sait aussi donner à la langue des *Fables* un tour enjoué qui repose sur le principe de la variété. Les textes des livres VII, VIII et IX sont en effet remarquables par la correspondance entre la variété du ton, de la langue et des vers, et la diversité des sujets.

1. Voir VII, 11 et IX, 2.

La variété des tons

La Fontaine sait combien la lecture de son œuvre se révélerait ennuyeuse si chaque fable était écrite de la même façon et, à l'inverse, combien la variété des tons apporte le plaisir de la lecture.

Il n'y a donc pas de monotonie dans les livres VII, VIII, IX, où chaque fable se distingue par son registre. Celui-ci peut être épique dans les premiers vers des *Animaux malades de la peste* (VII, 1), ou dramatique dans *Les Obsèques de la lionne* (VIII, 14). Certaines fables touchent au grave et au sublime : c'est le cas notamment de *La Mort et le Mourant* (VIII, 1). D'autres charment le lecteur par le ton de confidence sincère qu'elles proposent. Dans les *Deux Pigeons* (IX, 2), motivée par l'expression du regret personnel du poète, l'écriture se charge d'émotion et prend un tour pathétique[1]. On peut lire aussi des fables comiques, comme *Le Héron* (VII, 4), voire héroïcomiques lorsque La Fontaine choisit d'évoquer des êtres ordinaires et des faits banals comme s'il s'agissait de personnages illustres et d'événements importants. *Les Deux Coqs* (VII, 13) ou encore *Le Rat et l'Huître* (VIII, 9) fonctionnent sur ce mode. Le contraste qui en découle a un effet comique adapté à la satire. Dans *L'Homme et la Puce* (VIII, 5), le registre satirique permet de railler l'orgueil et le ridicule de l'homme prenant Jupiter à témoin de la piqûre d'une puce qu'il qualifie d'hydre[2]. Le commentaire du poète confirme ses intentions satiriques :

> Pour tuer une puce, il voulait obliger
> Ces Dieux à lui prêter leur foudre et leur massue. (v. 15-16)

Dès lors qu'il a des intentions satiriques, le fabuliste n'hésite pas à recourir aussi au procédé inverse, le burlesque, qui s'appuie sur l'art du contre-pied entre le fond et la forme. Ce registre qui consiste à traiter des sujets élevés avec un registre de langue bas se prête en effet fort bien à rabaisser ce qui d'ordinaire inspire le respect. Par exemple, dans *Jupiter et le Passager* (IX, 13), les dieux de l'Olympe sont traités avec la plus grande désinvolture, et notamment Jupiter appelé « Jupin ». *L'Horoscope* (VIII, 16) évoque avec tout autant de désinvolture le sort fatal du poète Eschyle.

---

1. Voir notamment le vers 83 : « Ai-je passé le temps d'aimer ? » \ **2.** Voir aussi le langage grandiloquent du Lion dans *Les Obsèques de la Lionne* (VIII, 14).

Le ton peut même varier à l'intérieur d'une fable, en quelques vers. *Le Cierge* en donne un bel exemple (IX, 12). Après avoir usé du style noble en parlant des Abeilles et de leur miel, le fabuliste simplifie soudain son langage pour ménager une chute amusante :

> Quand on eut des palais de ces filles du Ciel
> Enlevé l'ambroisie en leurs chambres enclose,
> Ou, pour dire en français la chose,
> Après que les ruches sans miel
> N'eurent plus que la cire, on fit mainte bougie [...]. (v. 5-9)

La variété de la langue

Alors qu'au XVIIe siècle la langue repose sur une classification très stricte à laquelle correspondent des distinctions très nettes entre les styles, les niveaux de langue et les lexiques, la langue de La Fontaine s'avère d'une telle richesse qu'elle ne peut susciter l'ennui. En effet, pour faire parler chaque personnage dans la langue qui sied à sa classe sociale ou à son métier, et aussi pour adapter sa plume au registre qu'il entend instaurer, loin de se contenter de la langue classique, La Fontaine se sert de tous les lexiques.

Il n'hésite pas à emprunter des expressions à la langue populaire dès lors qu'il s'agit de faire parler un représentant du peuple : pour expliquer son mode de vie au Financier, le Savetier dit qu'« [il] attrape le bout de l'année » (VIII, 2, v. 21). Nombreuses sont les formules populaires qui pimentent les fables de leur saveur pittoresque : ainsi, crier « haro sur le Baudet » (VII, 1), être « gros Jean comme devant » (VII, 10), avoir sa « part au gâteau » (VIII, 7) ou encore « tirer [les] marrons du feu » (IX, 17).

La Fontaine utilise aussi des termes techniques pour créer un effet réaliste. On trouve notamment le vocabulaire de la chasse dans le *Discours à Madame de la Sablière*[1], celui du commerce (VII, 14), des travaux rustiques (VII, 9) ou encore de la justice (VII, 1, 16 et IX, 1).

Enfin, si les fables séduisent tant de lecteurs, c'est parce que le fabuliste y exploite parfaitement les ressources de la langue, notamment en

1. Avec les expressions « un cerf de dix cors », « supposer » et « changer » qui signifient qu'une bête en fait lever une autre à sa place. Voir également le lexique de la fauconnerie dans *Les Deux Pigeons*.

remettant en usage des termes archaïques. Nombreux sont les mots vieillis choisis pour leur pittoresque et leur charme désuet. Par exemple, dans *Le Chat et le Renard* (IX, 14) la dispute des deux animaux est nommée « noise », terme vieilli qui désigne une dispute bruyante. L'Âne des *Animaux malades de la peste* (VII, 1) commence son discours par une expression sortie de l'usage : « j'ai souvenance », qui dévoile son humilité et sa naïveté face au fourbe Renard courtisan.

Il manque à ce tableau de la prodigieuse variété de la langue des *Fables* tous les termes inventés par La Fontaine dans un but humoristique. Il dérive des adjectifs à partir de noms d'animaux, comme « la gent chienne » (VIII, 24, v. 12), des noms à partir de verbes, comme « émoucheur » (VIII, 10, v. 45) et crée des noms de villes aussi plaisants que Ratopolis (VII, 3, v. 18).

La variété du vers

La Fontaine apparaît comme le premier poète à essayer de libérer la versification traditionnelle de son carcan de règles. Il ne faut pas oublier qu'il innove par son dessein de « mettre en vers[1]» les fables des Anciens. Or, rien n'était moins évident au XVIIe siècle.

Le fabuliste utilise tous les types de vers, aussi bien l'alexandrin :

> Un jour, sur ses longs pieds, allait, je ne sais où (*Le Héron*, VII, 4, v. 1),

que le décasyllabe :

> Quelque devin le menaça, dit-on (*L'Horoscope*, VIII, 16, v. 45),

ou encore l'octosyllabe :

> La Mort ne surprend point le sage (*La Mort et le Mourant* (VIII, 1, v. 1).

On rencontre également des mètres impairs : la première partie de *Tircis et Aramante* (VIII, 13) est rédigée en vers de sept syllabes, tout comme le début de la fable *Le Mari, la Femme et le Voleur* (IX, 15). On trouve même un vers de trois syllabes dans *Les Animaux malades de la peste* (VII, 1, v. 29).

En fait, La Fontaine use presque constamment du vers varié en faisant alterner, au sein d'un même texte, des mètres différents. Il choisit ses

---

1. L'expression figure dans la Préface du premier recueil.

mètres selon l'effet à produire et tire profit des effets de resserrement ou d'élargissement qui peuvent appuyer le sens. Les alexandrins initiaux du *Héron* (VII, 4) correspondent à l'aspect longiligne de l'oiseau tandis que l'octosyllabe du vers 3 suggère le mépris avec lequel il considère la rivière. Le poète sait faire naître une impression de rapidité en variant le rythme. Par exemple, dans *L'Ingratitude et l'Injustice des hommes envers la Fortune* (VII, 14), l'apparition d'un octosyllabe après des alexandrins souligne la rapidité du changement :

Et lui-même ayant fait grand fracas, chère lie,
Mis beaucoup en plaisirs, en bâtiments beaucoup,
Il devint pauvre tout d'un coup. (v. 32-34)

De plus, le poète prend souvent la liberté de rompre la monotonie de longs vers par un ou deux vers courts qui provoquent un effet de surprise, de mise en relief ou de pointe. Dans *Le Trésor et les deux Hommes* (IX, 16), la stupéfaction de celui qui revient chercher son trésor dérobé est marquée par le puissant rejet de l'adjectif dans un vers très court :

L'Homme au trésor arrive, et trouve son argent
Absent. (v. 19-20)

Dans *Le Chien qui porte à son cou le dîné de son maître* (VIII, 7), la succession de vers différents permet d'insister sur l'idée clé de la morale :

Chose étrange : on apprend la tempérance aux chiens,
Et l'on ne peut l'apprendre aux hommes ! (v. 11-12)

Pour prendre toute la mesure de l'incomparable travail de La Fontaine qui fait des fables de véritables poèmes, il faudrait se pencher sur le rythme de chaque vers. En effet, le fabuliste fait un usage réellement virtuose de la versification : maîtrisant parfaitement les accents, les coupes, les enjambements et les contre-rejets ainsi que les sonorités, il dote ses fables d'une fluidité musicale qui évite l'ennui et la lourdeur du discours didactique. Le pouvoir des fables s'en trouve renforcé.

GROUPEMENT DE TEXTES : L'ÉCRITURE DE LA VARIÉTÉ

TEXTE 5 • *Les Animaux malades de la peste*, VII, 1

Un mal qui répand la terreur […] blanc ou noir.

PAGES 11-13, VERS 1-64

Les étapes d'un drame

1. Repérez les différents discours rapportés. Quel est l'effet produit par cette variété ?

2. Comment la fable est-elle composée ? Ce découpage est-il significatif ?

3. Comment la stratégie argumentative du Lion s'organise-t-elle ? Étudiez notamment l'énonciation et les liens logiques.

4. Comment la désapprobation du fabuliste se manifeste-t-elle face à l'injustice du dénouement ?

TEXTE 6 • *Le Héron*, VII, 4

Un jour, sur ses longs pieds […] j'ai puisé ces leçons.

PAGES 17-18, VERS 1-34

Le travestissement animal

1. Quels termes permettent de passer des animaux aux hommes ? Qu'apporte à l'argumentation du fabuliste le travestissement animal ?

2. Qu'est-ce qui, dans l'attitude du Héron, n'est pas conforme à la nature ?

3. Par quels procédés de composition, de style et de versification La Fontaine dénonce-t-il l'affectation de son personnage ?

TEXTE 7 • *Le Pouvoir des Fables*, VIII, 4

La qualité d'ambassadeur […] comme un enfant.

PAGES 58-60, VERS 1-68

L'efficacité de la fable

1. Déterminez la structure de la fable : combien y a-t-il de récits et de narrateurs ? Peut-on parler de fable dans la fable ?

2. Comparez les méthodes de l'Orateur et les réactions de l'auditoire. Comment le recours à la fable est-il mis en valeur ?

3. Dites à quoi tient le « pouvoir des Fables » ?

TEXTE 8 • *Le Torrent et la Rivière*, VIII, 23

Avec grand bruit [...] pas ainsi des autres.

PAGES 97-98, VERS 1-25

Le raisonnement analogique

1. Quelles sont les étapes du récit ?

2. Comment La Fontaine exprime-t-il la violence du torrent et la douceur de la rivière ? Comment interpréter cette opposition ?

TEXTE 9 • *Les Deux Pigeons*, IX, 2

Deux Pigeons s'aimaient [...] le temps d'aimer ?

PAGES 111-114, VERS 1-83

L'élégie

1. Quels épisodes font de cette fable un petit roman d'aventures ?

2. Pourquoi la réponse du voyageur est-elle habile face à l'expression de la tendresse de son compagnon ?

3. Quelles confidences fait ici le poète ? En quoi son lyrisme consiste-t-il ?

TEXTE 10 • *L'Huître et les Plaideurs*, IX, 9

Un jour deux Pèlerins [...] le sac et les quilles.

PAGES 125-126, VERS 1-25

Une satire de la justice

1. Par quels procédés La Fontaine donne-t-il de la vivacité au dialogue entre les deux voyageurs ? Que cherche-t-il à montrer ?

2. Comment le conteur rend-il amusante l'intervention du juge ?

3. Quels défauts de la justice sont ici dénoncés ? La satire est-elle directe ?

VERS L'ÉPREUVE

ARGUMENTER, COMMENTER, RÉDIGER

L'étude de l'argumentation dans l'œuvre intégrale privilégie deux objets.

■ L'argumentation dans l'œuvre. *Chaque genre littéraire, chaque œuvre intégrale exprime un point de vue sur le monde. Un roman, une pièce de théâtre, un recueil de poésies peuvent défendre des thèses à caractère esthétique, politique, social, philosophique, religieux, etc. Ordonner les épisodes d'une œuvre intégrale, élaborer le système des personnages, recourir à tel ou tel procédé de style, c'est aussi, pour un auteur, se donner les moyens d'imposer un point de vue ou d'en combattre d'autres. Ce premier aspect est étudié dans une présentation synthétique, adaptée à la particularité de l'œuvre considérée.*

■ L'argumentation sur l'œuvre. *Après publication, les œuvres suscitent des sentiments qui s'expriment dans des lettres, des articles de presse, des ouvrages savants… Chaque réaction exprime donc un point de vue sur l'œuvre, loue ses qualités, blâme ses défauts ou ses excès, éclaire ses enjeux. Une série d'exercices permet d'analyser des réactions publiées à différentes époques, dans lesquelles les lecteurs de l'œuvre, à leur tour, entendent faire partager leurs enthousiasmes, leurs doutes ou leurs réserves.*

Quelle vision du monde, quelles valeurs une œuvre véhicule-t-elle, et comment se donne-t-elle les moyens de les diffuser ? Quelles réactions a-t-elle suscitées, et comment les lecteurs successifs ont-ils voulu imposer leurs points de vue ? L'étude de l'argumentation dans l'œuvre et à propos de l'œuvre permet de répondre à cette double série de questions.

L'ARGUMENTATION DANS LES LIVRES VII À IX : LE POUVOIR DES FABLES

Procédant du genre de l'apologue, les fables des livres VII, VIII et IX obéissent à la volonté didactique de leur auteur de procurer au lecteur un savoir sur le monde et sur l'homme.

DES TEXTES EFFICACES

À la fable, La Fontaine attribue la finalité traditionnelle de l'efficacité didactique.

La supériorité de la parole poétique

Le moyen privilégié mis en œuvre par La Fontaine pour capter l'attention, intéresser et convaincre est un récit plein d'agrément, de fantaisie et de naturel. Il expose cette stratégie dans la dédicace à Mme de Montespan :

> C'est proprement un charme : il rend l'âme attentive,
> Ou plutôt il la tient captive,
> Nous attachant à des récits
> Qui mènent à son gré les cœurs et les esprits. (v. 7-10)

La narration trouve ainsi toute sa justification : elle frappe le lecteur par des personnages et des situations concrètes, vivantes et familières, elle le captive, le subjugue et l'emmène là où l'auteur veut en venir. C'est donc une façon plus efficace de transmettre un message en douceur, de convaincre par le biais d'une leçon sans didactisme pesant. De plus, le fabuliste met toutes les ressources de la métrique au service de la fable. Traditionnellement sec, l'apologue se trouve ainsi paré de tous les agréments qui en font un récit plaisant et gai. La gaieté est en effet l'impératif premier du poète : il faut amuser les lecteurs, les distraire par des narrations égayées afin d'obtenir leurs faveurs et de mieux les convaincre.

En ce sens, la parole poétique apparaît comme supérieure à toute argumentation.

Le pouvoir en action

Cet art subtil de la persuasion, ce pouvoir des fables, La Fontaine le met en scène dans certaines textes grâce au procédé de la fable dans la fable.

Dans *Le Bassa et le Marchand* (VIII, 18), pour faire comprendre au Marchand l'erreur qu'il commet en confiant sa protection à trois hommes faibles plutôt qu'à un seul homme fort, le Bassa décide de lui raconter une fable :

« Écoute-moi : sans tant de dialogue
Et de raisons qui pourraient t'ennuyer,
Je ne te veux conter qu'un apologue. » (v. 34-36)

Et de lui raconter l'histoire d'un berger qui échange son chien trop coûteux à nourrir contre « trois chiens de taille à dépenser moins », mais qui ne tarde pas à s'en repentir car ces trois chiens fuient devant le loup, alors que le Dogue savait en repousser les assauts. Il achève son conte par une moralité :

« Le troupeau s'en sentit ; et tu te sentiras
　Du choix de semblable canaille.
Si tu fais bien, tu reviendras à moi. »
Le Grec le crut. (v. 51-54)

La fable a donc atteint son but : le marchand est immédiatement convaincu, alors qu'une explication longue et fastidieuse l'aurait sans doute lassé sans pour autant obtenir son adhésion. *Le Pouvoir des fables* (VIII, 4) illustre mieux encore l'efficacité du genre pour capter l'attention du public : un orateur grec, qui veut convaincre son peuple de la nécessité de réagir face au danger qu'encourt la patrie, harangue la foule dans un discours tout d'éloquence. Cette rhétorique traditionnelle s'avère vaine, le peuple se détourne. Pour La Fontaine, il n'y a là rien de surprenant : l'éloquence représente un art tyrannique qui vise uniquement à « forcer les cœurs » par des « figures violentes ». Alors, l'orateur abandonne ses discours pompeux et tente une nouvelle stratégie : au lieu d'attaquer le public de front, il raconte une histoire et capte son attention. Il peut maintenant l'entretenir de l'enjeu de son discours, la cause patriotique :

À ce reproche l'assemblée,
Par l'apologue réveillée,
Se donne entière à l'Orateur :
Un trait de fable en eut l'honneur. (v. 61-64)

Il a su trouver la méthode efficace pour persuader, celle qui consiste à faire voir, à tenir en haleine. Dans la morale, La Fontaine revendique sa méthode, qui consiste à séduire pour instruire, et affirme la supériorité de la parole pleine et efficace de la fable :

> Nous sommes tous d'Athènes en ce point ; et moi-même,
> Au moment que je fais cette moralité,
> Si *Peau d'Âne* m'était conté,
> J'y prendrais un plaisir extrême.
> Le monde est vieux, dit-on : je le crois ; cependant
> Il le faut amuser encor comme un enfant. (v. 65-70)

Il y a donc dans les livres VII, VIII et IX tout un art de diriger le lecteur sans qu'il s'en aperçoive.

VÉRITÉ ET MENSONGE : L'ART DU DÉVOILEMENT

À plusieurs reprises, La Fontaine qualifie la fable de mensonge ou de feinte, mais il précise dans le *Dépositaire infidèle* (IX, 1) que « sous les habits du mensonge », elle « nous offre la vérité » (v. 34-35). L'affirmation paraît pour le moins surprenante, dans la mesure où un mensonge se place ordinairement aux antipodes de la vérité. Il faut donc entendre le mot *mensonge* dans un autre sens, celui de fiction et d'invraisemblance. Dès lors, il n'y a plus rien d'étonnant à considérer les fables comme des fictions au service de la vérité.

Les invraisemblances de la fable

Dans son principe même, la fable relève de la pure invraisemblance, à commencer par ces animaux qui parlent et se comportent comme des hommes. Même si l'on a vu que La Fontaine s'efforçait de les croquer dans leurs gestes coutumiers, il n'en demeure pas moins que leur société calquée sur celle des hommes n'a rien de réel. En cela, la fable, qui invente et reconstruit le réel différemment de ce qu'il est, relève incontestablement du domaine de l'imagination et du rêve, de l'enchantement au sens propre du terme. Cette conception de la fable, La Fontaine l'exprime dans l'exergue du *Dépositaire infidèle* (IX, 1) :

> Le doux charme de maint songe
> Par leur bel art inventé,
> Sous les habits du mensonge
> Nous offre la vérité. (v. 32-35)

C'est précisément cette invraisemblance qui fait le charme des fables et qui rend la vérité plus agréable à entendre et plus facile à dire.

Le mensonge au service de la vérité humaine

Ainsi définies, les fables ne sont pas des récits fallacieux : tout au contraire, le « mensonge » qu'elles renferment permet, par un détour, de dire la vérité d'une façon efficace.

Par le biais des animaux, La Fontaine décrit la société de son temps et fustige même le comportement de ses contemporains. Autrement dit, la vérité perce sous le voile de la fiction : reflétés par le monde animal, les vices et les défauts deviennent plus visibles. C'est en effet sur l'homme que porte essentiellement l'observation du fabuliste, même lorsqu'il met en scène des animaux : « Ce n'est pas aux hérons que je parle », affirme-t-il (VII, 4, v. 32-33).

Tout se passe donc comme si fiction et mensonge servaient d'ornements à la vérité, pour mieux la faire comprendre et accepter. De fait, toute leçon de morale semble austère et ennuyeuse pour un lecteur ; La Fontaine, qui n'a d'autre but que de persuader, sait éviter cet écueil. En donnant à la vérité les habits de la fiction, il la rend plus agréable à entendre. Cela ressort particulièrement bien du *Pouvoir des Fables* (VIII, 4), où l'Orateur doit passer par le détour du conte pour gagner l'attention de ses auditeurs. Prenons l'exemple d'une morale qui lasserait vite par son contenu peu agréable à entendre, celle du *Héron* (VII, 4). Le sens de la fable s'avère simple – « trop de fierté nuit » – mais ce conseil abstrait et convenu, les lecteurs risqueraient de l'oublier rapidement sous la forme d'une leçon de morale. Pour que la leçon soit efficace, La Fontaine choisit de l'illustrer par un récit plaisant. Il raconte l'anecdote survenue à un héron qui, après avoir dédaigné une carpe, une tanche et des goujons, doit se contenter pour son repas d'un chétif limaçon. Le récit est vivant, il séduit les esprits, la mémoire des lecteurs retient l'histoire et, avec celle-ci, le conseil.

Le mensonge au service de la satire politique

Certaines fables des livres VII, VIII et IX présentent de véhémentes satires politiques. Or, au XVIIe siècle, s'en prendre au pouvoir et aux puissants était une entreprise des plus risquées – La Fontaine en fit l'expérience en payant d'un exil à Limoges et d'une entrée retardée à l'Académie française sa fidélité à Fouquet. Or, le recours à la fiction rend ces vérités plus faciles à dire. Pour ne citer qu'un exemple, dans *Les Animaux malades de la peste* (VII, 1), on absout le plus coupable parce qu'il est le plus fort, on condamne l'innocent parce qu'il est le plus faible. Si La Fontaine critique là la justice royale, d'autres fables visent le roi, sa cruauté et sa faiblesse devant la flatterie des courtisans. Dans *Les Obsèques de la Lionne* (VIII, 14), la vision du Cerf, qui s'appuie sur une apparition de type évangélique, souligne le rôle de l'hypocrisie qui règne à la cour, tout en pointant du doigt le goût du monarque pour les cérémonies pompeuses. Dans *La Cour du Lion* (VII, 7), la fiction animale permet à La Fontaine de dénoncer sans danger, mais avec efficacité, la cruauté impulsive du pouvoir royal.

S'en prendre aux grands seigneurs, leur reprocher leur orgueil, leur inutilité et leur hypocrisie était tout aussi périlleux. La Fontaine s'en sort là encore grâce à la fantaisie de son invention. Dans *Le Singe et le Léopard* (IX, 3), la description du Léopard et de sa robe bigarrée n'enlève rien à la force de la satire :

> Oh ! que de grands seigneurs, au Léopard semblables,
> N'ont que l'habit pour tous talents ! (v. 30-31)

Le mensonge, la meilleure voie vers la vérité

La Fontaine est persuadé que la fable, fiction inventée, plus ou moins invraisemblable, rétablit la vérité plus efficacement qu'une leçon de morale ou un discours argumentatif.

Dans *Le Dépositaire infidèle* (IX, 1), le fabuliste compare son art à celui du mensonge enchérissant sur une absurdité. Cette fable montre en effet comment un mensonge est détruit par un autre mensonge encore plus gros, plus ridicule et plus incroyable, puis le poète conclut :

> Quand l'absurde est outré, l'on lui fait trop d'honneur
> De vouloir par raison combattre son erreur :
> Enchérir est plus court, sans s'échauffer la bile. (v. 90-92)

Autrement dit, un mensonge outré réussit à rétablir la vérité en s'épargnant une fastidieuse démonstration. Cette efficacité, c'est aussi le pouvoir de la fiction et de la fable. La Fontaine utilise cette stratégie détournée pour conduire à la vérité car il estime qu'elle est plus adaptée à la nature humaine que les démonstrations rationnelles. Cette idée ressortait déjà de la morale du *Pouvoir des Fables* (VIII, 4), celle de *Le Statuaire et la Statue de Jupiter* (IX, 6) le confirme :

> L'homme est de glace aux vérités ;
> Il est de feu pour les mensonges. (v. 35-36)

Une autre fable illustre cette idée selon laquelle le fabuliste nous livre la vérité sous le voile du mensonge, *Le Fou qui vend la sagesse* (IX, 8). Prétendant qu'il vend la sagesse, un fou attire à lui une foule de « mortels crédules » qui veulent en faire l'acquisition. En échange de leur argent, il leur distribue des soufflets ou de simples fils. On pourrait s'arrêter là pour interpréter la fable et y voir une dénonciation de la folie des hommes, mais le récit se poursuit : un client demande à un sage de lui expliquer la signification cachée du soufflet et du fil. Ce dernier répond :

> [...] « Ce sont ici hiéroglyphes tout purs.
> Les gens bien conseillés, et qui voudront bien faire,
> Entre eux et les gens fous mettront, pour l'ordinaire,
> La longueur de ce fil ; sinon je les tiens sûrs
> De quelque semblable caresse.
> Vous n'êtes point trompé : ce fou vend la sagesse. » (v. 26-31)

Il faut donc décrypter le message du fou pour en dégager la véritable leçon de sagesse. Il en va de même pour les fables. Ces histoires pleines de fantaisie ont un sens caché qu'il faut interpréter en s'aidant de la morale proposée par le fabuliste[1]. Si le mensonge de la fable permet à La Fontaine de ridiculiser les vices et les défauts de l'homme et de développer une satire politique et sociale, elle facilite également la diffusion d'idées philosophiques, que ce soit pour prôner un idéal de vie fait de sagesse et de mesure[2] ou pour prendre position dans les débats qui agitent son époque, notamment sur l'âme des animaux et sur les illusions des sens[3].

---

1. Voir L'œuvre dans un genre, La structure de la fable, p. 184-190. \ **2.** La fable des *Deux Amis* (VIII, 11) définit l'amitié véritable, *L'Avantage de la science* (VIII, 19) vante les bienfaits du savoir et de l'étude, *Le Loup et le Chasseur* (VIII, 27) invite à jouir du temps qui passe en bon épicurien, *La Mort et le Mourant* (VIII, 1) recommande de ne pas craindre la mort. \ **3.** *Un Animal dans la Lune* (VII, 18) tente de résoudre l'énigme de l'illusion des sens, le long *Discours à Mme de La Sablière*, à la suite de Montaigne et Descartes, prend position sur la question de l'âme des animaux. Voir les notes de ces deux fables.

GROUPEMENT DE TEXTES : JUGEMENTS CRITIQUES

TEXTE 11 • Jean de La Bruyère, *Discours de réception à l'Académie française* (1693)

Un autre, plus égal que Marot et plus poète que Voiture, a le jeu, le tour et la naïveté de tous les deux ; il instruit en badinant, persuade aux hommes la vertu par l'organe des bêtes, élève les petits sujets jusqu'au sublime : homme unique dans son genre d'écriture ; toujours original, soit qu'il invente, soit qu'il traduise, qui a été au-delà de ses modèles, modèle lui-même difficile à imiter.

1. Ce jugement de La Bruyère, contemporain de La Fontaine, vous paraît-il correspondre à votre lecture des livres VII, VIII et IX ?

2. Vous justifierez votre réponse par des références précises aux fables.

TEXTE 12 • Jean-Jacques Rousseau, *Émile ou de l'Éducation*, livre II (1762)

Comment peut-on s'aveugler assez pour appeler les fables la morale des enfants, sans songer que l'apologue, en les amusant les abuse ; que par le mensonge, ils laissent échapper la vérité, et que ce qu'on fait pour leur rendre l'instruction agréable les empêche d'en profiter ?

On fait apprendre les fables de La Fontaine à tous les enfants, et il n'y en a pas un seul qui les entende. Quand ils les entendraient, ce serait encore pis ; car la morale en est tellement mêlée et si disproportionnée à leur âge, qu'elle les porterait plus au vice qu'à la vertu.

1. Quels reproches Rousseau adresse-t-il aux fables ? Quelles fables vous semblent concernées par de telles critiques ?

2. Rousseau accorde-t-il le même sens que La Fontaine au mot « mensonge » ?

3. À qui, selon vous, les fables sont-elles réellement destinées ? Vous répondrez dans un développement organisé en étudiant précisément les morales dans leur portée et leur formulation.

TEXTE 13 • André Versaille, *Œuvres de La Fontaine* (1995)

Dès l'époque de Vaux, La Fontaine, consciemment ou non, conçoit ses ouvrages comme une série de lettres écrites sur le ton de la conversation : la pièce poétique qui lui vaut d'entrer chez Fouquet est une « Lettre » à l'abbesse de Mouzon, de nombreuses petites œuvres de circonstance qu'il compose pour le surintendant Fouquet sont également des lettres écrites en forme d'épître ; la relation de la fête de Vaux s'adresse à son ami Maucroix et son voyage en Limousin se traduit, lui aussi, par une série de missives à sa femme. Tout se passe comme si, pour La Fontaine, écrire ne prenait de sens que par rapport à son interlocuteur : sa relation au lecteur est celle d'un petit Socrate, souriant, ironique qui emporte l'adhésion non par la force de l'argumentation, mais par sa complicité.

1. Quelle est la thèse du critique sur les *Fables* ?

2. Le rapport au lecteur mis en avant par le critique vous paraît-il justifié par les fables des livres VII, VIII et IX ? Tous les textes sont-ils concernés par la thèse d'André Versaille ?

TEXTE 14 • Sébastien Faure, *Si la fable m'était contée*, IIe fiction, scène 4 (2003)

Collection « Lettres et le Savoir », compagnie Furieux du Jeu Dit (lettresetlesavoir@jeuditfurieux.com)

Deux conteurs, S. et F., tentent chacun de s'approprier une interprétation de *La Vie d'Ésope*, texte en prose de La Fontaine qui précède le premier recueil. Tout en se querellant, ils commentent au cours de leur dialogue certaines fables du fabuliste et mettent en évidence ce à quoi oblige la visée didactique du genre : les rapports entre le fond et la forme. Après avoir récité *La Cigale et la Fourmi*, F. poursuit.

F. – La raison du plus fort est toujours la meilleure/Nous l'allons montrer tout à l'heure./Un Agneau se désaltérait/Dans le courant d'une onde pure./Un Loup survient à jeun qui cherchait aventure,/Et que la faim en ces lieux attirait./Qui te rend si hardi de troubler mon breuvage ?/Dit cet animal plein de rage/Tu seras châtié…

S. – Mais il ne m'entend pas. Il est, tu es depuis trop longtemps dans l'Âge de Fer. Prisonnier, enchaîné à la violence du résultat, au besoin de tout comprendre, de tout expliquer, aux vices de la production, et au quotidien qui te ronge et te rouille… L'Âge de Fer ! Où triomphe la fable parce qu'elle reflète une liberté que la raison ne nous accorde pas... La liberté de parole qui autorise peut-être la franchise ou peut-être le chant.

F. – de ta témérité./Sire, répond l'Agneau, que votre Majesté/Ne se mette pas en colère ;/Mais plutôt qu'elle considère/Que je me vas désaltérant/Dans le courant,/Plus de vingt pas au-dessous d'Elle,/Et que par conséquent, en aucune façon,/Je ne puis troubler sa boisson./– Tu la troubles, reprit cette bête cruelle,/Et je sais que de moi tu médis l'an passé./–Comment l'aurais-je fait si je n'étais pas né ?/Reprit l'Agneau, je tette encore ma mère./– Si ce n'est toi, c'est donc ton frère./– Je n'en ai point. – C'est donc quelqu'un des tiens :/Car vous ne m'épargnez guère,/Vous, vos bergers et vos chiens./On me l'a dit : il faut que je me venge./Là-dessus, au fond des forêts/Le Loup l'emporte, et puis le mange,/Sans autre forme de procès.

S. – Dans l'Âge d'Or, les animaux de la fable avaient un langage articulé et dialoguaient librement avec les plantes, les hommes justes et pourquoi pas les dieux. La fable se situe dans le clivage de ces deux époques.,. Or/Fer, Fer/Or... Dans l'Âge d'Argent ou quelque chose comme ça.

F. – Oui, ce qui nous manque, c'est l'argent...

S. – L'argent, oui, qu'on retrouve sitôt qu'on nous raconte une histoire. Cet argent qu'on recherche frénétiquement à chaque fois qu'on allume la télé, qu'on va au cinéma ou qu'on lit un roman. Mais derrière chaque histoire, derrière chaque parabole, derrière chaque apologue se cache une volonté de former la pensée. La Fontaine est le seul qui assume ce compagnonnage déloyal ; il livre sa Pensée propre dans son récit... Et encore, pas toujours...

1. Quel est l'effet produit par la superposition de la fable et du discours critique dans le dialogue ?

2. La fable insérée vous semble-t-elle convenir à l'analyse de l'auteur, ou d'autres fables seraient-elles, selon vous, plus appropriées ?

3. Dans les livres VII, VIII et IX, à quoi peuvent renvoyer les mentions de l'Âge d'Or et de l'Âge de Fer ?

4. Qu'en déduire du rôle de la fable selon Sébastien Faure ? Êtes-vous d'accord avec lui ?

SUJETS

INVENTION ET ARGUMENTATION

Sujet 1

On vous relate une injustice grave. Indigné, vous décidez d'exprimer votre désapprobation dans une lettre ouverte que vous adressez à un journal. La situation d'injustice que vous aurez dénoncée vous conduira à l'énoncé d'une morale.

Sujet 2

La morale du *Torrent et la Rivière* (VIII, 23) est la suivante : « Les gens sans bruit sont dangereux :/Il n'en est pas ainsi des autres. »
Vous imaginerez un récit en prose qui permette d'illustrer cette morale, en y mettant en scène les animaux de votre choix. Vous veillerez à ce que votre récit respecte les caractéristiques de l'apologue.

Sujet 3 : lecture d'image (p. 214)

Comparez ce dessin de Jean-Jacques Grandville (1837) avec la fable qu'il illustre, *Les Deux Coqs* (VII, 13). Quels éléments du récit retrouve-t-on dans la gravure ? Que pensez-vous de la représentation animale proposée par rapport à l'anthropomorphisme mis en place par le fabuliste ?

Sujet 4 : lecture d'image (p. 215)

En choisissant une représentation simplement animale, Gustave Doré réduit-il la portée subversive de la fable des *Obsèques de la Lionne* ?

J. Ignace Grandville (1803-1847), *Les Deux Coqs*,
illustration pour les *Fables* de La Fontaine, 1868.

Gustave Doré (1832-1883), *Les Obsèques de la Lionne*,
illustration pour les *Fables* de La Fontaine, 1868.
ph © collection privée/Archives Charmet/The Bridgeman Art Library.

COMMENTAIRES

Sujet 5

TEXTE 16 • ***Le Rat qui s'est retiré du monde* VII, 3**

Les Levantins en leur légende [...] toujours charitable.

PAGES 16-17, VERS 1-35

Après avoir répondu aux questions, vous commenterez cette fable en étudiant la façon dont La Fontaine fait la satire du clergé.

1. À quoi la référence à l'Antiquité sert-elle ?

2. Quels sont les procédés de l'ironie ?

3. Comment, à travers le portrait et les propos du rat dévot, La Fontaine dénonce-t-il les vices d'un certain clergé ?

Sujet 6

TEXTE 17 • ***La Cour du Lion* VII, 7**

Sa Majesté Lionne [...] répondre en Normand.

PAGES 23-25, VERS 1-36

Après avoir répondu aux questions, vous ferez de ce texte un commentaire composé qui mettra en évidence la réflexion menée par le fabuliste sur le pouvoir et les dangers de la parole.

1. Quelle est la structure de la fable ?

2. Quelle image de la cour cette fable donne-t-elle ? Quel est le registre utilisé par le fabuliste ?

3. Sur quoi l'écriture ironique prend-elle appui ?

Sujet 7

TEXTE 18 • ***Un animal dans la Lune* VII, 18**

Pendant qu'un philosophe [...] aux beaux-arts ?

PAGES 46-49, VERS 1-72

Après avoir répondu aux questions, vous commenterez cette fable en étudiant la façon dont La Fontaine traite la question philosophique de l'accès à la vérité par les sens.

1. Comment cette fable est-elle composée ? Quelle est la fonction de l'anecdote centrale ?

2. Quelle position La Fontaine prend-il sur la question philosophique qu'il aborde ? Sur quels exemples s'appuie-t-il ?

3. Quelles valeurs La Fontaine défend-il ici ?

Sujet 8

TEXTE 19 • *Les Obsèques de la Lionne* VIII, 14

La femme du Lion [...] leur ami.

PAGES 77-79, VERS 1-55

Après avoir répondu aux questions, vous commenterez cette fable en mettant en rapport l'aspect théâtral du texte et le projet satirique de son auteur.

1. Repérez et identifiez les différentes formes de discours rapportés. Qu'apportent-ils à la fable ?

2. Quelles sont les critiques du fabuliste envers les courtisans ? Quelle image donne-t-il du roi ?

3. Relevez les passages où le fabuliste fait clairement entendre sa voix : quel est l'enjeu de tels passages ?

DISSERTATIONS

Sujet 9

Pour convaincre, vous paraît-il préférable d'illustrer son point de vue à travers une histoire ou de présenter directement ses arguments ? Vous répondrez à cette question en prenant appui sur les fables des livres VII, VIII et IX ainsi que sur les apologues que vous avez lus et étudiés.

Indications pour traiter le sujet

Le sujet ne comporte qu'une consigne assez simple, mais qui repose sur des mots importants qui se rapportent à l'objet d'étude « Convaincre, persuader, délibérer ». Vous devez commencer par réfléchir au sens de ces trois verbes puis les mettre en rapport avec les termes du sujet. Il faut en effet envisager l'efficacité de deux stratégies argumentatives différentes, dont l'une est représentée par la fable et l'apologue.

Sujet 10

Peut-on dire que la fable et l'apologue sont des inventions qui permettent de voir le monde tel qu'il est ? Vous répondrez à cette question en vous appuyant sur les fables et les apologues que vous connaissez.

Indications pour traiter le sujet

Il ne faut pas passer à côté du paradoxe du sujet qui affirme qu'il faut passer par la fiction et la fantaisie pour atteindre la vérité. Ce sujet vous invite à réfléchir sur les charmes et les visées des fables en particulier et de l'apologue en général. Vous ne devez pas limiter votre réflexion aux seules fables, mais prendre en compte toutes les formes d'apologue.

TABLE DES *FABLES*

BIBLIOGRAPHIE

Éditions des Fables

LA FONTAINE, *Œuvres complètes*, tome 1 : *Fables et contes*, édition de Jean-Pierre Collinet, Paris, Gallimard, « Bibliothèque de la Pléiade », 1991 ; édition reprise en Folio, 1991.

LA FONTAINE, *Fables*, édition de Marc Fumaroli qui reproduit celle de l'Imprimerie nationale, Paris, Le Livre de poche, « La Pochothèque », 1995.

Œuvres de Jean de La Fontaine, sources et postérité d'Ésope à l'Oulipo, édition André Versailles, Paris, Complexe, 1995.

Ouvrages sur La Fontaine et son époque

ADAM Antoine, *Histoire de la littérature française du XVIIe siècle*, tome IV, Paris, Éditions Domat, 1954.

CLARAC, Pierre, *La Fontaine*, Paris, Hatier, coll. « Connaissances des Lettres », 1959.

DUCHÊNE Roger, *La Fontaine*, Paris, Fayard, 1990.

FUMAROLI Marc, *Le Poète et le Roi, La Fontaine en son siècle*, Paris, Éditions de Fallois, 1997.

TRUCHET Jacques, *Le XVIIe siècle*, Paris, Berger-Levrault, 1992.

Études sur les Fables et les livres VII à IX

BIART Jean-Dominique, *Le Style des Fables de La Fontaine*, Paris, Nizet, 1970.

BORNECQUE Pierre, *La Fontaine fabuliste*, Paris, SEDES, 1973.

COLLINET Jean-Pierre, *Le Monde littéraire de La Fontaine*, Paris, PUF, 1970.

COUTON Georges, *La Poétique de La Fontaine*, Paris, PUF, 1957.

COUTON Georges, *La Politique de La Fontaine*, Paris, Les Belles Lettres, 1959.

DANDREY Patrick, *La Fabrique des Fables, essais sur la poétique de La Fontaine*, Paris, Klincksieck, 1991.

LAFOND J., « L'architecture des livres VII à XII des Fables », in *Fablier*, n° 4, 1992.

LEBRUN M., *Regards actuels sur les Fables de La Fontaine*, Paris, Presses universitaires du Septentrion, 2000.

MERMIER Jean, « Les livres VII à XII de La Fontaine et leurs problèmes », in *L'Information littéraire*, novembre-décembre 1972.

SPITZER Léo, « L'art de la transition chez La Fontaine », in *Études de style*, Paris, Gallimard, NRF, 1970.

27 Maupassant
Pierre et Jean

40 Maupassant
Une vie

48 Mérimée
Carmen - Les Âmes du purgatoire

1 Molière
Dom Juan

19 Molière
L'École des femmes

25 Molière
Le Misanthrope

9 Molière
Le Tartuffe

45 Montesquieu
Lettres persanes

10 Musset
Lorenzaccio

54 Musset
On ne badine pas avec l'amour

58 Perrault
Contes en vers et en prose

57 Proust
Un amour de Swann

35 **La poésie**
française au XIXe siècle

26 Rabelais
Pantagruel - Gargantua

31 Racine
Andromaque

22 Racine
Bérénice

23 Racine
Britannicus

7 Racine
Phèdre

64 Rimbaud
Poésies
(Poésies - Une saison en enfer
Illuminations)

37 Rostand
Cyrano de Bergerac

16 Rousseau
Les Confessions

68 Sophocle
Œdipe-roi

69 Shakespeare
Hamlet

72 Shakespeare
Roméo et Juliette

65 Stendhal
Les Cenci

32 Stendhal
Le Rouge et le Noir

67 Verlaine
Poèmes saturniens et autres recueils
(Fêtes galantes - Romances sans paroles)

39 Verne
Le Château des Carpathes

13 Voltaire
Candide

24 Voltaire
L'Ingénu

56 Voltaire
Micromégas et autres contes

33 Voltaire
Zadig

63 Zola
Au Bonheur des Dames

10 Zola
L'Assommoir

49 Zola
La Curée

28 Zola
Germinal

43 Zola
Thérèse Raquin

Achevé d'imprimer par Grafica Veneta à Trebaseleghe - Italie
Dépôt légal 95886-1/07 - Janvier 2015